名家美文集

贵妃东渡

叶广芩 著

作家出版社

目录

理解的幸福

1956年，我七岁。

七岁的我感到家里发生了什么大事。

我从外面玩回来，母亲见到我，哭了。母亲说："你父亲死了。"

我一下蒙了。我已记不清当时的自己是什么反应，没有哭是肯定的。从那时我才知道，悲痛至极的人是哭不出来的。

父亲突发心脏病，倒在彭城陶瓷研究所他的工作岗位上。

母亲那年四十七岁。

母亲是个没有主意的家庭妇女，她不识字，她最大的活动范围就是从娘家到婆家，从婆家到娘家。临此大事，她只知道哭。当时母亲身边四个孩子，最大的十五岁，最小的三岁。弱息孤儿唯指父亲，今生机已绝，待哺何来！

我怕母亲一时想不开，走绝路，就时刻跟着她，为此甚至夜里不敢熟睡，半夜母亲只要稍有动静，我便哗的一下坐起来。这些，我从没对母亲说起过，母亲至死也不知道，她那些无数凄凉的不眠之夜，有多少是她的女儿暗中和她一起度过的。

人的长大是突然间的事。

经此变故，我稚嫩的肩开始分担家庭的忧愁。

就在这一年，我戴着一身重孝走进了北京方家胡同小学。

这是一所老学校，在有名的国子监南边，著名文学家老舍先生曾经担任过校长。我进学校时，绝不知道什么老舍，我连当时的校长是谁也不知道，我只知道我的班主任马玉琴，是一个梳着短发的美丽女人。在课堂上，她常常给我们讲她的家，讲她的孩子大光、二光，这使她和我们一下子拉得很近。

在学校，我整天也不讲一句话，也不跟同学们玩，课间休息的时候就一个人或在教室里默默地坐着，或站在操场旁边望着天边发呆。同学们也不理我，开学两个月了，大家还叫不上我的名字。我最怕同学们谈论有关父亲的话题，只要谁一提到他爸爸如何如何，我的眼圈马上就会红。我的忧郁、孤独、敏感很快引起了马老师的注意。有一天课间操以后，她向我走来，我的不合群在这个班里可能是太明显了。

马老师靠在我的旁边低声问我："你在给谁戴孝？"

我说："父亲。"

马老师什么也没说，她把我搂进她的怀里。

我的脸紧紧贴着我的老师，我感觉到了由她身上散发出来的温热和那好闻的气息。我想掉眼泪，但是我不想让别人看见我的泪，我就强忍着，喉咙像堵了一大块棉花，只是抽搐，发哽。

老师什么也没有问，老师很体谅我。

一年级期末，我被评上了三好学生。

为了生活，母亲不得不进了家街道小厂糊纸盒，每月可以挣十八块钱，这就为我增添了一个任务，即每天下午放学后将三岁的妹妹从幼儿园接回家。有一天临到我做值日，扫完教室天已经很晚了，我匆匆赶到幼儿园，小班教室里已经没人了，我以为是母亲将她接走了，就心安理得地回家了。到家一看，门锁着，母亲加班，我才感觉到了不妙，赶紧转身朝幼儿园跑。从我们家到幼儿园足有公共汽车四站的路程，直跑得我两眼发黑，进了幼儿园差点没一头栽倒在地上。进了小班的门，我才看见坐在门背后的妹妹，她一个人一声不吭地坐在那儿等我，阿姨把她交给了看门的老头，自己下班了，那个老头又把这事给忘了。看到孤单的小妹一个人害怕地缩在墙角，我为自己的粗心感到内疚，我说："你为什么不使劲哭哇？"妹妹噙着眼泪说："你会来接我的。"

那天我蹲下来，让妹妹趴到我的背上，我要背着她回家，我发誓不让她走一步路，以补偿我的过失。我背着她走过一条又一条胡同，妹妹几次要下来我都不允，这使她感到了较我更甚的不安，她开始讨好我，在我的背上为我唱她那天新学的儿歌，我还记得那儿歌：

洋娃娃和小熊跳舞，
跳呀跳呀一二一。
小熊小熊点点头呀，
小洋娃娃笑嘻嘻。

路灯亮了，天上有寒星在闪烁，胡同里没有一个人，有葱花炝锅的香味飘出。我背着妹妹一步一步地走，我们的影子映在路上，一会儿变长，一会儿变短。两行清冷的泪顺着我的脸颊流下，淌进嘴里，那味道又苦又涩。

妹妹还在奶声奶气地唱：

洋娃娃和小熊跳舞，

跳呀跳呀一二一……

是第几遍重复了，不知道。

那是为我而唱的，送给我的歌。

这首歌或许现在还在为孩子们所传唱，但我已听不得它，那欢快的旋律让我有种强装欢笑的误解，一听见它，我的心就会缩紧，就会发颤。

以后，到我值日的日子，我都感到紧张和恐惧，生怕把妹妹一个人又留在那空旷的教室。每每还没到下午下课，我就把笤帚抢在手里，拢在脚底下，以便一下课就能及时进入清理工作。有好几次，老师刚说完“下课”，班长的“起立”还没有出口，我的笤帚就已经挥动起来。

这天，做完值日马老师留下了我，问我为什么要这么匆忙。当时我急得直发抖，要哭了，只会说：“晚了，晚了！”老师问什么晚了，我说：“接我妹妹晚了。”马老师说：“是这么回事呀，别着急，我用自行车把你带过去。”

那天，我是坐在马老师的车后座上去幼儿园的。

马老师免去了我放学后的值日，改为负责课间教室的地面清洁。

恩若救急，一芥千金。

我真想对老师从心底说一声谢谢！

是平平淡淡的生活，是太一般的小事，但于我却是一种心的感动，是一曲纯洁的生命乐章，是一片珍贵的温馨。忘不了，怎么能忘呢？

如今，我也到了老师当年的年龄，多少童年的往事都已淡化得如烟如缕，唯有零星碎片在记忆中闪光……

水下·房上

——童年拾趣

我们家有十四个孩子，七个男孩，七个女孩。我是第十三个，是倒数第二。但凡有孩子的人家儿都是疼大的，偏小的，倒霉的是中间的，我就是那个姥姥不疼、舅舅不爱的倒霉的中间的。叶家十四个孩子中只有两个人有小名，那就是我和七哥。七哥在男孩里头是老小，人称老七，又叫秃子，他比我大五岁。说他秃其实冤枉，他那满脑袋的乌黑卷发是孩子们中的独一份，再没谁能比得上，俊美的头发让人嫉妒，所以大家管他叫秃子。我的小名也不好听，叫“王八丫丫”，本来丫丫就够恶心了，却还要加上“王八”，这一切恐怕与我的执拗、矫情、爱胡搅蛮缠是很有关系的。据说河里的王八就是很拗的，它一旦咬上了什么就一定要一咬到底，除非听到驴叫，否则是绝不松嘴的。

人说，我的性情就跟王八一样，拗，拗得不招人待见。

我们家的孩子都很乖，都很文雅，都很懂规矩，就是我和秃子，不是省油的灯，大家将我们俩的关系比作狼与狈的关系，说我们俩坏得珠联璧合，坏得相得益彰，我妈只要看见我们俩在一块儿就提心吊胆，不知我们又在酝酿什么馊主意。有人提议把我们两个分开来养，即把其中一个送到亲戚家去，说这样可以让母亲省点儿心，但遭到母亲的拒绝。从这点上我体会到，母亲虽然烦我们，但她还是爱我们的。

我和秃子究竟干了些什么呢，看看下面的事您就明白了。

水中美世界

二十世纪五十年代，北京东直门外有窑坑，就是烧窑后废弃的大深坑，坑里积满了水，可以游泳。那水初入很浅，突兀一脚就不见了底，常有戏水的孩子淹死在里面。窑坑是东城的母亲们谈之色变的所在，一听说谁家的孩子上窑坑了，脾气再好的妈妈也得给下水者一顿臭揍。秃子常带我到坑里去游泳，他把他的裤子脱下来，灌满了气，套在我脖子上给我当救生圈，然后他就自己扎他的猛子去了，再不管我。窑坑的水虽然浑浊但很凉爽，在里头泡着常有没掉尾巴的小蛤蟆和一种叫作野狗子的小鱼儿围着你钻来钻去，它们用小嘴顶我，顶得我直痒痒，抓它们也抓不着。胡同里的小三也要跟我们上窑坑，秃子不带，小三就把我们的行径向我妈告了密，我妈一听脸都吓白了，再不让我们出东直门。但我们是有腿的，她根本限制不了我们，往往利用她中午睡觉的空当，我和秃子就溜出去了，出了门除了把小三狠打一顿以外，接下来就是不带拐弯地直奔东直门外的窑坑了。

晚上回家，妈问干什么去了，秃子当然要说瞎话，我也跟着说，我说瞎话的本事都是跟他学的。我妈也不是那么好哄的，妈自有妈的招儿，她用指甲在我们皮肤上轻轻一刮，就一切真相大白。原来，下过水的皮肤一刮有白印儿，反之则无。我们身上白印儿豁然，瞎话立时被戳穿，于是每人的屁股上就结结实实地挨了几掸把子，好在我们俩都不在乎，我们脸上的皮比屁股厚。

有了刮印儿的检验，我们生出了反检验的策略，窑坑南边有服务学校，游完泳我们到学校的自来水管子底下猛冲一气，回家就什么印儿也没有了。后来秃子又知道服务学校的学生还义务给人理发，于是他每天冲完了凉水就坐到那大椅子上，让那些学生给他那狮子狗一样的脑袋吹风、抹油。我也不能例外，便让学生们给梳小辫，今天梳个小抓鬏，明天梳个螺丝转儿，样儿天天换，喜得我妈逢人就说："这个秃子呀，真会带妹妹，看把丫丫的小辫梳得多精巧，连我都比不了。"可是，学生们并不满足只是吹风梳小辫，人家练的是理发，于是，动员之下我和秃子的脑袋不得不做出牺牲：他被人家推成了光葫芦，我去了小辫变成了一个汉奸一样的大中分。

他成了名副其实的秃子，我成了不伦不类的假小子。

我们这一对宝手拉着手走进家门，让正吃饭的叶家人全体当时就喷了饭。我五姐不容分说，把我们俩拉到照相馆亲自和我们合影，照了一张绝妙的相片：

梳分头的我在中间兔儿爷一样地坐着，一脸死猪不怕开水烫的赖相，秃子人模狗样地站着，不知又在想什么坏主意，那个主事又出钱的姐姐则受气包儿一样蹲着，护驾般地显出了小心翼翼的谦恭，这样的安排是我的意思。几十年后，五姐成了老太太，她看了这张照片说当时的我太霸道，使叶家的大小顺序整个颠倒了，在照相馆也使出了王八的本性，讨厌极了。

还是说窑坑的事吧。

我们的皮肤日益乌黑发亮，我妈纵然划不出印儿来也觉得有诈，魔高一尺道高一丈，老太太治人的招数真是绝得不能再绝了，她找出自己的图章，逢到午睡，就先在我和秃子身上盖满了“陈洁茹”，然后放我们出去随便跑，再不怕我们下水。

这下真把我们整住了，一个夏天，我和秃子身上都是红章累累，惨不忍睹。

后来我和秃子住到颐和园的三哥处，颐和园知春亭南有游泳场，我们正企图脱离鞍绊做入水蛟龙美梦的时候，我妈的图章也和我们同时到了三哥手里。

三哥秉承我妈的旨意，也往我们身上盖“陈洁茹”。不同的是，我妈是家庭妇女，时间宽裕，可以细细盖来，连我们的屁股蛋儿上都得一边一个“陈洁茹”。三哥则不然，三哥得上班，他没时间在我们身上花工夫，只在我们的脑门上匆匆盖上一排就走了。

我和秃子顶着一排红印坐在游泳场看别人游泳，来来往往的人，谁看见我们都乐，我们也很着急，因为我们下不了水。时间长了，秃子到底经不住水的诱惑，下了湖，他在水里始终仰着脑袋，几圈下来，头上红印依然，很经得住检验。于是我也学着他的样子，仰着脑袋游泳，久之，那脑袋竟沾不上水了。

就是现在我游泳也是抬着脑袋，不但脑门，连头发都不带湿的。

房上大乾坤

有一段时间，我和秃子的活动范围不在地面而在半空中，在房上。

那时候北京还没这么多高楼，灰色的平房一片连着一片，脚也不挨地，有时能从这条胡同蹿到那条胡同去。上过房的孩子都知道，房顶的世界与平地绝不相同，妙不可言哪！我有一个叫刘箴的外甥，让他妈送来住姥姥家了，他来了就哭着闹着要走，死活不在我们家待，把我妈整得一点儿办法也没有，花了不少零钱买好吃的哄他，怎么也哄不住。刘箴管我叫姨儿，管秃子叫舅舅，于是舅舅和姨儿就把小家伙弄上了房。上了房的外甥初时惊恐万状，趴在房脊上不敢动，像只大壁虎，后来在我和秃子的撺掇、鼓励下敢从北房转到南房了，后来又敢从套间跳过茅房骑到别人家的院墙上……没出三天，这孩子就让我们训练得在房上如走平地一般的利落了。在房上藏猫猫比在地上藏猫猫过瘾，无论是藏的还是找的，那份新奇，那份兴奋，那份出其不意，那份柳暗花明，都让人终生难忘。

一礼拜后我姐姐来接她儿子回家，原以为她儿子见了她，会热情地扑过来，尽诉离别之苦，孰料，她的儿子竟冷冷地在房上接见了她。她儿子居高临下猫一样地趴在房檐上，傲慢地跟他妈谈判：不回家，在姥姥家住完暑假再回去。问为何不回？ 答曰：回去是楼房，没意思。

我妈不让我和秃子上房，她怕我们从上头掉下来把腿整折了。我爸爸比我妈更会来实际的，他把我们家唯一的木梯子劈了，断了我们上房的路。好像天底下没有能难住秃子的事儿，他从堆房里找来个不用的高花架子，搁在茅房的矮墙边，攀着花架子只需三下就上了墙。上了墙就是上了房，下边的路快走就是了。我的个子小，攀不上那架子，得让秃子在上头拽才行，凭我一人的力气是上不去的。

秃子在房上爱满世界地胡窜，我则不然，我上房的时候要夹个破凉席，带一壶凉开水，捎几本小人书，在房顶的树荫下一躺，小凉风一吹，翻着小人书，那舒坦，甭提了！我妈对秃子上房采取睁一只眼闭一只眼的态度，倒不是纵容，是压根管不住，对我却看得很紧，她说一个姑娘家，老骑在房脊上算怎么档子事，将来出门子谁敢要哇。我没想过出门子的事，那离我毕竟太遥远。

那天，妈让我把房上的秃子叫下来，我就来到茅房的矮墙下大声喊他，秃子从房拐角探出头来问我有什么事，我当时不知怎的灵机一动说："妈说让你把我也拉上去。"那天秃子有点儿缺心眼儿，他就没想想我妈会不会下这样的指示，听了我的话，秃子二话没说就把我拽上去了。我上去了，他却下来了，把我一个人丢在了房顶上。我在上头待得很无聊，竟不知不觉睡着了。天快黑了，我妈找不着我，急了，以为我让拍花子的清冷的天空和那弯即将落下的残月。

一想到这棵树、这个家、这座城市已不属于我，内心便涌起一阵悲哀和战栗。户口是前天注销的，派出所的民警将注销的蓝印平静而冷漠地朝我的名字盖下去的时候，我脑海里竟是一片空白，不知自己是否存在着了。盖这样的蓝章，在那个年代于那个年轻的民警可能已司空见惯，在当时，居民死亡，地富反坏右迁返，知青上山下乡，用的都是同一个蓝章，没有丝毫区别，小小的章子决定了多少人的命运不得而知，这对上千万人口的大城市来说实在太正常，太微不足道，然而对我则意味着怀揣着这张巴掌大的户口卡片要离开生活了十几年的故乡，只身奔向大西北，奔向那片陌生的土地，在那里扎根。这是命运的安排，除此以外，我别无选择。

启程便在今日。

母亲还没有起床，她在自己的房里躺着，其实起与不起对她已无实际意义，重病在身的她已经双目失明，连白天和晚上也分不清了。我七岁丧父，母亲系一家庭妇女，除了一颗疼爱儿女的心别无所有。为生计所难，早早白了头，更由于“文革”，亲戚们都断了往来。有一个在地质勘探队工作的哥哥，长年在外，也顾不上家。家中只有我和妹妹与母亲相依为命，艰难度日。1967 年的冬天，母亲忽感不适，我陪母亲去医院看病，医生放过母亲却拦住了我，他们说我的母亲得了亚急性播散型红斑狼疮，生日已为数不多，一切需早做打算。巨大的打击令我喘不上气来，面色苍白地坐在医院的长椅上，说不出一句话。我努力使自己的眼圈不发红，那种令人窒息的忍耐超出了一个十几岁孩子的承受能力，但我一点办法也没有，在当时的家中，我是老大，我没有任何人可以依赖，甚至于连倾诉的对象也找不到。我心里发颤，迈不动步子，我说："妈，咱们歇一歇。"母亲说："歇歇也好。"她便在我身边坐着，静静地攥着我的手，什么也没问。那情景整个儿颠倒了，好像我是病人，她是家属。

从医院回来的下午，我在胡同口堵住了下学回家的妹妹，把她拉到空旷的地方，将实情相告，小孩子一下吓傻了，睁着惊恐的大眼睛，眼巴巴地望着我，竟没有一丝泪花。半天她才回过神来，哇的一声哭起来，大声地问："怎么办哪？姐，咱们怎么办哪？"我也哭了，憋了大半天的泪终于肆无忌惮地流下来……是的，怎么办呢，唯有隐瞒。我告诫妹妹，要哭，在外面哭够，回家再不许掉眼泪。一进家门，妹妹率先强装笑脸，哄着母亲说她得的是风湿，开春就会转好的。我佩服妹妹的干练与早熟，生活已将这个十四岁的孩子推到了没有退路的在那边要多干活，少说话，千万别写什么诗啊的，写东西最容易出事儿，这点是妈最不放心的，让你一定要答应……

我说我记着了，她说这些是妈今天早晨你还没起时就让我告诉你的。我的嗓子哽咽发涩，像堵了一块棉花，半句话也说不出来。知女莫若母，后来的事实证明了母亲担忧的正确，参加工作只有半年的我，终于因为“诗的问题”被抓了辫子。打入另册以后我才体味到母亲那颗亲子、爱子的心，但为时已晚，无法补救了。

我至今不写诗，一句也不写，怕的是触动那再不愿提及的伤痛。为此我愧对母亲。

那天，在火车里，由于不断上人，车厢内变得很拥挤，妹妹突然说该给我买两个烧饼，路上当午饭。没容我拦，她已挤出车厢跑上站台，直奔卖烧饼的小车。我从车窗里看她摸了半天，掏出钱来，那钱正是我早晨给她的车钱。我大声阻止她，她没听见。这时车开动了，妹妹抬起头，先是惊愕地朝着移动的车窗观望，继而大叫一声，举着烧饼向我这边狂奔。我听到了她的哭声，也看到了她满面的泪痕……

再也支撑不住，我趴在小桌上放声大哭起来。火车载着我和我那毫无掩饰的哭声，驶过卢沟桥，驶过保定，离家越来越远了……

在我离家的当天下午，哥哥去了赣南。

半年后，妹妹插队去了陕北。

母亲去世了。

家乡一别四十年。

大雁·细狗

天气转凉，滩地的风渐渐变硬。

播上麦子以后我们就一点事儿也没有了。上边下来了任务，让利用农闲时间抓紧政治学习，并且将学习的发言记录上交，由上边检查；这样一来，我们就不得不学习了，否则，没有记录，对上边无法交差。每天，我们都处在批判之中，只要上边点了名的，我们都批。那时被点名批判的已不是我们其中的某某，而是些莫名其妙的人，是平时老百姓想也想不起来的商鞅、孔老二什么的。批了很长时间，大伙儿对谁是儒家谁是法家也没搞明白，更仔细一点说连什么是法什么是儒都说不清楚。“青面兽”对此有高论，他说：“法家就是革命的，儒家就是反动的。”经他这么一点，果然大家立即如拨开云雾般的清晰，阶级阵线立马分明了。由此观点推论，郭建光、阿庆嫂是法家，胡传魁、刁德一是儒家；李玉和是法家，鸠山是儒家；杨子荣是法家，座山雕是儒家；“青面兽”、李瘪们是法家，我叶广芩是儒家……怎么套怎么让人觉得有点儿不伦不类，别扭。

本来是学术界的讨论，却硬要老百姓参与，让种地的闹什么评法批儒，无异于赶着鸭子上架；但上了架的鸭子自有上了架鸭子的招数，批判会照样开得生动而深入。

会计兼着文书，文书是文人，担负着记录的工作。

老万是临潼人，家就在秦始皇陵下，文件说秦始皇是大法家，大家认为老万离法家最近，就推崇他第一个发言。

坐在麻包上的老万郑重其事地说：“说秦始皇是法家，法家就是革命的，革×呀！革命的法家既然是革命的，为甚还要兴师动众给自己修坟哩？我们村西头就是他的坟，占了多大地界呀，都是上好的良田，本来平平的地，硬要堆成山。听说那些修坟的工匠临了谁也没出来，他们正在里面干活的时候，大石头门就一层层地关上了，人都被闷死在里边。更惨的是，没有为革命法家生过孩子的媳妇们，也被赶进去殉了葬，这是浪费，浪费女人。我们村自古女人就少，革命法家少埋进些媳妇分给我们，说不定我们又能繁衍出许多新法家。我们村里人打井，水没打出来硬是从地里打出了一大批陶佛爷，上边来人看，说是革命法家的冥军，死活再不让往下挖了。我们说南边不让挖那就挖北边，上边人说北边也是法家的阵地。后来一查，东西南北都是，敢情我们被包围了，窝在村里动弹不得，井不让打，渠不让挖，霸道得很嘛！死了都这样，再别提活着的时候。就是我们村里的富农也没张狂到这份儿上。所以，这法家究竟是不是革命的我不敢说。”

“青面兽”说：“上边说他是革命的就是革命的。”

老万说：“要是秦始皇是革命的，那我们村的富农比秦始皇好多了，就更是革命的；我们村的富农要是革命的，那我们这些贫下中农就是反革命的了。‘文化大革命’革了许多年，得出的结论就是这个？”

“青面兽”说：“你不能老拿你们村的富农比，比来比去就比糊涂了。”

老万说：“我看得见的就是我们村的富农，我看不见革命的秦始皇，赶明儿我让我儿子也给我修坟呀，不说比他秦始皇的大，起码也得磨砖对缝的碹，用柏木棺材。”

会计问这些记不记？

“青面兽”说：“记个屎！”

讨论的结果往往一张嘴就跑偏，“青面兽”没有组织引导能力，连他自己也是稀里糊涂，他愣说商鞅是蒋介石的随身警卫，在“双十二”事变中毙命在临潼，说今日五间厅玻璃上的洞眼就是为打商鞅而留下的。他说，当时蒋介石毕竟是国家统帅，张学良胆子再大也不敢对统帅开枪，所以，商鞅就成了替死鬼。

老张说商鞅好像是被马拉死的，不是被枪打死的。

“青面兽”说：“甭管怎么死的，反正是死了，商鞅是大变法家；这变法嘛，就是变化，大变法家就是大变化家……”

李瘪故作聪明地说：“就是变戏法儿的。”

“青面兽”说：“大变化家是最革命的，他得到了我们中央的认可，所以，我们要学习商鞅，学习他的变化。当然，这也不是一下子就能学到手的，这需要技术，需要反复练习，俗话说，十年的大道走成河，十年的媳妇熬成婆，只要功夫深，铁杵磨成针，无产阶级只有解放全人类，才能最后解放无产阶级自己，人民，只有人民，才是创造世界历史的动力。”

会计问记不记？

“青面兽”很得意地说：“记。”

大家都称赞“青面兽”的发言有水平。

“青面兽”就更加得意，摇头晃脑地端着大搪瓷缸子使劲喝水。

我最爱参加这样的学习，从中可以学到很多新鲜的、闻所未闻的知识。我是没有发言资格的，我只有在一边老老实实地听，随时准备接受革命职工的帮助和指导。他们对我的存在根本不在乎，发言也毫无顾忌，很能做到知无不言，言无不尽，他们每个人都在极力地表现自己。

在黄河滩上的大仓库里，人人都是评法批儒的大学问家。

后来不知怎么的，从法家就转移到精神的存在这一严肃的大题目上，仓库语言就变得虚幻和抽象，成了纯精神的探讨。

老万对“青面兽”说：“还记得那天吗？ 你让我加夜班翻西边那块地，我干到十一点就回来了，还剩下三五趟，愣没干完。知道我为什么回来吗？”

李瘪说：“是你不想干了，犯懒。”

“青面兽”说：“让老万说，他为什么提前就回来了？”

老万说：“那天天特别黑，西边有闪电，却又没雨，闷得人喘不过气儿来。你们都记住，大凡这样的天是最容易出事的。那天，我一个人开着拖拉机在西大地播小麦，我困了，一边播种一边打瞌睡，一抬头，恍惚看见前面地头上站着一个披头散发的穿白衣裳的女人，车灯一晃，女人将脸转了过去，把个脊背对着我，看来她是怕光。女人的头发又黑又长，盖过了屁股，等我赶到了地头，却什么都没有了。我掉过头来，那女的又站在另一边的地头，远远地面对着我，车灯晃了，就又慢慢地转过身去……”

李瘪说：“是你想女人想疯了。”

老万说：“我想女人也不是想这样的女人，半夜三更在野地里转，不是野鬼就是精怪。我想，不管她是什么，我见怪不怪，不理她就是了，就照样翻我的地。又走了几个来回，那女人不见了，拖拉机开到地中间，突然嘎噔，熄了一下火，很快就又着了，就在这一熄一着的当儿，我觉着上来个人，就是在地头站着的那位，她上来了，一屁股坐在我旁边……”

我们都瞪大了眼睛，大气儿不敢出。

李瘪问：“后来呢？”

老万说：“那女的用头发把脸遮着，低着头，也不看我，一双手是绿的，长着白毛，浑身的凉气浸人。我心里害怕，不敢言语，但是，我想看看那人的脸。正这么想着，那个人就把头抬起来了，慢慢地把脸转了过来……”

我大叫一声缩成一团，让老万再不要讲下去。

“青面兽”说：“彻底的唯物者是无所畏惧的，老万你接着

趁夜色，出奇兵，猛迂回，巧穿插，直捣敌人防线，我们跟着老万上蹿下跳，爬沟越坎，不费吹灰之力就来到了十一团那片茂盛的花生地。

老万说：“就是这儿了，不要言语，抓紧干活。”

我们就拼命挖，那花生果然又大又饱，一提溜一大串。

李瘪说：“老万，你咋知道这儿的花生这么好？”

老万说：“我事先早侦察过了。”

老张说：“难怪你轻车熟路的。”

李瘪说：“我猜前天来这儿偷花生的就是你。”

老万说：“别说话，小心十一团的狗。”

老张媳妇说：“你也是，抱了花生就把锹丢了，让人找上门去，怪寒碜的。”

老张说：“人家不找上门也不会有今天的夜袭，好着呢。”

我想，老万拿白衣女人的鬼话吓唬我们，让我们晚上不敢出门，这大概也是他偷花生的计划之一，这个老万鬼精鬼精的。

远处有手电闪烁，老万一声命令，我们都伏在田埂上，屏住气，一动不动，每个人都十分地军事、十分地到位。我的心怦怦地跳，感到这情景与真正的战斗无异。

两大口袋花生被我们担着，在夜色的掩护下，以神奇的速度向罗敷河转移。没人说话，只有嚓嚓的脚步声和口袋坠着扁担发出的沉重的吱吱声。这次行动的本身让我兴奋，竟使我觉得偷窃原来也是这般美好。当然，更美好的是这些人没有把我当外人，无论干什么，我终于成了他们中的一员。

那些花生我们煮着吃了一星期，吃得人人拉稀，我从那时才知道，花生吃多了会坏肚子，而不是像人们传的那样便秘。实践出真知。

天气再凉些，男人们就躁动不安起来了，老张和老万不知从哪里搞来了火枪，他们要打雁了。

每到秋天，渭河的芦苇塘里就歇息着成群成群的雁，它们不是今天来了明天走，而往往要在这个地方盘旋很久，直到很冷了才离开。那些雁都是麻色的，粗看很不起眼，但是，在阳光下仔细看，它们的每一根羽毛都辗转着色彩，随着角度的变换而变得五彩斑斓。

老张们的枪已经准备好了。

我去河边看那些雁，好大一片，有时静得没有一点声息，有时则叫得一塌糊涂。它们在河里觅食，在芦苇丛里歇息，这些齐整的、有纪律的鸟儿，给枯黄惨淡的渭河滩带来了美丽的色彩和无限的生机。秋风吹过，雁在寒水中瑟瑟发抖，我真是可怜它们。白居易有诗说：“雪中啄草冰上宿，翅冷腾空飞动迟。”我心里想，怎么还不快走呢？家乡就这么好吗？南边比这里要暖和多了，危机四伏的黄河滩有什么好留恋的呢？

但那些雁还是迟迟地不走。

一天傍晚，枪声终于响了。

长河落日，萧萧风声，天地间一片血红。我认为他们干打雁这样的事有点残酷。雁是益禽，从古至今对雁的赞美数不胜数，“鸿雁于飞，肃肃其羽”；“高城残照下，万里一行飞”；“拣尽寒枝不肯栖，寂寞沙洲冷”……对这样的鸟儿怎么能开枪射杀呢？

我的心里满是悲哀与失望。

大堤上，老张们手里提着淌血的雁迎着我走来，他们很夸张地向我炫耀着。李瘪在我的眼前将一只很秀丽的绿羽雁使劲地晃动，得意地说：“今天夜里别睡着了，我给你们做红烧雁肉。”

那只雁的头颈像绳子一样地垂着，眼睛睁着，晶莹的黑眼睛里反射着落日的余晖，它大概到死也不理解、不明白，没有招谁没有惹谁的它，为何会落得如此下场？

我奔到芦苇丛中，大声地冲着那些雁吆喝。

我要赶起那些雁，让它们快走，快走，快走！

没有雁儿飞起，四周死静一片。

它们在更深的芦苇中躲避。

我跌坐在河岸，望着滔滔的河水，只感到生命的不易，存在的艰难。

雁尚且如此，更何况人？

李瘪做别的不行，红烧雁肉却做得很地道。农场的人都很兴奋，大家都在为雁肉而熬夜，难见荤腥的人们在厨房溢出的肉香中已经飘飘然、昏昏然，不能自已了。

我没有去凑热闹，早早地躺下睡了。在蒙眬的状态中，我听见老万在招呼大家去盛肉，老张的媳妇敲我的门，说去晚了多半会让那帮“狼”吃光。

我说不吃了。

老张媳妇隔着窗户说：“那你就亏了。”

我还是说不吃。

老张媳妇说：“要是真不吃，我就把你那一份也打了。”

我说：“随便。”

老张的媳妇噔噔地跑走了。我知道，她是想着她那两个馋肉馋得眼睛发绿的女儿。

“青面兽”和李瘪们就着雁肉蹲在碾盘上喝酒，是下午派老张到河对面小村沽来的一毛二一两的红薯酒，几个男人为这顿肉每人摊了四毛钱，老张跑腿，少出了一半。他们边吃边闹，“老虎、杠子、鸡”的嘶喊声传入我的小土屋，清隽高雅的雁与浑浊浓烈的酒风马牛地搅在一起，让人有一种说不清道不明的惆怅。

男人们都吃得很惬意，他们开始唱了，唱秦腔：有为王打座在某某地面……

跟大雁没有关系。

老万喝得舌头已经发直，他不利落地说：“明天还去打……”

男人们纷纷应和着：“……还打。”

第二天，按正常作息时间起床的只有我一个人，我看见石碾上一片狼藉，被嘬啃过的雁骨遍地皆是，厨房的墙根是一堆用开水烫过的杂乱的雁毛，情景惨烈而悲壮。

我来到河边，见苇丛中又有雁在起落，不禁深深地吸了口凉气：

糊涂的雁哪——

后来，男人们就每天去打雁，他们吃了多少次红烧雁肉，谁也记不清了，可叹的是那些雁，打了还来，打了还来……

我埋怨它们的没记性，细想那也是一种执着，是一种临乎死而不惧的气节，一种伏清白以死直兮的精神。

我不如雁。

事后我才知道，打雁的并非我们这个农场。几乎黄河滩上的所有团队，在那个时期对雁都发动了攻击。一到傍晚，河滩上枪声不绝。经过沿途无数的浩劫，南去的雁真正能飞到目的地的大概没有几只了。

就是能到达目的地，那里也未必就是乐园。

我将那些雁羽做成了一把把扇子，为的是纪念那些在黄河滩上永远不能再飞起的鸟儿。我被招回城市以后，不少朋友都接受过我馈赠的羽扇，他们为那羽的美丽而惊叹，我就给他们讲那些大雁九死而不悔的故事。

下雪了。

河滩上一片洁白，白得耀眼。

狗们不怕冷，冬天似乎是它们的节日，它们几只、十几只地结在一起，有我们自己的，也有外来串门子的。它们在空旷的田野里奔跑跳跃，忽而一群集体朝东，忽而又朝西，跑得莫名其妙。

带头的就是老万的那只纯白大狗。

农场的狗不少，各有各的主人，也就是说，它们每个都有自己的投靠，并不是领导的分配，是自然的结合。谁也说不清楚是怎么的，有一只狗就会卫兵一样地厮跟上了你，冲你摇尾，向你献媚，对你毫不掩饰地抛撒出它喜欢你的信息，不由得你不动心。

我的黄黄儿就是这么找上我的。

黄黄儿是一只漂亮、聪明的小母狗，大眼睛，全身一片金黄。它来自城市，是夏天城里的一些年轻学生来帮助收麦子时留在农场的。我是在仓库里发现黄黄儿的，那时，李瘪正掂着镐追赶它，黄黄儿奶声奶气地尖叫着，躲避着李瘪的堵截。

我问李瘪，为什么要逮这只还没脱尽绒毛的小狗?

李瘪说为了吃。

李瘪说："它在仓库的麻袋后头躲了三天，见谁冲谁呼噜，讨厌得很。"说罢又用镐去捅缩在旮旯的小狗。

那狗哀叫着，向里钻得更深了。

李瘪让我帮他挪麻袋，我说工程量太大，挪到半截，狗换个地方，就前功尽弃了。

李瘪说："狗日的，我下午想做炖狗肉呢。食堂小黑板上的菜谱都写出去了。"

我说："这狗太小，不比一只小鸡肉多。"

李瘪说："甭管多少，它总是肉，就是喝汤也是香的。"

李瘪在谈论吃黄黄儿的时候，黄黄儿就在麻袋后头藏着，一动不动，听他说话。

我说："把这小黄狗给我吧，怪可怜的。"

李瘪说："你要是在下午以前把它哄出来，就算它命大，就属于你；要是过了午睡的时间，你还没有把它搞到手，我和老万们可就要联合采取行动了。”

我说让我试试看。

李瘪走了，我就弯下身子趴在地上哄那只狗。我把它很自然地叫作“黄黄儿”，后来，人们说我那不是在叫狗，是在叫猫。然而，无论猫也罢，狗也罢，黄黄儿就是躲在麻袋深处不出来。

我说：“出来吧，黄黄儿，你要让他们逮走就麻烦啦。”

黄黄儿还是不动。

我只看见在袋与袋的夹缝里有一双晶亮的眼睛在闪烁。

李瘪吃饭的钟敲响了，我对那双闪亮的眼睛说：“黄黄儿，再不出来，你的机会就没啦，你要是被下了汤锅，那可是谁也救不了你了。”

吃完饭我又去麻袋后头找黄黄儿，它已经不在那儿了，我喊了半天也没见它出来，看来是救不了它了。

中午，我正在午睡，感觉有什么在拱我的门。我趿拉着鞋推开门一看，竟是黄黄儿，天晓得它怎么想通了，会寻到我这儿。它很会掌握时机，赶在了李瘪向它发动总攻之前，及时修正了自己的生存方针，不愧是只聪明的狗。

我从地上抱起了黄黄儿，它很害怕也很虚弱，浑身颤抖狗们倒很有臣服思想，它们对有“皇族”血统的细狗大白极尽讨好、卑躬之能事，这其中也包括我的黄黄儿。大白争它的饭，它竟摇着尾巴表示欢迎；有时大白看它一眼，它也激动得翻仰在地上，四爪朝天，把肚子亮给人家。我问过老张媳妇，黄黄儿一见大白为什么要采取这种姿势？ 老张媳妇说这是狗们对对方信赖、友好、甘愿服从的表示；不唯狗，猫也是如此，老虎、豹子也是如此。

“皇族”的大白称王称霸得厉害。

大白将我的黄黄儿咬得鲜血直流，我让黄黄儿出去奋勇争斗，黄黄儿缩在桌子底下不敢出去。我说：“黄黄儿你窝囊到家了，谁见过挨了咬夹着尾巴钻桌子的，也就是你了……”

黄黄儿看着我，尖着嗓子拉着细声跟我说着什么。它的意思我明白，它是说：“你是我的保护神，我受了伤不找你找谁？”

我决心报复一下可恶的大白。

趁它蜷在我窗下晒太阳的时候，我过去逗弄它，大白自有王者风范，任我怎么搬弄，它连理也不理。我想，机会来了，就用紫药水、红汞，将那张狭长的狗脸画得如山魈般的花哨。须臾，大白站起，抖动全身伸直前腿，抻了一个大懒腰。我看着郑重的大白，扑哧乐了，它已经不是细狗，分明是戏台上的窦尔敦了。

接下来的情景十分微妙，大白迈着“皇族”的雍容步伐走向那些杂种狗的时候，杂种狗们一齐冲着它狂咬起来，它们没见过这花花绿绿的怪物，它们把它当成了外星狗。

在集体的撕咬下，“皇族”的大白败得非常惨，直到它被骂骂咧咧的老万弄到冰冷的河里去洗脸，它也没有弄明白，平日归顺它的臣民为什么会在它午睡醒来之后突然发生了哗变。

冬天是撵兔的季节，也是狗和男人们的活跃时期。陕西的农村有雪天撵兔的传统，在老万的带动下，我们全体出动要跟过冬的兔子较劲儿了。

苍茫的雪野上，只有我们几个人，此外，就是一群张牙舞爪的狗。狗们似乎都知道我们要干什么，它们一蹿一蹿地撒着欢儿，表达着它们的兴趣和忠心。

我们一字排开往前蹚，男人手里都拿着镰，当兔子惊起时，男人手中的镰便朝着兔子逃窜的地方飞过去；一声呼哨，细狗大白就箭一样地随着镰射出，直奔兔子而去。于是，一场追逐在雪地上展开了。兔子在前面夺命逃窜，狗在后面穷追不舍，人则分路散开围截，人喊狗叫，气氛热烈。

渐渐地我窥出端倪，大白追兔，是不声不响地实追，白的狗，白的雪，往往把兔子搞得昏头昏脑，防不胜防。大白在追没有任何思想准备的我一下子蒙了，不知道怎样回答才好。

“青面兽”说：“你年轻轻的真甘心在这个小农场里混一辈子？”

我说：“我愿意。我哪儿也不去，我在这里很舒畅、很幸福。”

老万说：“瞎说，你太虚伪了。”

我说：“我说的是真话，是发自内心的真话……”

不知怎么的，我的眼泪唰的一下流出来了，像决了堤的水，止也止不住。

“青面兽”有些慌，他说：“我没说你什么呀，你哭什么？你哭什么？”

一屋子的人都停止了吃饭，静静地看着我，看着我哭。没人笑话我，无言的理解也是一种难得的幸福。

老张的媳妇对“青面兽”说：“这不是女子自己跑的事，是要你们领导出面的。”

“青面兽”说：“我是屎领导。”

李瘪说：“你怎么是屎领导，你是咱农场的大负责人哩。”

老张说：“是应该找一找的，当初农场几十个牛鬼蛇神都走没了，又有谁是真的？ 我就不信这个小女子就独独的是反动的。”

“青面兽”说：“这是运动的结果，运动就像大网捞鱼，那一网下去什么都能捞上来，你就得蹲在那儿细细地捡，很多时候捡到后来，什么也没捞着，你要是想网网都满得拉不动，那除非是做梦。”

大家策动着“青面兽”到我们单位去交涉，“青面兽”说他过了元旦就去西安，让我耐心等待，不要着急。

我在一边听着大家的议论，心情很复杂，回到可怕的原单位去，我是十二分的不愿意；继续留在农场当我的“反革命”更是一百个不甘心……

这顿兔肉，让我吃得太艰难。

吹鼓手

乡间吹鼓手，一个多少带了些传奇色彩的经历；为陌生人送葬，一段不堪回首的人生失意。毕竟是远了，但又忘不了。

我与商务印书馆总编李思敬一起登峨眉，这位兄长般的学者与我有着诸多共同爱好：唱京戏，听大鼓，逛旧书店，品香茗，最为甚者是游名山大川，并乐此不疲。

寂寞漫长的山路上他谈起了他的过去，谈起了他在农村受教育时为老乡送葬当过吹鼓手的事。他说得轻松又漫不经意，正如这依着山势悠来荡去的石板路，那么自然，那么顺畅。而作为听者的我，却被一种莫名其妙的感觉攫住，说不出一句话来。难以相信，在我与他两个不同年龄层次的人中，何以能有如此相似的经历？ 我怀疑是冥冥中某种力量的安排，刻意让两个当过吹鼓手的文人一起来登金顶，一起来攀这艰苦卓绝的路。我毕竟年轻，于社会，于人生，于世事尚没悟透，达不到思敬兄那种超然的洒脱境界，故而对自己的过去，竟羞于启齿，致使当过吹鼓手的事一直深埋于心，除了我的丈夫，再也无人知晓。

我常常想，渭河边上那个被绿树掩盖的小村应该还记得我，应该还记得二十多年前的一个黄昏，曾有个说北京话的外地女子，给他们吹了一支又一支曲子，为村里一位叫长水的大（读 duo）人送葬。那位大人是连任数届的大队支部书记，是革委会主任，是学毛选积极分子，也是全村尚门一姓的最高长辈，当然更是根红苗正的贫农。我那时的身份很惨，是被改造者，太多太复杂的社会关系压得我抬不起头，人们又把我的言行与这些关系，包括我早已逝去、压根没见过面的祖先联系起来，于是我便被贬到这荒凉的三门峡库区种玉米、放猪、打胡基。跟我一块儿下来的还有专写“反动诗”的诗人浏阳河（现在延安市任文化局副局长）和中学语文教师郭寅正（而今不知在何处供职）等人，在单位都是入了另册的不可救药之辈。虽处逆境，郭、浏二位亦不失诗人本色，端午节竟弄来两大碗雄黄酒，在小土房内边喝边引吭高歌，所幸当时政治指导员闹不清屈原是法家还是儒家，索性不管，后来好像也加入了喝唱之列，记不清了。下工以后，二诗人常到堤坝上去，仰着脑袋念些自己写的和别人写的诗，其中有些内容是“很糟糕”的。我惊讶他们的执迷不悟，因了诗的累却仍能钟情于此，万分敬佩之余亦总在告诫自己万万不可陷入。前车之鉴务须记取，我和我的家庭再经不起任何折腾了。每有相邀，或推以无才，或避而不见，寻个清静之所，远远躲开那些疯魔般的人物。唯一可以慰我寂寥的是河对岸数里有个叫喜茂的回乡知青，与我相交甚笃，我常过河去找他聊天，喜茂一个夏天都在看瓜，他的瓜是专为取籽儿用的，叫打瓜，一拍就开，那籽儿又黑又大，漂亮极了。于是我便知道了世上竟然还有专吃籽儿的瓜。

我从未跟喜茂说过我的事，为的是保留自己那最后一点自尊。好在喜茂也从未问过，他把我当作了北京的知青。喜茂对北京很感兴趣，大串联时进了回北京，却没能进故宫，那时的故宫早奉旨关门了。喜茂觉得很遗憾，他爷爷——后来去世的那位大人——曾悄悄嘱咐过他，进京城无论如何得去看看金銮殿，这不是任何庄稼人都有的机会。喜茂去了，但是喜茂没看着。他老对我说这件事，我就给他说北京，说紫禁城，说一座座的王府。喜茂对我很钦佩，我也觉得只有在喜茂跟前，我才像个人。

诗人们不甘寂寞，有着太旺盛的精力，有着浓厚的超前意识，有着突如其来的摩登之举。这日，浏诗人与郭诗人决定趁下地干活之机偷跑，去爬华山，向陈抟老祖乞求灵感。他们约我同行，并派任务让我去食堂窃馍若干、咸菜数块，等等。我知道，此事瞒不过上峰，明日点卯，一切均真相大白，非同小可。正犹豫间，喜茂过河来寻我，说他爷死了，让我帮着寻几首吹奏的曲子。我问以往吹些什么，他说过去那些曲儿多不能用了，是“四旧”，搁一般人死了也就不吹了，但他爷是全村的大人，不能让大人冷冷清清地上路，所以得吹，但又不能让公家不高兴，就让我帮他想几首适时的“革命曲子”。这很让我为难，样板戏不少，语录歌更多，用作吹丧的曲子却均为不妥，既不能太欢快给人以幸灾乐祸之感，又不能太悲伤落入感时愤世之嫌。思索再三，我凭印象写了几首自以为勉强可用的，让喜茂拿回去练。郭、浏诗人问我去不去华山，我推说眼睛不行，夜里登山看不清道儿，不想去。他们就走了，后来果然挨了批，罚刨烂砖头，又苦又累，但两人都写了不少诗，什么“雨夜登山我独来”之类。那一天，我心里总乱糟糟的不踏实，果然下午喜茂又急匆匆跑来，说我写的那些字码儿没人识得，唱不出，让我赶紧过去教。又说，村里人听说歇了几年的吹乐今夜要复出，都要在灵前听曲儿呢。

下了工，我就随喜茂过河去了。村不大，喜茂家住村中间，院里设着灵堂，进进出出的人不少。我一进门就有人说，乐人来了！也有人说怎来了个女鬼子？ 我不知自己何以被称为鬼子，十分不解。今年去旬邑采访唢呐民间艺术，才知百姓们俗称吹鼓手为“龟子”，是依当年西域“龟滋”而渲化，为音乐的代称。至此多年之谜才得以豁然。

先到的乐人已在厦屋里坐着，抱着个唢呐，木木讷讷的，也没太多的言语。喜茂说，原本还有个拉胡胡的青年，被借调到县毛泽东思想宣传队弄样板戏去了，就只剩下了这位吹唢呐的老汉。我当时把曲子给老汉哼了两遍，他竟能随着哼唱低低地吹下来了，其敏锐的乐感令我吃惊，也令我对这位木讷的农民不得不刮目相看了。轮他单人吹奏时，却说“弄不成”。我又唱，他又随着吹，临了又说“弄不成”。喜茂有些急，喜茂爹也有些急，我也急，我说我总不能跟着唢呐唱吧，那不挣死我。喜茂说他有办法，转身不知从何处拿来一个笙，问我会不会吹。我说会。

我对笙并不陌生，我自儿时便与它打过交道。老北京人多会唱京戏，我们家也不例外，晚饭后父亲常与他诸多的子侄们在后园子扯起胡琴，敲起鼓点，叮叮咣咣地开戏，成出成本地演，今日演不完明日接着来。兄长中不少均是京剧票友，造诣颇为精深。内中有位善唱程派青衣者，程派唱腔多有笙伴奏，以突出柔美凄婉之效果，为此家中便置一笙，与京胡、月琴之类放置一处，随时备用。我那时尚小，出于淘气与好奇，常将那笙从堆房中偷出，捂在嘴上，唔唔呀呀地吹，因为吹它比拉胡琴更来得方便。笙一旦在院中惨兮兮地发出声响，大伯母就会从房里出来，站在廊下训斥：好端端的吹笙，不吉利呢，一个小丫头，莫非还想当吹鼓手不成？ 大伯母是 1961 年才去世的，其娘家曾是清朝内务府官员，规矩多得厉害，她常常倚老卖老，我便以小卖小，这一老一小，便形成尖锐对立的两个独立世界。我不听她的，依旧吹，吹得昏天黑地，吹得嘴里吐白沫，吹得黑眼仁直往上翻，吹得一丝气息悠悠欲断……有话说，三天的笛子，隔夜的笙，三年的胡琴没人听，是说吹笙极易学，当然要吹出水平则又另当别论，但我断断续续地吹出“长亭外，古道边”的时候，似乎并没费太大的力气。许是大伯母不该有那样的预言，竟应在了我身上。我来为这个毫无瓜葛的陌生关中老汉吹奏送葬，可谓空前绝后，时空与命运的交叉在这里形成了一个奇特的点，无法抗拒，无法躲避，这不能不使我感到内心的寒噤和苦涩。

喜茂说笙是他爷生前吹的，爱得什么似的，别人谁也碰不得。吹唢呐的老汉说，用长水的笙给长水送葬，长水准高兴哩，他将来怕没这样的福气。老汉说的是实话，看村里这架势，怕再没第二个能吹唢呐了。死者的笙是十七管十七簧的老式葫芦笙，年代相当久远了，端起这管沉甸甸的，已因手磨汗浸而紫得发黑的笙，我只觉得是一种缘分，一种与喜茂家、与这位被称为长水的死者、与这渭水边的小村的一种缘分。天地间有些事，不是谁都能说得清的。

唢呐声起了，声音拉得长长的，在节拍上完全是即兴的发挥，彻底脱出了我提供的曲子，不少地方还加入了哭腔颤音，曲调中突出了生命的精髓，突出了生的坚毅、死的重托，于是一院人悲声大放。现在是我跟着老汉的调子走了，衔着笙口，我吹出了第一个音符，于是，在唢呐的高亢与响亮中立即糅进了如泣如诉的沉吟，揉进了低音笙的松软与甜美，使人的身心随之颤抖，悲中有痛、痛中感悲的和谐达到了至臻至妙的境界。曾听说，笙与琴都是充满阴气的奇妙之物，有“深松窃听来妖精”之说，尤其笙，更可感召鬼物，本不是属于这个世界的物件，却阴差阳错地来了。古人说它吐凤音，作风鸣，“能令楚妃叹，复使荆王吟”；令人赞它柔润清丽，比二胡亮，较笛子甜，在管弦乐中，能起着管乐与簧乐的两重性质，使活跃的声部结合起来而达到完美的和声效果。正因如此，在长水老汉的葬礼上，它与唢呐的密切配合，烘托出了一种情绪、一种气氛，也烘托出了死者人生终点的最后一片灿烂与辉煌。

我吹了一个晚上，忘却了身形，忘却了荣辱，一身精力化作了迤逦情丝，与西天凄艳的晚霞融为一体，飘荡而去。前不久，气功热大兴时，我曾问过气功师，吹笙可不可以“入静”，他摇头，我就想，他一定不会吹，吹笙是全身心的投入，达到息心忘念的超然状态，这与气功入静有何差异？ 这是后话了。记得那晚我要回去时，喜茂娘包了几个花馍送我，流着眼泪说了许多许多的感激话，让我很不安。更要命的是临出门前，喜茂爹领着全体孝子齐齐地给我跪了，认认真真地向我磕了头。从那一张张悲痛已极、疲倦已极的脸上，我看到了感激，看到了真诚，看到了关中父老乡亲的淳朴厚道及数千年中华文化在他们心底的沉积。我感动极了，抱着门框毫无掩饰地大哭了一场，我是在哭自己，哭自己的委屈，哭自己的坎坷，哭自己失却的人格和自尊……那晚，吹得痛快，哭得也痛快。

不知什么时候落起了小雨，喜茂一直把我送过河。我说为他爷爷当吹鼓手以及他们全家向我下跪的事万万不可让我们这边的人知道。喜茂说他爹已跟大家都打了招呼，说公家人不比农民，此事不敢向外人胡言传。我说要是他喜欢，以后我可以教他吹笙。喜茂说那笙明日就随他爷埋了，那是他爷喜欢的东西。于是我明白了这晚我为什么出乎意料地将笙吹得这般出奇的好。将军已去，大树飘零，壮士不还，寒风萧瑟，今晚是它最后的绝响了，笙是有灵气的乐器，有感应的。

如今，也有了一把年纪，也有了些许阅历，便常常想起过去。每每想起此事，只觉珍贵，再无难言。现在将它写出，全是为了思敬兄，以补我峨眉山的沉默。

拾取逝去生命的碎片

我学医、行医加起来前后有二十年，二十年的时间里看到了不少生与死。生命的诞生大致相同，但生命的逝去则千态万状，让人刻骨铭心，难以忘却。我常想起那些与我擦肩而过又归于冥冥之中的生命，想起他们起步的刹那以及留给生者的思绪，从而感到生与死连接的紧密与和谐。那一个个生命的逝去，已残缺为一块块记忆的碎片，拾捡这些碎片是对生的体味、对命的审视，是咀嚼一颗颗苦而有味儿的橄榄。

那时年轻，不知何为生死，我的班长与我是“一帮一，一对红”，我们常常坐在水泥池子的木板上谈心。我们谈的常是一些很琐碎的事情，诸如跑操掉队、背后议论人、梳小辫臭美等。我们屁股下面的池子里，黄色的福尔马林液体中泡着三具尸体，两男一女，他们默默地听了不少我们之间的事情。

有一天，班长说，她将来死后要把遗体献给学校，为医学教育做贡献，我才突然觉得池子里面躺着的是三个“人”。

水泥池子上的木板很硬，很凉，药水气味也很呛人。

“文革”时，他从八楼顶上跳下来，当时我恰巧从下面走过，他摔在我的前面，我下意识地奔过去，以为这是一个玩笑。他很平静地侧卧在地上，没有出血，脸色也相当红润。他看着我，想说什么，嘴唇动了一动，但只是两三秒的工夫，面部的血色便褪尽，眼神也变得散淡，我随着那目光追寻，它们已投向了遥远的天边。

三天后我看见他从湖南赶来的老父亲默默地坐在太平间的台阶上，望着西天发呆，老人的目光与他儿子如出一辙的相似。

西面的天空是一片凄艳的晚霞。

她是个临产的产妇，长得很美，在被我推进产房的时候她丈夫拉着她的手，她丈夫很英俊。这是对美丽的夫妻，他们一起由南方调到这偏僻的山地搞原子弹。平车在产房门口受到阻滞，因为夫妻俩那双手迟迟不愿松开。孩子艰难地出了母腹，是个可爱的男婴，却因脐带绕颈而窒息死亡，母亲突发心衰，抢救无效，连产床也没有下……这一切前后不到两小时……

我走出产房，丈夫正在门外焦急地等候，我把这个消息告诉他，他说，我想躺一躺。我把他安排在医生值班室让他歇息。

半小时以后，我看见他慢慢地走出了医院大门。

儿子守在母亲的病床旁，须臾不敢离开，医生说就是这一两天的事。儿子才大学毕业，是独子，脸上还带着未经世事的稚气，母亲患了子宫癌，已无药可治。疲劳不堪的儿子两天三夜没合眼，母亲插着氧气艰难地喘息，母子俩都怀着依依难舍的心紧张地等待着那一时刻的到来。中午，儿子去食堂买饭，我来替他守护，母亲一阵躁动，继而用目光寻找什么，喉咙里发出呼噜呼噜的声响，我赶紧凑到她跟前，那目光已在失望里定格。

儿子回来，母亲的一切都已结束，他大叫一声扑过去，将那些撤下来的管子不顾一切地向母亲身上使劲插……

撒在地上的中午饭深深地印在了我的脑子里。

我给这个六岁的男孩做骨髓穿刺的时候，孩子咬着牙挺着，孩子的母亲在门外却哭成了泪人儿。粗硬的带套管的针头扎进嫩弱的髂前上棘，那感觉让我战栗，是作为医生不该有的战栗，我知道，即便打了麻药，在抽髓的刹那，那疼也是难以忍受的，而孩子给我的只是一声轻轻的呻吟。取样刚结束，孩子的母亲就冲进治疗室，一把抱起她的儿子，把他搂得很紧很紧。孩子挣出他母亲的搂抱，回过身问我："这回我不会死了吧？"

我坚定地回答："不会。"

半个月后，孩子蒙着白单躺在平车上被推向太平间，后面跟着他痛不欲生的母亲。临行前，我将孩子穿刺伤口的纱布小心取下，他在那边应该是个健康、完整的孩子。

辚辚的车声消逝在走廊的尽头，留下空空荡荡的一条楼道。

……这样的碎片于每一位医生都会有很多，它们并不闪光，它们十分平常，但正是在这司空见惯中，蕴含着一个个你我都要经历的故事，我们无法对它加以任何评论，我们只能顺其自然。生命是美好的，生命也是艰难的，有话说："未知生焉知死？"我想它应该这样理解："未知死焉知生？"我想起1985年在日本电视里看到一个情景，那年8月，由东京飞往名古屋的波音747飞机坠毁在群马大山，全机五百二十四人，五百二十人遇难。飞机出事前的刹那，一位乘客匆忙中写下了一张条子：

感谢生命。

请拉住我的手

早晨八点，我与她同时被推进了手术室。手术完毕我被推回病房时，看见她已经回来了，身上蛛网似的插了不少管子，看护她的雇来的农村女孩一脸漠然地站在走廊里。据说，切开她的腹部，胃癌已到晚期，癌细胞大面积扩散，已经无法救治。按惯例，大夫会跟病人家属说想吃什么就给弄点什么的话，可大夫这回什么也没说，一来无家属可说，二来她也吃不成任何东西了。

我和她各自在床上躺着，都不能动，雇来的女孩儿望着她那张蜡黄的脸显露出难以掩饰的恐怖。

她醒了，侧过脸来看我，问我疼不疼。我说疼。又问她怎么样，她说现在还不觉得疼，过一会儿可能就吃不住劲儿了。她说她要真疼起来叫我别害怕，她不愿意吓着我。

她的疼痛发作是在半夜，凭她脸上细密的冷汗，凭她那张抽搐得变了形的脸，我相信那疼是无法忍耐的，远比我的疼要残酷千百倍。但是她忍着，那压抑的呻吟比高声的呼喊更让人揪心，更让人的神经受不了。我恳求医生再给她用药，医生说已经用到极量了，这病的结局就是如此。可惜，安乐死的做法还没有被法律通过……

医院的伙食不好，我的一日三餐均有朋友来送，她只是静静地躺着，吃与不吃对她不再重要。朋友送的饭花样频频变换，每回吃饭我都觉得不自在，在滴水不进的她面前进食，对她必定是个不小的刺激。她见我遮遮掩掩的，就说："甭这样，我愿意看你吃，就跟我自己吃一样。"后来她就跟我谈吃，谈她的烹饪经验，从辣椒蒜酱的制作比例到腌鸭蛋的快速出油办法，从酱肉卤汤的保存到滑溜肉片的油温……我不能想象，一个将永远告别咸鸭蛋、蒜辣酱的家庭主妇，是怀着怎样一种心情把这一切介绍给另一个女人的，绝望、依恋，又充满着自豪与自信，总之很复杂。

我在迅速痊愈，可以下床了。她的病情在急剧恶化，大部分时间已处于昏迷中，一天也难跟我说一句话。小女孩已辞去不干，过道上来过两回人，也是看看就走，可以想见，健康时她也是个孤寂的人，没有亲朋好友。

这天，原本要将她挪到抢救室去，以便她在那间单独的小房里静静地走完生命的最后路程。早晨的时候，病区里一阵忙乱，说是接到电话，由西安飞往广州的飞机坠落在不远的长安县，让各大医院外科做好一切准备，积极投入抢救工作。这样一来，准备搬往抢救室的她就留下来了。医生说，她的病拖不过明晨两点。我奇怪医生竟能将人的生命算得如此精确，医生说我要是紧张害怕他们可以给我服镇静剂，让我睡觉。我说我不介意，我也是学医出身，能伴着她走到终点也是一种缘分。

因为有了“两点钟”那样的预测，我对她的观察就格外仔细。整整一天，她除了呼吸有些急促外均处于昏迷状态，连动也不动，点滴和吸氧也都很正常。晚上十点，我临睡前伏下身去看她，出乎意料，她正睁着眼看着窗外。窗外下着小雨，淅淅沥沥，路灯在雨中显得昏黄暗淡。望着溅起水花的泥泞路面，我想，她真的要在这样的天气里上路吗？ 我走过去，握住了一种皮包着骨头，尚可被称为“手”的东西。许是感到了温热，她把目光转向了我，那双深陷的无光的眼竟然有了些许湿润，我想我必须说点什么，就问她是不是很难受。她摇摇头，清晰地吐出一个字：不。虽然已不能动，但她的精神似乎出奇的好，思维也似乎空前的活跃。她说她正在想下辈子变成什么，她的声音很轻，语句也不能够连贯，可意思却表达得很明白。我说当然变人，人好。她又摇头，许久才梦呓般地说：变风。我不知道她为什么要变风，弥留之际，有些想法是常人难以理解的。最后她很吃力地表达了她的一个请求，即在她临行之时我能在她的身边，就像现在这样，拉住她的手，不要松开。我知道在人世上她已没有亲人，孤独地生存也预示着孤独地死亡，所以她害怕……我当时毫不犹豫地答应了她，又说她不会死。我甚至对那位医生的不祥推断产生了怀疑，谁见过头脑如此清醒的癌症濒死之人。

一阵凉风吹来，我打了喷嚏，周身有些发紧，我跟护士要了两片康泰克。护士来的时候顺便看了看，我问情况怎么样，护士说一切正常，今晚不会有事了。我吃过药，躺下，看表一点四十五分。

靠康泰克的药力，这一觉睡到上午九点才醒，看她的床已经空了，洁白的床单和平整的枕头摆成了我初进院时的模样，那些看惯了的吊瓶、氧气筒之类也没了踪影，那乱糟糟的一切就像刮过一阵风，什么都没了。我问护士，她呢？ 护士说走了。我问几点，说是两点。我惊愕得说不出话来，护士笑着说，你睡得真死，昨天夜里那么闹腾，你连眼也没睁。我坐在床上想了许久。也难过了许久。她请求我守在她的身边，请我拉住她的手，以带走人间最后一点温情。这可以算是她孤寂人生的最终亮色，算是她在另一个世界回想当初，对人的信赖和依托。然而我却如此掉以轻心，如此言而无信，使她带着永远的遗憾、伤心和失望走了。为人一场，临终还受到我的欺骗，难怪她来生宁愿为风。

高考变奏

高考前几个月，我们家进入了临战状态，平日顾大玉所分摊的家务诸如打开水、倒垃圾、刷碗一类全由我和老爷子接替，以保证考生的充裕时间和精力。到最后阶段，我索性放下手里正进行的长篇创作，将工作重点移向了菜市场和厨房。红盐白米，鲜虾嫩鲤，每天变着花样地做吃的，认真计算营养成分，生怕有所亏待。我早先学医时读过营养学，在医院工作一直没有使用的机会，没想到在这个时候派上了用场，也称得上是好钢用在了刀刃上。

只要顾大玉在家，全家人就怕惊了驾般，说话自觉地压着嗓子，不敢大声喧哗，避免给考生造成干扰。怕影响顾大玉的情绪，她平日的冤家对头——我们家的老爷子也敛声静气，一改宝坻人的高腔，赔着笑脸嘘寒问暖，使得爷孙的位置彻底倒置。

私下里老爷子问我，考大学是不是跟中状元相当？

我说不。

老爷子问相当于怎样一个水准。

我说大概跟过去中举的情景近似。

老爷子说，一天光菜钱要花几十块，才是个举人，人家孔子的徒弟颜回都当了贤人了，还箪食瓢饮不改其乐，也没见颜子他妈拿着计算器计算卡路里。

我说时代不同了。

老爷子说都是惯的。

跟迎香港回归似的，顾大玉屋里的墙上也安了倒计时的装置，以计算日期，增强紧迫感。负责此装置的是老爷子，每天他老人家当着顾大玉的面，郑重地将自制的大月份牌翻过去的同时，便用浓重的宝坻口音朗朗宣布：离高考还有几几几天。

此时的考生正在黑甜乡里遨游。

对顾大玉不紧不慢的节拍，我看着有些心急。我不知她心里是怎么想的，在大人心急上火的时候，小小的人儿竟是满不在乎的沉着，不是好事儿！不敢深说，问询单位同事成德超，他的儿子今年也考大学。成德超说他的儿子也是这副德行，不同的是他和儿子订了“合同”，父子俩认真地在上边签了字，“合同”上写着：成果（他的儿子）考上了大学，一切费用由成德超供给，维持父子关系；考不上，卷铺盖走人，去自食其力……“合同”压在儿子的玻璃板底下，让他随时看到，以增加压力。

我不知成家的“合同”是否奏效，总之，在高考阶段，各家都有各家的高招。

这天，顾大玉早晨背着书包去学校，我向她征询当日食谱，是吃馄饨还是吃打卤面。

她懒懒地说，都吃厌了呀，要不今儿个我在学校食堂吃吧。

我说换换口味儿也行，但中午一定要休息一会儿，要不晚上精神不好。

她答应着走了。望着顾大玉那鼓鼓囊囊、略显沉重的书包，我只感到考生的不易，小小年纪，其实也活得很累。要是我当时知道她的书包里背的是什么东西，我一定会拦住她，阻止再一次出走的发生。

中午，顾大玉没有回来，这是自然。

晚上，顾大玉还没有回来，这就很不自然了。

我给她的同学李勇、李静、李文玉等人打了电话，他们都说不知道。

一个大活人，早晨背着书包走出了家门就不见了，如同一滴水融进河里，捞也捞不出来了。我急了，在这关键的时刻出走，意味着什么？ 意味着高考的泡汤，意味着十几年的心血白费！上高中是为了什么，上高中不就为了考大学吗！可你跑什么？

顾大玉：学习目的不明确，上高中不全为了考大学，您还是作家呢，连这点儿浅显的道理都不明白，写出来不怕人笑话。

我到老爷子的房间，想问问他的小箱子是否又遭了洗劫，老爷子正抱着他的箱子发呆。我说，她又拿了您多少？ 为了避免刺激，我用了“拿”这个词。

老爷子说，怪了，这回她没拿……

我说，没拿就好，省得让您生气。

老爷子说，她应该拿，不拿她在外头怎么活呢？

……

我翻看家里的其他杂物，发现顾大玉经常使用的一些物件都不见了，诸如毯子、毛巾被和衣服……无疑，这是一次有计划、有目的的出走，其准备工作已经不是一天两天了。

老爷子说，咱们没训她也没逼她啊，她为什么又走了呢？

我说，她是走习惯了，不走她憋得慌，这就跟抽大烟似的，上瘾了。

老爷子说，你别这么说她，她到底是你的女儿。

我几乎是用哭腔大声说，我没有这个女儿！

老爷子说，要不咱们报告公安局，去找那个小刘，让刘警察替咱们找，他比咱们有办法。

老爷子说的“有办法”是有根据的。高考前一个寒假顾大玉也走过一次，说是自己要“实现价值”，利用寒假出去打工，挣些钱，学习美术，开学就回来，怕家里不答应，所以事先就不打招呼了。她的信是让一个叫李静的女孩带回来的，我问李静，顾大玉究竟上哪儿了？ 那个孩子对顾大玉的一切守口如瓶，什么信息也不提供。我只好一通钻天入地地寻找，当然没有任何消息。在春节的朋友聚会上，大家见我有些郁郁寡欢，就问怎么了，我说起顾大玉的事情，小刘说他有办法将这个孩子找回来。我有些将信将疑。果然不到晚上，小刘就将顾大玉给“捉拿归案”了，用汽车送了回来。我问小刘采取的是什么“战术”，小刘说找她的同学分别谈话，只要是知情的，就不敢不说。小刘是公安局的，公安局的问话，没人敢打马虎眼。

至今，顾大玉对公安局不感兴趣，谁只要一提“公安局”，一提小刘，她就翻白眼。有一次我说，我想挂职到公安局锻炼，她揶揄道：您是到公安局去学习寻找出走少女吧，您有那时间干点儿什么不好。

我说，我的事情你不要干涉。

母女俩的感情总是不融洽。

顾大玉说，出走是一种对疲倦的暂时解脱，并不是您说的什么“上瘾”，高中的生活枯燥又累人，让人有挣脱镣铐、高声呐喊的欲望，用日本的词汇来说就是慢性疲劳。

对顾大玉高考前的这次出走，我实在没有勇气再找公安局的小刘，朋友倒是朋友，你不能一次两次总为孩子的事去麻烦人家，让人家看，你们家的顾大玉是怎么了？ 老出走。但毕竟让人着急，顾大玉几天没回家，平时与她见面就打的老爷子，此时竟是老泪纵横，不吃不喝地在屋里乱走，一量血压一百八。小的且不说，老的真有好歹，让我如何向在外头的丈夫交代。

那倒计时的牌子，竟有几日没翻了。

我学着公安局小刘的工作方法，找到学校，让学校协助找人，也找到顾大玉的班级，在同学中广泛调查，大做工作，晓之以理，动之以情，甚至说了放下屠刀、立地成佛、坦白从宽、抗拒从严、既往不咎、立功有奖这样很不着边儿的话语。但是没人理我的碴儿。

于是又将丈夫的朋友、教中学的祁老师请了出来，想他在对待中学生问题上应该有经验。

祁老师在晚自习的时候来到了顾大玉的班级，学生们都在学习，其中没有我的女儿顾大玉。祁老师在班上待了许久，了解到，顾大玉在出走以前就有好几天没来上课了。一个叫穆云静的孩子拿出一封信给他说，这是顾大玉写的，让在适当的时候再交给家长，不要一开始就拿出来……

祁老师将信拿回来，我拆开一看，是写给她的父亲的，信中说：

……我不想考大学了，我不是学习的材料，但我是画漫画的材料，我要当职业漫画家，这并不一定要大学文凭，也并非得美术学院出来的人才能干。画漫画有份稳定的收入也不是不可能。中国的漫画和日本相比，差得太远，还有待发展，还有潜力可挖。我会依靠自己的力量去奋斗，不依赖任何人。考大学那种无聊的事情留给除了学习以外一无所长的学生吧，学位也留给那些想得到它的人吧，我对它们不感兴趣！请妈妈对我放心，我不会任人摆弄，任人玩弄，我会对我最后的恋人负责，我也会为我所做的事情负责，绝不会要你们来替我收拾。说实话，最近一段时间我没有到学校去上课，我是出去画画了，当我学了一天画回到家，面对您充满期望的面孔时，我的心里很不是滋味。我愧对您又无可奈何。留下来，做您的好孩子，认真考上一个好大学对我已经成了太大的负担和压力，我对这不抱任何希望。出去，会有生机，会有希望，您放心，我在外头会和女孩子们在一起，不去歌舞厅，不去酒吧那样的地方打工，在我的第一篇美术作品发表时，我会打电话回家的，我已经快二十岁了，会小心的……

天哪，真是想起一出是一出，主观随意性难道也是可以这样发挥的吗？ 我火极了，这是闹着玩吗？！

祁老师说，你先别生气，这儿还有一封补充信件呢。

我抽出另一封信，较短，一张纸，是对我们家庭成员的个人评价：

爸爸：您太爱以自我为中心，总喜欢用自己的方法、意志去约束别人，拿您自己去和别人比较。因为您是杰出的，别人很难和您比，但您的杰出绝不是一朝一夕得来的，每个人都有上进心，他们会去努力的，当他们到了您现在的年龄，不一定会比您差。爸爸，其实没人喜欢您的高温高压，只不过大家都很怕您罢了，我也是。

妈妈：其实这个家中您最了解我，有时我都惊讶，了解一个人竟可以到如此境界……可惜，您没能善用这份了解，对此我很遗憾。在我朋友中能了解我的人不多，但了解以后只有两种结果，一种成为密友，一种绝交。当一个很了解自己的人成为对手时，是一件很可怕的事……不过，今后我会改变得让别人摸不透的。同时，既然知道了您了解我，我也就知道了您下一步会怎样走……

爷爷：您保护好身体就行了，平时给您说的一切都是真的，我有自己的打算，自己的梦，不管别人怎么说，我都会走我自己定下的路，不达目的誓不罢休。这是我的性格，也是我的座右铭，下学期开学时我会回来的，放心！

走得多么心安理得，走得多么冠冕堂皇。我想，这是一个太自私的孩子，她想的只是她自己，她从来没有为这个家庭着想过，没有为别人着想过，她不对任何人负责，她只对她自己负责，二十年的养育之恩，就这么一走了之，让人心寒……

顾明耀：抚养孩子绝不是图她的什么，让她“报恩”思想要不得，你这个受党教育多年的知识分子，观念怎么还这样陈旧？

我很快从顾大玉的同学嘴里掏出了一些情况，原来，顾大玉的这次出走，她的同学几乎全部知情，有几位甚至是参与谋划的智囊人物。这蓄谋已久的计划，绝不是心血来潮的灵机一动。

我对顾大玉钟情的日本式漫画有自己的看法，实话说，我对于这种并无甚艺术水准的“漫画”是百分之百看不上的。画上的人物如同复印的一般，一律的大脑袋三角脸，外星人式的大眼睛足足占了半张脸，小嘴一点点儿比眼珠还小，没有说明，只有“哇——”“啊——”让人摸不着头绪，甚至找不着一二三。顾大玉喜爱的就是这些没有头绪、并不存在的人物，一张一张地临摹，一张一张地欣赏，那些半人半鬼的东西只是倒人胃口，我却不明白小孩子们能从其中看出些什么？ 我们小时候，漫画也有，小人书也有，华君武、李滨声、苗地、丁聪诸位大家的漫画，让人百看不厌，回味无穷；《三国演义》《杨家将》《红楼梦》成套的连环画，是老老少少的不能释手之物，这些从青少年时代就伴着我们成长的读物和画家，什么时候想起来，什么时候有一份崇敬和亲切。到如今，中国的这些画都哪儿去了，竟是让小鬼子的大眼睛、三角脸，让东洋的披头散发给挤没了！面对这些，我真感到不可思议。

百花齐放也不能净是人家的花不是。

通过顾大玉的同学我与失踪的顾大玉间接取得了联系，顾大玉提出条件，要回家可以，但必须答应她改行搞美术，再不学理工科。

我说，不就是画画儿嘛，只要回来，这条件我们答应就是了。

顾大玉说，我们还要为她搞美术提供一切方便。

我说，当然。

顾大玉说，她回来要享有比以前更多的自由。

我说，可以。

……

不像是谈论回家的事，倒像是国共两党的谈判。

接下来，是我与各美术院校联系，在当时的情况下，各艺术类院校都已提前考过，根本没有机会了。都到什么时候了，谁会等着你。问到最后，只有西安大学美术装潢设计专业还没有进行考试，我问什么时候考试，人家说明天早上八点。

我赶紧让祁老师设法将顾大玉请回家来，这样才能应付第二天的美术考试，否则没有一点儿机会了。

祁老师骑着车，顶着大太阳，到一个模特开的服装店去找顾大玉，听同学说她在那儿给人家卖服装。祁老师去了，没找着，又找到她的同学，找到她的班主任，由她的同学们分头满城去找顾大玉……

那个不安的，炎热的高考前夕啊……让人糟心。

顾大玉在众人的簇拥下进门的时候已经到了晚上十一点，老爷子见了顾大玉很激动，问我要不要给她下包挂面卧俩鸡子儿。

我说算了吧，深更半夜的，留神撑着。

回来的顾大玉呈气宇轩昂状，不拿正眼看我们，并没有什么愧疚与不安，那理直气壮的神情，刀枪不入的劲头，倒显得我们像是逃跑的，而她却一直在家坐镇。依着我的脾气，该是给她一顿臭揍，但为了安定团结，为了局势稳定，我不露愠色，心里说，等高考完了咱们再算总账！

第二天早晨，我将顾大玉押赴西安大学美术考场。

考场的老师问，你们报名了吗？

我说没有。

老师问，有美术基础？

我说没有。

老师问，参加过培训班？

我说没有。

老师问，带纸了吗？

我说没有。

带笔了吗？

没有。

颜色呢，

也没有。

老师说那你们干吗来了？

我说考试来了。

老师面有难色，说你们这叫什么事儿啊，连规矩都不懂。

我就跟人家说好话，说只要先让考了，一切手续我后边补……

在我和老师这般费嘴磨牙的时候，顾大玉就傻愣愣地在一边站着，仿佛这一切都与她无关，我和老师是在谈一个不相关的人。这也让我来气，现在的孩子怎的都是这样，她以为她是谁，皇上吗？！

老师大概也有孩子，对这一切尚能理解，再没说什么，自己从宿舍拿来纸、笔，让顾大玉进了考场。

考试两天，我在考场外头陪站了两天，每天将考生按时押去押回，须臾不敢离开，怕的是考生再度逃跑。最后一场考完，我问顾大玉考的是什么，顾大玉说是工业造型设计。

我问她设计了什么。

她说设计了六颗心。

我问六颗什么心。

她说是火热的心、受伤的心、冷酷的心，等等。

我久久无语，想这“冷酷的心”不知让工厂如何做法。难为了。自知录取无望，却又不能说破，只得说专业课也考过了，下边就该全力以赴对付高考，再不要胡乱跑了。

顾大玉说那是自然。

将理工类转为艺术类，也并不如想的那样简单，这其中的复杂周折我不想再说，总之，心里除了憋气还是憋气，咱这是干吗呢，吃饱了撑的吗？ 顾大玉自没有我这么多烦恼，每天照吃、照喝、照睡，照和老爷子抬杠拌嘴，气得老爷子再不搞什么倒计时。

我将心里的窝囊向湖北作家邓一光诉说，邓一光来信“为顾大玉的胜利而欢呼”，气得我恨不得踹这个九头鸟一脚。跟北京《小说选刊》的冯敏说，冯敏说：小孩子很有眼光，要是他，他也这么干。我想，事情没有发生在他们身上，这些人当属于站着说话不嫌腰疼之辈。

一家不知一家的难。

专业考试提前发榜，设计六颗心的主儿竟然榜上有名。

这出乎我的预料。私下偷偷问，这样水平的你们也要？学校说，主要是看孩子很有艺术悟性，有培养前途，至于技巧，到学校以后会学习到的。学校是什么，学校就是把不会的教会了，如果都是绘画精英，这儿就是美术家协会了。

说得也有道理。

接下来是七、八、九三天高考，我当然是好吃好喝好待承，倒也没见顾大玉怎的花大力气，更没见有什么精神压力，只是胃口比平时猛烈，一顿能吃十几串烤羊肉。

老爷子为此惊奇，到底搞不清羊肉串和考大学的关系。

顾大玉接到西安大学录取通知书那天，也到了我清总账的时候，我将她一二三的不是一一摆出。她不接受，她说，我自己的命运应该由我自己主宰，你们让我学理工科，你们让我将来当科学家，当工程师，那都是你们的理想，你们实现不了自己的理想却要我来实现你们的理想，我实现了你们的理想就失去了我的理想，到时候，你们高兴了，我得窝囊一辈子，我这一辈子是你们替我活呢还是我自己活呢？

顾大玉的道理一时还不太好驳。

老爷子在旁边插言，不管怎么说，你也不能跑！

顾大玉说，我不跑，你们能改主意吗？

看来顾大玉学习美术的决心已经坚不可摧，能有此勇气也让人佩服。但愿后头的晚辈不要学她，这招儿毕竟忒损。

这是前年高考的事，现在您一定以为我们家那位能折腾的孩子在西安大学里心满意足地学习美术专业，为她的理想实现而努力拼搏了吧。

错了！

接到录取通知的顾大玉并没有去报到，她说她又改主意了。

又是一场空前的，让人不堪回首的斗争。

如今我们家的顾大玉，在日本山口大学社会学专业学习，专攻《华严经》。

这世界让人越来越琢磨不透。

也许这是一块永远琢不出来的玉。

顾大玉：学画画是因为我想画漫画，我喜欢漫画。在日本从大人到小孩，都喜欢看漫画，现在中国有十二亿人口，爱看漫画的比例越来越大，再过几年，中国一定会拥有很大的漫画市场。

好的漫画书对青少年，对社会是都有好处的；而且漫画中的知识应该是丰富的，天文地理，风土人情，都包括在其中。为了能画出这样的漫画，我才决定去学社会学。因为绘画的技巧可以自己练，而这样的东西会对社会产生怎样的影响却是要通过学习才能知道的。

由于家庭不同，性格不同，成长经历也不同，所以每个人走的道路也不同，我相信，并不是谁都会像我一样，要走“逃离”这条路，这并不是一条上好的路。我希望所有家庭的孩子和家长多有沟通，别像我们家似的，走过了，才明白……

我的父母都是很优秀的人，他们是很敬业、很善良、很普通、很中国的知识分子。我的爷爷也是很可爱、很传统的中国老人。他们组成了我们这个家，组成了我们这个社会。

走出了中国，离开了家，我才深刻体会到了什么是“国、家”。

我爱国与家所包含的一切……

顾明耀：顾大玉在高考前夕的出走，直接原因是对高三的学习丧失信心，在考什么专业的问题上与父母有不同看法，而她自己又坚持自己的意见。

关于这次出走的原因，我问过顾大玉，她说，我想上美术类的大学，我不想学理工，也不想学文科，她说：“我要画画，我知道你们不会同意我的，所以我非出走不可。”

顾大玉上高三要分文理班的时候，曾经征求过我的意见。我说，我建议你上理科班，第一，高中学的都是基础的东西，这些基础的东西应该扎实、应该全面掌握。第二，如果将来到外国去留学，高中的各门课都可能成为测试内容，现在不学好，将来肯定吃亏。第三，就她上的高中来看，当时理科班的学习气氛比文科班好，上理科班有利于培养自己的学习习惯。顾大玉接受了我的意见，上了理科班。但是由于她基础较差，又缺少坚忍不拔的毅力，缺乏迎着困难上的勇气，还由于交朋友、谈情说爱花去了大量精力，她渐渐地就跟不上了。本来，正确的做法是跟家长商量，跟老师商量，以求妥善解决，然而她却采取了离家出走的办法，使得高考协奏曲变成了杂乱荒唐的变奏。

我为什么不赞成顾大玉学美术呢？ 上音乐、美术等艺术类的专业要有天分，要有基础，而这两条顾大玉都不具备，如果依了她让她去学艺术类，她的路很可能越走越窄，甚至很难走下去。我的同窗好友李福根有个女儿叫李蕾，李蕾是上海复旦毕业生，现在在美国读研究生。李蕾说，您如果一时迁就顾大玉，很可能惹来她终生的埋怨，也许顾大玉认为可以不妨上艺术类弄个学历，将来干什么以后再说，这是很不可取的。是这样的，以我在大学搞了多年教育工作的体会，大学阶段的学习主要不是知识的学习，最重要的在于通过具体课程的学习，学习认识事物的方法，分析问题、解决问题的方法。这种学习差不多是通过什么课程都能进行的，唯独艺术类的学习有些不一样。前几天，我跟顾大玉谈了我的看法，她表示完全能理解。现在看来，如果在她高三的时候就让她理解这些，或许出走的事情就不会发生了。所以问题的发生还是因为两代人之间的沟通不够。

我对顾大玉最不理解的就是动辄出走，更不可思议的是她跟我说，她前几天又想出走来着。她一个人在日本的山口大学，她的一切行为完全自主，就这还想出走？ 我问她后来为什么没有出走？ 她说，反正我一个人，我走了，你们也不知道，也不找我，没意思。似乎她的出走，只相当于捉迷藏的游戏，我觉得孩子的出走，大概是以下几种思想支配下的行动：

1. 想逃避现实，摆脱现状，一般发生在学习、生活遇到一些困难，信心不足甚至丧失信心的时候。其实这是一种懦弱的表现，真正勇敢的人应该勇于承认现实，敢于直面现实，鼓起更大的勇气去克服困难，改变现状。

2. 想“独立”，想“走自己的路”。按说这是一个好想法，任何一个家长，任何一个老师都期待着自己的孩子、自己的学生独立起来走自己的路。但是，你有没有足够的可以“独立”的能力呢？ 你所走的路是正路还是邪路呢，你所走的路每一步是否经过了细针密缕的计划呢？ 多问几个问题你就会发现，你的所谓独立，所谓走自己的路，不过是一种盲目冒险，其直接原因是未能正确估计自己，把自己的“计划”看得太高，对自己的能力估计得太高。

3. 想看看家里怎么着急，然后提出“交换条件”，以达到自己的目的。作为很小的小孩，出自想强烈表现自己的存在，有一两次这样的做法是不难理解的。广芩在《水下房上》里写了她躺在房上任家里人寻找，就是不吭声的心情，也属于这一类。而明确地以此为手段来达到自己的某种目的，就很不好了。因为这已经变成了一种要挟，实际上是对父母对自己的真诚、无私的爱的亵渎、戏弄、恶用。

顾大玉跟我说的出走的事情有一点儿让我吃惊，她说，出走靠我一个人是很难实现的，每次都有朋友帮助，有的事先帮忙出主意，有的提供种种物质帮助。对于顾大玉的这些“铁哥们儿”，我想说两句话：一是感谢，毕竟在顾大玉最困惑的时候，他们给了她以温暖和关心；二是想请他们回过头想一想，光听顾大玉的一面之词就做结论是否草率了一些？ 帮助顾大玉出走是否就是最佳选择？ 为什么不能在两代人的互相理解上做点儿什么呢？ 话又说回来了，顾大玉当时是孩子，她的朋友当时也都是孩子，我们不能对他们提出更高的要求。我想，今天他们大概已经十分清楚了吧。

戏缘

我爱戏，爱得如醉如痴。

这种爱好，从很小的时候就开始了。

我父亲有本叫《梦华琐簿》的书，闲时他常给我们讲那里面的事情，多是清末北京梨园行中的逸事，很有意思。我大约就是从这本书，从父亲那颇带表演意味的讲述中认识了京剧，迷上了京剧，同时，将那本书看作神奇得不得了的天下第一书。“文革”破四旧时，这本发黄的线书又被翻腾出来，我才知该书出自蕊珠旧史之手，知道“旧史”便是清末杨懋建氏。

翻览全书，发现并无多少深刻内容，盖属笔记文学之类。文字也嫌粗糙肤浅，我遂明白，当初对它的崇拜，很多是因了父亲的缘故。

我的父亲在美院从事陶瓷美术的教学与研究，艺术造诣甚深。不惟画儿画得好，而且戏也唱得好，京胡也拉得好。我们家是个大家庭，几重的四合院幽深幽深，晚饭后，父亲常坐在石榴树前拉胡琴自娱。那琴声脆亮流畅，美妙动听，达到一种至臻至妙的境界。几位兄长亦各充角色，生旦净末丑霎时凑全，家庭自乐班就此开场，热热闹闹一直唱到月上中天。我在其中充任裹乱的角色，所以不太受欢迎，往往开戏不久，就被母亲哄进屋去“睡觉”，声称晚上院里有狐仙，且以白胡子老头的形象出现，专跟小孩子过不去。躺在床上，听着外面悠扬的乐曲，我的心一阵阵发痒，以至怀疑父亲是为狐仙之化身，因了他的白胡子，因了他与兄长们的亲热——这不是跟我过不去嘛。

日常我最企盼的莫过于回姥姥家。姥姥家在北京朝阳门外坛口，那里有个剧场，经常轮换演出一些应时小戏。我常常跑到剧场后面，隔着门缝看一个名叫李玉茹的演员化装。现在看来，李玉茹不过是京郊戏班的一个普通旦角，但当时在我眼中却是辉煌至极、伟大至极的人物。开演前半小时，李玉茹来到后台，从画脸贴片子到上头面穿戏衣，我都看得特别仔细，想象那些东西装扮到自己身上也一定不会逊色，于是就有些莫名的嫉妒。后台门缝的宽度容不下一只眼，所以看李玉茹如同看今日之遮幅银幕，不过那银幕是竖着的，恰如徐悲鸿画的那幅“吹箫”写生画，细长的一条，大部分被黑遮盖着，给人留下了无穷无尽的遐想。一天奇热，后台的门大大地敞开了，整个后台连同李玉茹便一览无余地暴露在我面前，我终于看到了一个全面、完整的李玉茹。那天她演的是《穆柯寨》里的穆桂英，一身锦靠扎得匀称利索，一对雉尾在头顶悠悠地颤，威风极了。李玉茹看了我一眼，使我至今记忆犹新，难以忘怀。看过我之后，她走到水池边朗朗吟道：“巾帼英雄女丈夫，胜似男儿盖世无；足下斜踏葵花镫，战马冲开摆阵图。”对李玉茹来说，这或许是上场前的情绪酝酿，或许是一般的发声练习，但我则认为她这一举止是专门为了我的，是专做给我一个人看的，我在门缝里向她张望了这许多时日，她自然是知道的。总之，为了她吟的那两句诗，我丢魂落魄般，整整激动了一天。后来我问父亲，全中国，戏唱得最好的是不是首推李玉茹。父亲说他不知道李玉茹，他只知道马连良、裘盛戎、叶盛兰、谭富英……这都是当今名角，他们合演的《群英会》是名副其实的“群英会”，集中国京剧艺术之大成，称得上千古绝唱。我问父亲喜欢谁，他说谭富英唱腔酣畅痛快，他喜欢谭富英。我说那我就当谭富英，何况这人的名字跟李玉茹一样的好听。父亲就教我唱谭富英的《捉放曹》，大意说三国时曹操刺杀董卓未遂，被下令捕拿，曹操行至中牟县被捕获。中牟县令陈宫私自将曹释放并与曹同逃。途中过吕伯奢家，承吕热情款待，曹却疑心吕要害他，杀死吕之全家，陈宫怨曹操心狠不仁，乘夜丢下曹操自己走去。父亲教的是陈宫见曹操杀死吕家数口后的大段唱词“听他言吓得我心惊胆怕，背转身自埋怨我自己做差”。我唱不好，用父亲的话说是生吞活剥走过场，又说这两句西皮慢三眼并不是谁都能把谭老板那“云遮月”的韵味儿唱出来的，叶家门里除了老四，谁都不行。父亲说的老四是指我的四哥，四哥整大我二十四岁，我们都是属耗子的，性情上就有些贴近，他在故宫博物院工作，长得帅气，人也清高，三十多了，还没对象。老人们常为此事操心，我想，恐怕只有李玉茹那样的漂亮姐儿才配得上他。有一回他业余演出《四郎探母》，将演出剧照拿回家来让大伙看，母亲和大伯母举着照片细细地瞧，不是瞧四哥，是瞧他旁边坐着的铁镜公主，看“公主”跟“四郎”是否相配。两个老太太将“公主”姓甚名谁家住何方兄弟几人父母做甚问了个遍，听说“公主”尚待字闺中又穷追不舍，问是否有可能真嫁四郎成为叶家媳妇。

四哥说那女的个儿太矮，穿着花盆底鞋还不及他的肩膀，母亲说个儿高了不好，女孩儿家大洋马似的看着不舒坦。四哥说那女的才十八，母亲不再吭声了。是啊，岁数太悬殊了过不到一块儿去怎么办？ 我为四哥感到遗憾，安慰他说我将来一定长得很高，陪他去唱铁镜公主一定很般配，他对母亲说，丫丫这模样演刘媒婆不用化妆。我不知刘媒婆为何许人，想必与父亲喜欢的谭富英、与我喜欢的李玉茹一样，是个姣美俊俏的花花娘子。

每日跟父亲学唱“听他言”，并自报家门系谭派正宗。逢到我唱，兄长们便撇嘴起哄，说刘媒婆的“痰”派的确唱得无与伦比，一遍跟一遍毫不相同，比天桥的绝活还绝。父亲的琴拉得很认真，托、随、领、带一丝不苟，并不因了我的稚嫩而稍有疏忽，我便也唱得极努力，信心不为兄长们的讽刺与挖苦所动，父亲说过，学戏与做人事理相通，凡事都得尽力，都得用心，不能投机取巧。

有一日随父母去吉祥剧院看戏，听说里面有谭富英，有刘媒婆，所以一整天都在盼着，不敢淘气，怕父母生气变卦而换了别的孩子。吉祥剧院在东安市场，老式的，我个子小，坐在椅子扶手上，垫着父亲的大衣，高出别人一头，就看得极其清楚。台上有花花绿绿的男女在转来转去，我果断地推定那个穿粉衣的喂鸡小姑娘为刘媒婆，父亲说小姑娘是《拾玉镯》里的孙玉娇，刘媒婆是那个脸上有黑痣穿肥短衫的。肥短衫是个又丑又老的婆儿，扯着公鸭嗓，挤眉弄眼很不中看。我很生气，敢情憧憬了许久的刘媒婆竟是这般嘴脸，当下我眼里便含了泪。第二折是《捉放曹》，一个戴黑胡子的男人出场，唱出我熟悉的“听他言吓得我心惊胆怕”，我才知道这就是父亲喜欢的谭富英，数日来我效仿的竟不是什么美娘子而是这么个半大老头子，窝窝囊囊地追着个大白脸，该睡觉的时候不睡觉，一个人站那里傻唱……现实与想象的错位对我是个沉重的打击，一种失望的悲哀终于使我失却了看下去的愿望，我将身子缩进座位，盖着大衣，在“背转身自埋怨我自己做差”的慢板中昏昏睡去……按说我的“戏剧生涯”到此该画个句号打住，孰料，一个出乎意料的转机将我对京剧的热爱推向了更新的高度。还是那天晚上，一阵紧锣密鼓将我催醒，直起身见台上一着白甲英俊男子正平地跃起，横身悬空又旋转落地，游龙似的洒脱，比穆桂英更有吸引力。我马上问这是谁。父亲说那是《长坂坡》里的赵云，独闯重围，单骑救主，是个了不得的英雄。我说我就当赵云了，再不更改。父亲说你怎么能当赵云？ 武生可是不好演的。看戏回来问遍兄长，果然无一人会演赵云，都说没那功夫。我很瞧不起他们，决定自己练，遂脱了小褂，掂来根扎枪，嘴里给自己打着家伙点儿，围着院里的金鱼缸跑开了圆场。不知是谁按下了快门，至今给这个家庭留下了一张小丫头光着膀子耍扎枪的照片。二十多年后，我领着还未成亲的爱人进门，便有好事者将此照片拿给他看，倒把他弄得很不好意思。

八九岁时，中国戏曲学校招生，我决计去报名。那时父亲已去世，便与母亲商量，她不答应，一气之下我在墙上拿大顶抗议，声称不答应就决不下来。母亲不睬我，也不让大家睬我，人们从我身边过来过去，任我头朝下用胳膊支撑着身体，竟没有一个肯为我说句话。我下不来台，开始寻事，喊着七哥的小名开骂。七哥过来，揪着我的两腿把我摔在砖地上，使我一颗门牙脱落，我号啕不止，扯住老七让赔牙。母亲说我们不懂事，她一个寡妇拉扯我们已经很不容易，我们却还要这样让她为难，说着掉下了眼泪，七哥在母亲的泪中认了错，我也在母亲的泪水中绝了唱戏的念头。这一念之差是否使中国京剧界失了一个角儿，我不知道。

“文革”时都唱样板戏，我也进了文艺宣传队，人们赞赏我这一口脆亮京白，就让我演阿庆嫂。有小时的戏曲功底，演阿庆嫂也没费多大力气，那大段的二黄慢板“风声紧雨意浓天低云暗”唱下来也很自如，自我感觉颇为不错。给兄长们写信，告知演阿庆嫂的事，以期得到祝贺，然而却如同当年在墙上拿大顶一样，没得到一个人的反响。演出在即，队长找我谈话，说让我演沙奶奶，将阿庆嫂角色交一王姓女子担任。王系广西人，说话带有明显的嘶嘶腔，而且台形也略显粗短，与阿庆嫂形象相差甚远。我谈了自己看法，队长似无商量余地，我则只好由青衣改唱老旦。临上戏前，队长又让我改演革命群众，即初场迎接伤病员，末场迎接新四军……后来，我得知这一串的更改是因了我的家庭出身和社会关系时，我便离开了宣传队，自此再不唱戏，连口也懒得张了，紧接着是一场大病，嗓音被彻底摧毁，由此唱戏的一颗心终究是冷了。

转眼年已不惑，一切也都看得开了。现今五彩缤纷的舞台和电视屏幕较几十年前丰富多了。我的女儿当然再不会出现当年刘媒婆、谭富英一类的错位，这个追星族所追的星星也已不是她母亲当年推崇的穆桂英与赵云，而变作郭富城、张学友之类。其热烈程度较我有过之无不及。我还是爱看戏，爱看谭富英、梅兰芳后代传人们演的戏，从那些艺术家的精湛表演中，体味到中国古老民族文化的深厚底蕴，体味到昔日无数个甜酸苦涩的梦。

前不久，有人说我长得与某历史人物相像，就有人想邀我去演电视剧。照例写信给诸兄长，征求意见，哥哥们的回信如出一辙，均持反对态度。我亦就此罢休。

我的家庭使我认识了戏，爱上了戏，却又阻碍了我与它的亲近，有时把我推入很尴尬的境地。遂得出结论：此生与戏无缘。

附录：关于散文《戏缘》的信

广芩六妹：

旬前曾挂寄一函想已收见。

前晚中央台“子夜星河”节目中听到朗诵你的《戏缘》散文。文章平铺直叙，淡雅宜人，夜静沉思，往事历历如绘，读来不禁让人留恋于大家庭生活的许多乐事而神往游之。《戏缘》中有的情节略需告知，如提到我唱《四郎探母》一折，是我在北京农业大学工作时期的事情，不是在故宫时期。我最崇拜余叔岩，其次是他的女弟子孟小冬与私淑弟子杨宝森的唱腔，我首次登台是1950年为“抗美援朝”捐款，与老清华大学同来农大的一级教授刘崇乐先生的夫人顾女士合演“坐宫”。顾女士是国民政府驻英大使顾维钧的侄女，年逾五旬，那时我只有二十余岁。当时有人向她开玩笑说："你哪里找来的小女婿?"那次三次获得满堂彩，首座票价五万元（旧币），卖给校长，为的是校长带头捐款，给我印象殊深。事后，那位演铁镜公主的教授夫人来到咱们家，主要是想看看"家境如何"，要介绍她的表侄女（清代大臣、状元孙家鼐之后）给我。我看了那姑娘的照片，倒是"富贵人家"养成的胖女子，只因其学历只有高中毕业，上海虽有房产，但非我的志愿，更不想移居南方，因此谢绝。戏照只有一张，为刚由美国归来的副教授罗君用彩色幻灯片代拍，见所未见，华丽可喜。想不到"文革"的浩劫，这张幻灯片的主人罗君竟被逼得上吊自杀。而那位刘教授在"云南科学院院长"任内也被斗而死，夫人自然也难逃不幸。五十年代，每逢年节都要彩唱登台。共有十来次，演过《捉放曹》《空城计》《乌盆记》《武家坡》《群英会》等。与我同台演出的很多同事和好友们至今所剩无几，台下的观众们自然也是纷纷过世了。至于你在《戏缘》文中提到所看的照片，是1958年与一个中学生临时凑在一起的，事先未见过，事后各自东西。这种"逢场作戏"的情景，在票友间屡见不鲜，然而也可借以说明人生的某些偶然现象与处世之道。我在故宫工作期间，由于缺少京剧活动机会，虽有个别京剧爱好者，如电视中常见的朱家缙（乃清代世家子弟也），与梨园界时常往来，但嗓音、做功都太一般，从未登台演唱过，虽与我相识，而不谈此调。10月15日他（朱家缙）也死了……至今不觉半世纪过去，偶然能在美院晚会或宴会中唱上几句，并不过瘾，也同你一样，竟与京剧失去了“缘分”。

咱们家，从父辈到弟兄们，谁都能唱几折，晚饭后家中“开戏”已经成了约定俗成的习惯。家中使用的一套锣鼓家伙是“富连成”的主人叶春善代为选购的，叶春善是著名京剧艺术家叶盛兰的父亲，叶少兰的祖父。这套家伙，当年清华大学、农业大学也曾拿去用过，我还记得，“文革”中被你拿到废品收购站，按废铜烂铁卖了十四块钱……现在只剩了一个鼓，搬家时我没舍得扔，把它从四合院带到了方庄高层公寓，在阳台的杂物中堆着，已经破了。你四嫂嫌占地方，嫌乱，让我处置了这“永远没用的东西”，我还是舍不得……我当时搜集的二百多张老京剧唱片：都被扫“四旧”砸碎，成了垃圾。如今，重又拥有百来盒录音带与百来盒录像带以及数千VCD，虽堪欣赏，却又年老体衰，不仅无力高歌，而且也懒得常听常看，空放在一边，成了摆设。加以知音者稀，能有共同语言的亲友们相继离世，晚辈中也未见一个能继承我这方面爱好与研究的“苗子”。孤独、寂寞之余，才发现你幼年时也有过共同爱好，被我长期忽略了。听你四姐说，你在文代会上向李维康说过“悔未当初学京剧，她反为你成作家而庆幸”之类的话，李维康的扮相与唱功在目前都是一流的，我则认为，艺不压身、相辅相成的俗语是有道理的。例如，梅兰芳与程砚秋不仅堪称“京剧大师”，他们在书画方面也下过功夫，并且有作品传世，他们的一举手一投足，乃至一句唱腔，都体现出书画的抑扬顿挫和结体神韵。我的受业恩师章草大师罗复堪先生，其兄罗瘿公人所共知是程砚秋的老师。老舍先生善唱老旦，俞平伯先生爱唱昆曲，俞家与我们家是邻居，他的父亲与咱们的大伯父是至交，俞平伯先生的妻兄许雨香先生当年是我在北大文学院的昆曲老师。我的陶瓷老师陈万里先生早年在北大也爱唱昆曲，《鲁迅全集》内有讽刺他的言语。他的摄影功夫与台静农先生齐名，可惜“文革”中去世。恭亲王之孙溥心畬先生与我们有通家之好，在咱们家的正屋，我当着父辈的面，正式磕头拜师，向他学字画。溥心畬先生也爱唱老旦，并能自己弹弦子，唱自作的“牌子曲”。有一次他临时借住在肃王府，我到王府去看他，他正为单弦演员伴奏，演唱的就是他的作品，后来我写了一篇记事，刊在《燕都》杂志上。溥心畬与张大千齐名，而文雅过之，诗词歌赋书画，无一不精，可惜死在台湾。他一度流寓日本，与日妻生有一子，现居美国，在彼经商。1998年，我赴美参展《满族书画》，即住在他家。

许多文人墨客多爱听爱唱京剧，这说明文学与戏曲艺术间及其他艺术间的密切关系。因此，我还想建议你在练习书法之外，再“复活”你幼年爱好的京剧艺术，将来进可有助于写作，退可有利于健康。古来书画家多长寿，名演员如谭鑫培及其孙谭富英年逾古稀；清末名家孙菊仙、程继仙都年过九旬，仍能登台演唱；现今也有一些名角年至耄耋仍然精神矍铄。

原想给你写些“书法要诀”，恐冗长邮寄不便，本已找出“劫后余烬”的家藏碑帖《宋拓褚河南（遂良原籍，故以尊称）雁塔圣教序》石印本一册，如你找不到好印本，准备下次随我写的“纳兰词”一并付邮寄去如何？

匆匆顺问

近祺！

四哥　民

2003年12月

注：本文作者为叶广芩四兄，离休前为清华大学美术学院书法教授、著名陶瓷专家，著有《中国陶瓷史》等。

旧家折迁杂感

北京市城建改造的速度让我吃惊，今年年初回家还在东城的老屋与老七聚首，喝着专门从东直门打来的豆汁，吃着青豆羊油炒麻豆腐，听着小孩子一声声“姑奶奶”的喊叫，八月再回来，老旧的宅子便荡然无存了，变作了一片瓦砾场，变作了一片拾掇不起来的苍凉。

“回廊四合掩寂寞，碧鹦鹉对红蔷薇”，那经过锤炼的美丽再难寻觅了。我居住的老宅是一座带花园的三进四合院，前庭有海棠丁香，后园有柳树榆树。前廊后厦，磨砖对缝，青石台阶，朱红漆柱，体现出叶氏家族昔日的殷实严整和传统的生活情趣。叶家的十四个孩子曾经在这里出进盘桓，哭笑玩闹，争打吵斗，几无一刻安宁，我的兄弟姐妹们在这里演绎出了多少故事，生化出了多少情感，数不清了。默默无语的院落，百余年来容纳了太多的欢乐和辛酸，太多的浮躁和沉重……

也就是今天吧，随着文化环境的宽松，随着人民对传统文化的进一步理解，这座宅院和这些人成了我创作的不尽素材，成了我的作品中一道深厚的文化背景，那些陈年的人和事，如久存的佳酿，不绝如缕，由那尘封的坛子里冒出，让人心醉。如今，院子没有了，人也早已四处分散，空剩一片旧址让人伤感。我想象着最后的留守者老七离开这里的情景，步履蹒跚的老七拄着杖一定在大门前伫立了许久，这个家族也只有他，有缘分和这座老宅告别。

北边的拆迁还在继续，墙壁倒塌的声音不绝于耳，我站在夏日的骄阳下，在暑热中寻找昔日失落的阴凉，狗一样在废墟上寻嗅，寻找家的气息，寻找那落于砖头瓦块中记忆的丝丝缕缕。两个逃避午睡的小孩子，在树荫下远远地看着我，一脸的不解。他们是胡同里谁家的孩子，谁的后代，我不知道，也不想知道，对他们来说这里或许比游乐场好玩，他们只是因了这断壁残垣而兴奋而新奇，跟我完全是两种心态。东面环城路上车来来往往，嘈杂烦乱，现代气息的声浪阵阵逼人。原本这里是条静谧的深巷，房拆了，遮挡没有了，就显得空旷而直接，就有了抬头见南山的突兀，有了光天化日的惶恐。让人感到历史进程的脚步，迅猛、粗犷，甚至有些无情。

我们毫无办法，我们别无选择。

屋的残骸中，有棵枣树伸出怯怯的荫，张开弯曲的枝，召唤着我，我走过去，抚着它粗糙的满是尘埃的干，心里涌出无限留恋。“庭树不知人去尽，春来还发旧时花”，枣树的枝头已经结出了青青的小枣，即便到熟，它们也是那种既不甜也长不大的极普通的枣，这种没有经过调教的枣树，北京城的老院子里，几乎家家都有。

枣树的年龄比我大，日本占领北平前夕，我的父亲领着儿子们在后园挖防空洞，在洞口的位置，突然发现了一棵小苗，本可以一锹铲了它，三哥却生出恻隐之心，跟父亲商量将它留下。于是它就留下来了，并且一天天长大，像要急着报答谁似的，匆忙地结出了许多丑陋的小枣，年复一年，从不间歇。

如果说是父亲和三哥保留了它的生命，那么我便是对它最为关注的伙伴了，我们成了这座宅院里最相得益彰的一对物件。爬树的本事就是在它身上练就的，它细嫩的枝干，不知经了我多少回的上上下下，我对它每一个突起、每一个分杈的熟悉，就像我自己的胳膊腿。有一回光着脊梁在树上摘枣，遭到父亲呵斥，慌忙中抱着树干滑下，整个前胸被划得鲜血淋漓，母亲心疼得掉眼泪，说一个小姑娘家弄成这样怎么得了，责备父亲不该那样凶狠地呵斥我。父亲说全北京也没见哪个姑娘光着脊梁在树上坐着，荒腔走板得过头了。母亲气得一天没理父亲，让老七带着我上医院去抹药。老七领着我出门就把钱买了洋画，在胡同口刘太太家给我抹了一肚子紫药水……我挺着一个紫肚子进了家门……

现在，父亲不在了，母亲不在了，三哥也不在了，枣树还在，还倔强地站立在废墟之中，承载着它的感激也承载着无人能记起的紫色肚子……

一片碎瓦在我的脚下滚动，竟然发出了清脆的金属般的音响，让人的心猛地一颤。我弯腰将它拾起，沉重得如同拾起了整座屋宇。雕花的滴水瓦应该是第二进堂屋檐上的旧物，质地坚硬，击之如石，有着音乐的素质。百年来，高高在上的它饱受了戏曲的浸润，看遍了生旦净末丑的表演，称得上是老戏迷了。在我的记忆中，每日晚饭之后，是父亲领着他的一帮子侄们消遣的时光，他们常坐在石榴树下，金鱼缸旁，拉琴自娱。家里的女孩们从来充当观众的角色，宁可让五哥男扮女装唱青衣，我们也不张嘴。叶家敢站出来当众唱的女子只有两个，即大姐和我，大姐叶广英是真唱得好，她有一副好嗓子，好身段，直到老了，还能在她所在的大学演沙奶奶。我是属于起哄一类，大言不惭地吹自己是“谭派”，唱的“昨夜晚吃酒醉和衣而卧”一遍跟一遍不一样，哥哥们背后戏称我是“痰派”，母亲当面说我是“人来疯”。家庭的戏曲娱乐是一种潜移默化的艺术熏陶，是一种渐渐的艺术积累，我写过小说《谁翻乐府凄凉曲》，凭借的就是家庭的戏曲场面，正因为有此感受，写起来才觉得得心应手，不觉难为。

五十年代，哥哥姐姐们都成了家，搬出了老宅，父亲也去世了，“家戏”再难凑得起来。过年哥哥们来看母亲，谁跟谁在母亲这儿遇上了，偶尔还唱一出，但人已不齐，也没了伴奏，而且他们一唱还引得母亲伤感，后来索性不唱了。“文革”时候，我和四哥将那些锣鼓家伙用平板车拉到废品站，按废铜烂铁卖了。那个鼓人家不收，拉回来就扔在院子里，风吹雨打，散了架……

东城这一带要拆迁的事北京早有风闻，只是没有想到这样突然。我原本想将家里尚存的弟兄姐妹们聚齐，在老屋前做最后的合影留念。我知道，在叶氏家族中能够做这件事的只有我，但我却没来得及。我的那些七零八落的手足现在依然七零八落，如同眼前地上散落的碎砖，再也收拢不起来了。母亲活着的时候这里是个据点，母亲死后这里是个念想，是个象征意义的家，虽然只有老七在这里住着，虽然院落已被分割得面目全非，虽然芍药台变作了下水池，游廊扩作了小厨房，但老宅的气质是无可改变的。每回我由大西北回来，一走进院落，就闻到了熟悉的气息，这是家的气息，这气息无时无刻不在这个家族的各个角落存在着，时光荏苒，世事更迭，却仍旧顽强执拗地存在着，熏染着来到这里的一切人和物。在外面，不管我是什么角色，有着怎样的荣誉与委屈，一进门，浑身的燥热便立即褪去，沸腾活跃的思考也仿佛化为固定的符号，在脑海中淡化、隐退，浸来的是淡淡的哀愁和悠久的凝重。我惊叹角色的转换竟会这般快捷，惊叹这几十年风雨的浸淫对我无多的改变，是的，从这里走出去的哥哥姐姐们极少再回来过，我与同父异母的哥哥也大约有三十年没见过了，这个家族留给我们的唯一遗产，就是冷漠。除了血缘上的连接，再没有别的。只有我，还自作多情地在这片碎砖中蹚来蹚去，还做着废墟上大团圆的美梦。

文人的气质，多么的幼稚可笑。

这里将要建成整齐划一的居民小区，老七是否搬回来我无从知晓，即便回来，这里也不再是我的家，我的家永远消逝了。我在一块砖垛上坐下来，身边塌下来的纸棚下隐约露出了砖墁的地面，这是母亲住过的小西屋，“文革”后的日子里，她在这间不足十平方米的潮湿小屋里带着一身病痛苦苦煎熬，我离家奔赴大西北就是在这儿和她告别的。我走的那天早晨，母亲没有起床，脸朝着墙躺着……

至今，我仍在西地游荡，京城熟识的朋友说，落叶归根，你应该回来了！我苦笑着摇摇头，他们怎知我内心的酸楚，走出去了便就走出去了，何必再撩起心内的阵阵凄凉。老宅的消逝，也是好事，断就了回首的苦辣酸甜，成就了“一为迁客去长安，北望京师不见家”的潇洒，弟兄们失去了老宅的撕扯牵绊也是一种轻松。其实，家只是在心里。

可爱又苍凉。

震中访旧

5 月 24 日至 5 月 27 日，在陕西宁强、青木川。

5 月 12 日汶川地震，震撼人心。电视中反复报道的地名：北川、映秀、青川、绵阳、都江堰、绵竹，于我都是熟悉的，都是我曾经细细踏访过的地界。

一切都是为了长篇小说《青木川》。这篇小说使我与那片山水人情结下了不解之缘。

青木川位于川、陕、甘三省交界之处，南与四川青川、西与甘肃文县接壤，是个风光秀丽的古朴小镇。青木川与青川和文县不惟土地犬牙交错，老百姓的亲戚关系也是犬牙交错，难以理得清楚。所以，我在青木川采访当地魏辅唐的旧事，自己也常常搞不清哪些时候是在青川，哪些时候是在文县。

地震袭来，震中在汶川，波及之广，青木川也在其中。令我担忧的是青木川那些熟识的老人、数座民国时期存留的老旧宅院以及那所带有巴洛克廊柱的学校，他（它）们能否经得住这地动山摇的考验？ 地震当日往青木川挂电话，没有回音，这使我忧心更甚。

最让我担心的是魏辅唐的大女儿魏树金，即我小说中魏金玉的原型。按年龄推算，老太太今年应该是八十四岁，住在震情严重的青川木鱼镇，那里是这次地震的重灾区。以前我见过魏树金几次，《青木川》一书的许多内容都来自她的提供，一个很有大家风范的知识女性，幼时在“土匪”父亲的钟爱下，在自家办的私塾中读《三字经》《百家姓》，读《大学》《中庸》，习得一手好字。十八岁，小说中的魏金玉拒绝了父亲为她指派的与杜家坝杜公子的婚事，而与胡宗南副官远走他乡。实际中的魏树金则遵从父命，嫁给了杜家坝的杜国祥，后夫妻一同去成都读书。“土匪”父亲以他的眼光，为女儿成就了一段美满姻缘。1952 年魏辅唐作为土匪恶霸被镇压，枪毙在他亲手盖起的中学操场边。在他面对家乡跪下的那一刻，心里究竟想了什么，我们无从知晓。来收尸的只有他的大女儿魏树金。魏树金说她用几十层麻纸将父亲的头裹了，那些纸被一层层渗透，她父亲的手还是温软的……魏树金平淡的叙述给我印象深刻，这个曾经是大宅院里的千金小姐，经过了命运的悲喜颠簸，已经到了静观庭前花开花落的散淡境界。晚年散淡中的她在强烈地震中，是怎样一种情景，让人惦念。木鱼镇的灾情让全国人民揪心，几百小学生被埋在废墟中，温家宝总理亲赴木鱼镇指挥抗灾。八十四岁的魏树金老人会躲得过此劫吗？

另一位让我惦念不已的人是徐种德。我最初在青木川采访时镇书记把他介绍给了我。徐老汉八十多岁了，是地道的青木川贫苦出身。酒席上徐种德滴酒不沾，谈吐儒雅。夜深之时他的儿子为他送来大衣和手电，我夸赞他教子有方，养出如此孝顺懂事的儿子。他谦虚地说："犬子无能。"分手时徐种德跟我说"Good night"，令我吃惊和不解。后来才知，他在魏辅唐赞助下读完初中、高中，直念到了四川大学历史系。解放前，魏辅唐为改变家乡面貌，在镇上开办学校，聘请山外教师，课目开设广泛。外语有英语、俄语；音乐有京剧、秦腔。学得好的被魏辅唐推荐到山外，资助上学。解放前夕，魏辅唐召集在外的青木川学子回乡，帮他度过这一特殊时光，别人都没有回来，只有徐种德回来了，即将大学毕业的他被这位民团司令委任为少校参谋主任。少校参谋对魏辅唐的投诚起了关键作用，但在以后的历届运动中成了不变的“运动员”，时时受到冲击。我问徐种德为什么要回来，徐种德说：“知恩图报。”我听说，那些拒绝回来的青木川学子，后来有的成了专家、学者，成了很有成就的人，但他们没有一个人承认自己是“土匪”供给出来的。我在周至县有不少农民朋友，其中有个叫雷继敏的六十八岁老汉，听说了徐种德的事情，写了一首诗说：“十人受惠九飘翛，跋涉归来恶路遥。交信谋忠蒙圣训，贫甘贪鄙厌尘嚣。白牙红口知其何，奇辱苦劳岂自招。深谷有松欣霁雪，斯文道义一肩挑。”两位老人虽然没有见过面，没有通过信，但我想那心路是一致的。颇具传奇色彩的徐种德在此次地震中是否安然，成为我内心的又一个不安。

魏元霖是解放初期青木川的第一任文书，今年亦是八十多了。几次去青木川，老汉都是骑着自行车沿着山路风尘仆仆赶来，让人感动。魏元霖最大的愿望是让儿子给买辆摩托，他要骑着摩托周游陕西、四川。每次见他我都要关注他的“摩托”，而每次都是“儿子不给买”，这似乎成了他与儿子矛盾的焦点。儿子的观点很简单，“八十多了骑啥子摩托，连自行车也不要骑了！”《青木川》小说中的魏元霖连名字也没有改，是一个风趣执拗、放眼世界的乡村老汉。周至的雷继敏老汉说魏元霖是："当年伟业岂能忘，跃上碾盘骂白狼。秦皇汉武皆狗屁，曹操秦桧算他娘。窝鼠却嫌天地窄，耄夫偏发少年狂。这点薪金亏老子，龙肝凤髓亦应尝。"这些青木川的朋友，素材无须装饰，便如此鲜活，跃然纸上。是他们给了我一个又一个创作的激情和灵感，没有他们，作品无从诞生。

去青木川，与他们每每相别，依依不忍去。彼此互道珍重，相约再见时硬朗依旧，安然依旧，而彼此心里明白，毕竟都是耄耋之年，孰在孰留，是顷刻间的事情。就怕再见面少了谁。

丈夫重知己，万里同一乡。在地震的特殊时刻，我不能不出现在青木川，不能不和那些故旧共同度过艰难时光。对那片山水和人物，仅有作品的回报是不够的，彼此需要的是精神的沟通和友情的传递。

正好中国作协组织作家深入灾区采访，一队人马已经开赴陕西宁强，我的临时加入让同伴们高兴，队伍临时改变计划，第一站便直奔青木川。

出宁强县城，沿嘉陵江而行，沿途所见倒塌房屋甚多，越走越接近四川，灾情越严重，心也越发沉闷。下午时候到达广坪，我和《青木川》的编辑韩霁虹决定去探望当年这里的第二任乡长曹宏孝。1951 年，广坪发生过反革命暴乱事件，土匪李树敏和他使双枪的妻子刘芳，扬言要在广坪挂人肉架子，在镇政府杀害了不少乡镇干部。第一任乡长被杀害，曹宏孝是当时的继任乡长，他亲历了那场血腥的屠杀，每每谈起，仍旧激动不已。曹宏孝是《青木川》书中曹红萧的原型，后来弃绝仕途，回乡务农，至今仍是个朴实的农民。他的儿女们都当了干部，远远地走出了大山，他自己留守在几间老屋中，过着平淡的日子。下了汽车，韩霁虹到坡下村里去看老汉在不在屋，我站在路边等待。正在徘徊间，猛然一阵轰响，像有万千铁甲车在脚底滚过，大地震动，崖上山石朝下滚落，我惶恐地躲闪着那些石头，有种听天由命的无奈。地动山摇就是十几秒，惊魂未定中，韩霁虹跑回来了，曹宏孝跟在她的身后，老爷子拉过我的手，将我引到他家屋后的防震棚中。老人说："吓着你了吧，其实没甚，我们都习惯了的，莫怕啊！"下来慰问，不是我在安慰老汉，是老汉在安慰我，整个颠倒了。曹老汉的棚子顶上一片塑料布，一面用沙发挡着，三面通风，棚内难以转身，却还安置着电视和锅灶。老汉说儿子回来给他搭了这个棚棚就走了。孩子们太忙，有自己的工作。经历过生死劫难的老汉，如今寂寞清冷地孤守在简陋的小棚子里，淡淡地望着他那几无支撑能力的旧屋，那屋随时就要倒塌。老人说："这样很好了，比南边（四川）强了百倍。"贫而无怨，难！这境界，非一番修炼不能达到。给老汉送了些吃食，说了些苍白的话语，只是不想离开……

大震后必有大雨，不一会儿云翻一天墨，急雨如注。急急赶到广坪，与作协的队伍会合。我的计划是当晚赶到青木川，但是团长王蓬无论如何是不放我走了，他说刚才的地震是6.4级，山路上难免有塌方险情，他有责任负责大家的安全。此厮在平时与我稍有芥蒂，而此刻听了他的一番话语，心内竟有些温热，毕竟曾经是同学啊！

躺在广坪镇政府搭建的帐篷里，周围是哗哗的雨声，风掀得篷顶忽闪忽闪的。陌生的多人的气息，潮湿的被褥，泥泞的湿地。想着门口楼上那块三分之二悬在外头的垒砖以及那块只连着一根钢丝的预制板；想着数里外的曹宏孝老汉，一人在那小棚里如何抵挡这凄厉的风雨；想着解放之初在这个院子里被杀害的先辈们，他们倒下的位置大概离此仅几尺之遥；想着冒雨还在中学操场上挨个帐篷巡视的乡镇干部们和不远处烈士陵园被震裂的地面；想着二十里外的青木川……黑、寒，风萧萧；清、寂，雨潇潇。余震摇摇，一夜无眠。

第二天早晨刚明，我和韩霁虹及周至司机政社驱车往青木川赶，出门看那危砖与吊板，已被干部们半夜清理掉，摇摇欲坠的楼房不知还能否经受下一次余震。

到青木川，先奔镇政府。见了书记冯元明，看得出冯很疲惫，声音有些哑。他说昨天的6.4级余震给了青木川再一次致命打击，本来的危房基本全塌了，一个下午就倒了数间，全镇已经没有一间完好的房屋了。帐篷有限，救灾物资有限，镇上每人只能给一尺塑料布，两桶方便面，一斤多米……正说着，几辆小汽车开进镇政府，车身上用红涂料写着“抗震救灾”的字样。尘埃未落，下来几个年轻人，二话不说，就卸东西，都是崭新的毯子和凉被，还有食品。跟年轻人交谈，他们说是志愿者，来自西安，旅游时来过这里，这里给了他们感动，这儿受灾了，他们得为这里的乡亲做点什么。镇上的干部认真地登记送来的东西，交接之后那些年轻人立即开车走了，没喝一口水，我甚至没来得及和他们交换姓名。眼睛有些湿，心里却很热。

镇干部告诉我，木鱼镇的魏树金就在青木川，这有点出乎我的意料。原来震灾前一天，老太太突发奇想，要回娘家看看。十几年没回来的她难以遏制回来的冲动，就让亲戚送了来。也是老太太的造化，刚一到青木川，那边就震了，房屋被夷为平地，等于是捡了一条命。我在帐篷里见到了魏树金，与前次见面不同，老人的头发全白了，神情有些木然，怀里紧紧抱着刚从木鱼镇逃难出来的八岁重孙魏国。帐篷是借来的，一老一小相依在闷热的帐篷内，坐在小床上，眼神内满是悲伤，这样的画面让人不能忘却，永远定格在我的脑海中。我问魏国，地震的时候他在哪儿？魏国说他正背着书包去上学，当时他是迟到了，火急火燎地往学校跑。地震了，学校塌了……我问他的同学们在哪儿，魏国哽在那里，半天说：“他们都躺在了操场上！死了！”魏国身体颤抖着，努力压抑着啜泣，最终哇地大哭起来。望着孩子身上被玻璃割出的一道道伤疤，帐篷内的人无不为之动容，唏嘘声一片。我拉过魏国说：“孩子，咱们不说了，不说了，阿姨不该问你这个，真的很不该！”我告诉孩子，亲情和友情是不死的，它不会因为离别而中断，他那些走了的同学到另一个地方去读书了，他们以后会时时地看着他……

地震中，孩子和老人受的伤害最大。我知道，安抚孩子心灵创伤不是一时一刻、一人两人能解决的，这需要我们所有的文化工作者、思想教育工作者，需要社会上的无数志愿者来共同做这项艰巨的工作，帮助他们从阴影里走出来。这其中，要尽量避免让他们讲述当时情景，因为每一遍诉说都是一次伤口的撕裂，那种痛是撕心裂肺的。灾区需要粮食和水，需要帐篷和解放军，需要记者也需要作家，需要物质的和精神的支持。

魏树金惦记着木鱼镇的家，即便成了废墟也还惦记着。我对镇书记说，就让老太太留下吧，这边毕竟是娘家，青木川的姑奶奶在外头遭了难，不回娘家回哪儿呢？将来老宅院修复了，还让她回去住，给她一个舒展的晚年。临分手，魏树金怯怯地提出镇上能否为她解决一顶帐篷，在这里，她没有户口。镇人大主席张正富说这事情包在他身上。

没有帐篷，镇上领导说帐篷下午才能运到。张正富就一趟一趟地跑，看帐篷来了没有，直到半夜，才回来说魏树金的帐篷落实了。

张正富是个热心的干部，刚刚退休，还没有找到退休的状态，常常忘了自己是谁。前几年我到青木川，都是张正富领着我走东串西，召集座谈会，没有他，我如同“鬼子进村”，两眼一抹黑。听说我要写青木川的小说，张正富不无担忧地说：“叶广芩，你这小说写好了便罢，写不好挨骂的是我，我成了青木川的汉奸，把底儿都兜给了你。”

谁也没想到，青木川为人所知后，游人大增。那些古宅深院，那些传奇逸闻，使不少人来寻找旧日痕迹。镇上几乎家家办起了农家乐，豆豉腊肉土鸡蛋，猪血熏肝泡酸菜，吃得城里人不想离去。这其中，办得最红火的就是张正富，他的小院两层小楼，屋后是青山翠竹，房前是绿荫菜畦，萝卜青菜洋芋，牡丹芍药杏花。就是他家那只叫苗苗的小白狗，已经被游客们惯得连骨头也不屑啃了。我问张正富一年收入多少，张正富顾左右而言他，倒是镇长说，青木川在五一、十一两个黄金周，个别农户的收入上万元。

一场地震，让青木川没有一间完整的房屋了，粮食腊肉都被埋在房子里，所有的屋顶几乎都与蓝天相接……张正富的新屋是全镇最结实的，就这，内墙也裂了大缝，西山墙整个闪出去了。他和家人都住在院里的防震棚内，问我住哪儿，我说就住你们家。于是和韩霁虹就住进了墙裂的房屋，想的是再震也不过如此，高不过8级吧。张正富的屋还相对站立着，仍旧能够维持正常饮食，这是我的福分，尽管晚上只有洋芋稀饭和咸菜，这对灾民来说已经相当奢侈了。我知道，张正富在木鱼镇的亲人在地震中罹难了，他才从那边回来。吸取魏国的教训，除非张正富自己说，我绝口不问他亲人的情况。这里离木鱼镇二十三公里，道路已经不通，白龙江的大桥被震塌了，我过到青川的鱼渡，解放军正在抢修变了形的公路，不能再往前走了。魏树金说她的老伴还在那边……

还是张正富，这次依旧带着我在镇上寻找熟识的故人。震后的居民居住秩序被打乱，一个一个的棚子，想找谁相当不易。在青木川中学的操场上，在离当年处决魏辅唐不远的地方，我找到了徐种德的棚子，他的孙女正在读英语。棚内溽热难耐，地上泥水湿滑，物件零乱，人声嘈杂，不少人在光着膀子大声说话。问及老汉，说是正在学校的树荫下读书。想起了孔夫子对颜回的称赞：一箪食，一瓢饮，在陋巷，人也不堪其忧，回也不改其乐。大概就是如此了吧。孙女将爷爷叫来了，当年的少校参谋主任已经八十四岁，一身灰衣，裤线笔直，仍旧是儒雅倜傥，不失风度，让人感到了一种文化的浸润，一种人格的操守，一种宁静的心态。老汉将地震说得很轻松："我坐在屋里看书，觉得凳子摇晃，以为是猫儿捣乱，说刚喂饱你怎又要吃，后来一看，不对了，房上的瓦落了，有的屋垮了，老天爷这个玩笑开得有点大了。"徐种德防震棚的小桌上摆放着墨汁和毛笔，他的书法在宁强是数一数二的，青木川"辅仁中学"的校匾，礼堂里的字迹，都出自他手。地震袭来，他仍没忘将这些"宝贝"携出一同逃难，足见爱得至深。那位以孝顺闻名、当年送大衣和手电的儿子，在昨日震后轰鸣的暴雨中，将他的母亲背到了山坡上学校的棚子里，他身后紧随着拄着拐杖的老父亲。那是一种什么样的情景呢？ 不壮烈，不张扬，平淡中透出了关切，透出了相濡以沫的亲情。有了亲情，生命便显出了它的价值，想必"少校参谋主任"是相当知足了。

到了魏元霖家，魏元霖正在棚子里写日记，房子当然是塌的，他领着我看“土地爷的伟大壮举”，指着锅台说：“这里做不成饭了，我可以在外头做，做一回吃三顿！”我看那锅台，已经被屋顶的瓦砾砖头砸塌，案板上厚厚堆了一层瓦，要重新恢复正常生活只有重建。八十三岁的老“文书”，还有这能力吗？ 魏元霖老汉见了我很高兴，说正百无聊赖地待在棚子里，就来了作家。他说要给我写首诗……看来老汉的心情不错。几个即将中考的女学生将我围住，问外边的情况。我让她们咬咬牙，渡过这特殊的关头，这是人生的关键时刻，一定要考出好成绩，以慰藉无数关心青木川的人。邻居一个大嫂，从废墟里捞出一包茶叶给我，说是今年自家种的新茶，没有化肥，自己炒制的，绝对绿色。到灾区访旧，访出了宝贵的新茶，让人惭愧！一个老汉说：“看样子，老天爷这回非要把我们震趴下才算完喽！”老汉的房塌完了，牛也压死了，整整一生的积蓄在顷刻之间化为乌有，人却依旧诙谐乐观，让我敬重。我说：“大爷，趴下就趴下吧，事儿过去了，咱们撣撣土再爬起来。”老汉说：“只好这样啦！”

我刚回到张正富家，魏元霖骑着自行车就赶过来了。我说：“还没有换上摩托吗？”老汉说：“龟儿子不给买，现在连车也不让骑了，这车是我借的。”魏元霖的诗是这样写的：“作家编辑叶与韩，辛劳驱车青木川。昨日冒险广坪河，今日烈阳魏家砭。勤告学生好好学，农民围听一大圈。作家农民两阵线，亲密团结无界限。灾难之期有人问，和谐社会在今天。”

该见的都见了，该问的都问了，青木川的房虽然塌了，好在人还在，人在希望就在。人与人的温情，生命与生命的联结，使我们的民族在此刻显出了他的悲悯和坚韧，众人的火热情怀积聚成了炙热的火山，烧灼着我们每一个人。

27 日在返回西安的途中，车行至佛坪，接到张正富从青木川打来的电话，说青木川又发生 5.7 级余震，他的房塌了。

周至记事

2000年以来，我在陕西省周至县挂职，在县上，除了参加必要的县委常委会议以外，更多的时候是游走于乡间，居住于秦岭深山那座民国十四年（1925）废弃的老县城里。作为领导，我不能进入角色，作为政治家，我在某些方面也欠缺得厉害，只是作为一个文人，一个散淡的文人，混迹于瓜棚豆架之下，周旋于野老村妇之中，干些没有咸淡的事情，扯些不登大雅之堂的闲话，以应“深入生活”的佳话。

今将乡间部分所记托《美文》刊出，以为汇报。性情所至，信马由缰，全无章法，既难称“主旋律”，又不轰轰烈烈，只是一瓢水，从深山里舀来的一瓢水，无色无味，清而又清，淡而又淡，盛夏之时，或可解渴。

与白居易擦肩而过

绝不敢附白乐天先生的骥尾，牵强附会地追寻什么，攀附什么，先生是先辈，是中国的大诗人，是在文学史上举足重轻的人物，我只有仰慕的份儿。

毕竟是隔了一千二百年，毕竟是走得远了，滚滚尘埃中我们只能依稀辨出他的脚印。但是某种契机却将我和他拉近，这就是周至。我们通过周至这根链条一环环传递，从元和年间的周至县尉到二十一世纪的县委副书记，竟然是毫不间断地传承下来。细想让人吃惊，这也是一种缘分。

在这根链条上，我们时常会面。

早晨上班之前，我出去散步，从县委大门向西，至三门口返回。这是一条自汉代以来就形成的古街，当然，现在已经找不到汉唐的痕迹，寻不到昔日的风光了。物的变化永远趋于先行，人的改变是缓慢的。今天的周至老街在人文上仍有着古老的风韵，早晨，行人未至，街道已被清扫得干干净净，卖蜜枣蒸糕的、卖肉夹馍的、卖手工馒头的、卖油条油茶豆腐脑的，五光十色，各样小吃摊沿街铺开，吃者操秦音，用糙碗，喋辣子，大概两千年来没有太大改变。观之听之，让人有种掀动历史门帘的忐忑。

周至是关中的文化大县，在这里活跃过许多历史人物：伯夷、叔齐“采薇而食，义不食周粟”，“积仁洁行”饿死在首阳山；老子在楼观台著《道德经》，讲经布道，直至羽化升天；白居易在仙游寺写《长恨歌》；李白在终南镇作《玉真仙人洞》……周至因为是京畿要县，加之风景秀美，杜甫、王维、王勃、李华、柳宗元、元稹、岑参、贾岛、温庭筠，甚至唐明皇帝李隆基都来过这里，留下了优美诗篇。这样的背景让人神怡，走在洒满晨光的旧街上，我心内常常留神着会和他们中的哪一位不期而遇，那种心的交汇与碰撞当是一件很美好的事情。

县委、县政府的门楼在晨曦中显得很突出，从西汉太初元年（前104年）周至建县的那一天起，它的位置便再没有改变过。政府所在的街叫衙门口，丁字街，坐北朝南，随着朝代的更迭变换，内里的房舍多有变化，尤其近两年增添了现代化的办公大楼，但是大的方位没变，院中平整的绿草，造型奇特的大石，显出了它的文化品位。县政府大门两侧有新栽的槐树，尚未成荫，无甚特色。老人们说衙门两侧曾有过两棵大松树，后来被伐去。我至今想不明白为什么要将那两棵美丽的树除去，据说还是上过县级会议研究的。砍伐的原因之一是树的年龄并不久远，与白居易也没有关系。让人痛心的是斧凿砍下去的时候也砍下去了文化，砍下去了时光留给我们的记忆，砍下去了艰难成活的生命：我们常干些一失足成千古恨的事。

记载中白居易在县衙门口栽过两棵松，是由仙游寺移来的古松，如果存在，当是千多年的祖爷爷了。关于这两棵松，白居易在《题周至厅前双松》中吟道：

忆昨为吏日，折腰多苦辛。
归家不自适，无计慰心神。
手栽两树松，聊以当嘉宾。

……

现在，白居易亲手在衙门口栽的两棵松已经没有了。

或许当时他就没把松树栽活。

县委大院的后院里住宿舍常常是我一个人，离西安太远，我一周回家一次，平时就住在办公室里。常常失眠，夜深时候推窗而望，后院一派静谧，窗南，月光下几株藤蔓在栏杆上穿来绕去，花已谢去，果实也不见踪影，只留几片叶迎着清冷的月，组成一片婆娑。有风吹来，夹带着残菊的苦香。

时光乱了，不知今昔是何年，西汉？ 唐朝？ 宋朝？

白居易在这个院里住过，他二十九岁中进士，来到周至时是三十六岁。三十六岁的县尉按现在的说法是主管政法的副县长，三十六岁的县尉尚是单身。三十六岁的县尉闲暇时在县衙内院移栽了数株蔷薇，那地点大约也就是我视线内的南面栏杆，年轻的县尉为此作了一首诗：

> 移根易地莫憔悴，野外庭前一种春。
> 少府无妻春寂寞，花开将尔做夫人。

诗很美，在白居易留下的近三千首诗中，这首可能并不为人注意，然而此时此刻，此情此景，让人钻到了诗的内核当中，想象当年诗人站立在南墙的藤蔓前，在晚风中为他的花而吟唱，你不由得不为之感动。后来白居易娶了周至杨家的女儿为妻，也算是周至的女婿了。

白居易将他的信息留在了这座院子里，留在了周至，与我们时时相遇。

千年不绝。

村老唱和

张长怀领我到马召镇红崖头村去看望一个叫雷继敏的农民。

马召名字来源于汉代，据说当时马融在此读书，汉武帝召他去做官，为马融所拒，故曰马召。红崖头村位于马召的北面，是个不大的小村。雷老汉六十多岁了，眼神不好，写得一手好毛笔字，说出话来典故频出，是乡村的学问家。学问家的生活很拮据，自己没房，借住着村上的三间公房，许是原先的活动室，三间一马贯通，无阻无隔。雷老汉有雷老汉的办法，他用布将其间隔了，用钩拉起，古色古香，使旧房有了“帷幄”的意境。毕竟“帷幄”内是贫寒的，简单的生活用具衬托出了老汉生活的清苦，只是东墙那巨大的画案分外抢眼，从清苦中一下跳出了文化。

说及他的眼睛，老汉有点悲观，他说右眼视力只剩下 0.1，近乎失明了。雷老汉说他前几日为他的眼睛作了一首诗：

天帝欲提一盏灯，顿时世界半幽明。
道中熙攘奇于鬼，屏上蜿蜒蠕若虫。
先哲名山文不朽，友侪骏业我何曾。
如今岁月蹉跎了，早把等闲看此生。

听了诗，我和长怀都说不出更多的话，只能劝老汉抓紧看病，把心放宽，彼此都知道，安慰病人，任何语言都是苍白无力的。雷老汉说他在四女冢村有个朋友，叫张居仁，也爱作诗，就他的诗和了一首，说着找出来给我们看。张老汉的诗是这样写的：

云翳廓清再剔灯，冰珠依旧放光明。
慎遵医嘱消肝火，快畅胸襟听晓莺。
得趣兰亭酬夙愿，寄兴诗海走胡曾。
曹娥碑待留君字，岂许匆忙说死生。

两个乡村老汉，两首唱和七律，只是让我目瞪口呆。周至乡间，卧虎藏龙，乡民可畏，焉知来者为谁!

在此岂有我张嘴的份儿。

过　事

关中农村将婚丧嫁娶谓之“过事”。

周至县文化馆倪运宏的老母亲过七十八大寿，倪的母亲住在广济农村，我要跟去凑热闹，主家无奈，只好答应。

没坐过农村的席，也没见过农村的过事，我这是第一回。

不懂规矩，没带礼，文化馆张兴海从自家提了两盒脑白金，硬说是我孝敬老太太的，倒让我欠了张兴海的情。天冷又下雨，到了倪家，一跨进门槛，主人一味地让大家：上炕，上炕。

就上炕，三四个人坐在炕上，用一床棉被盖了腿，上头喝茶聊天，下头任凭腿脚在被底下胡蹬踹。被窝之内，群贤毕至，少长咸集，大家说些村里的话和文化上的事情，东拉西扯，没有主题。

吃饭了，围了几桌，菜也有几凉几热，酒盅却只有一个，你完了传我，我完了传他。击鼓传花似的，没有谁推辞，喝得倒也干脆。我用筷子夹起一箸粉丝，垂吊多长，晃晃悠悠，无处下嘴。问倪运宏怎个吃法，倪说就那样吃。我就用嘴去逮那粉，吃得热闹而花哨。细看别人，吃粉时用手托着，显得比我有文化，有教养。现在农村过生日也讲切蛋糕，而且是味道很不错的鲜奶蛋糕，主家不愿走那虚有的程式，将整个蛋糕端上桌，让大家像吃甜饭一样，一筷一筷夹着吃，有意思。大家对这块洋玩意吃得有一搭没一搭，很没有热情。最后上的臊子面是席面上的正宗，一大碗一大碗热腾腾的面用托盘端出，香飘四溢，火爆吉祥，立时显出了生日的气氛，托出了过事的喜庆，这是任何粉丝、蛋糕都不能替代的。

中国人，谁过生日能不吃面呢？

倪家的寿面是手工面，汤浓味醇，柔韧筋道，做出了陕西关中的面食水平，无疑这是倪家女人们的手艺了。我吃了一大碗，饱了，不忍撂碗，又盛了半碗。抬起头问倪家最近谁还过生日。

酒足饭饱，才想起还没见着老寿星，倪运宏说下雨，村街上净是泥，老太太过不来。我说我可以过去，他说，你也过不去。

出门上车，在村口看见倪家七十八岁的老寿星站在路口向我们招手。

遗落深山的老城

老县城是佛坪的老县城，以当地从地里掘出佛爷而得名，现在归周至管辖，是西安市唯一一个位于秦岭南麓、属汉水流域的村落。

去老县城颇不易，由周至沿黑河进山，行一百公里达厚畛子乡，此地距老县城尚有二十公里路程，也有路，是山民自己修的土路，缺规少矩，跟山民的性情一样，随意性颇强，想怎么拐就怎么拐，想怎么绕就怎么绕，让司机窝火，骂声不绝。

老县城依照清代的规制建设，有三座城门，称“景阳”、“主乐”、“延薰”，城内有大堂、监狱、文庙、马神庙、火神庙、义学、义仓、书院等，东西为街市，南为民居……麻雀虽小，五脏俱全。到了光绪八年（1882），这一地区尚有住户一万余户，是傥骆道上一处重要所在。现在不行了，现在的城内只有九户人家，几十口人，而且人口还有急剧减少的趋势。有人预言，老县城的人要是这么减下去，用不了四十年，这地方就没人了。

据光绪八年县志载，这里的山民“质朴劲勇，习险耐劳，民风刁悍，好讼轻生，鼠牙雀角，亦成讼端。山民行走，多持兵器，猎户常有镖客拳勇之技，一可当十，其火枪百不失一，足备非常之用。山内匪盗，有黑、红线之分，黑者换包设骗，红则拜把结党，绺窃抢劫，祸及良民。山中村落绝少，仅就所垦之地架棚筑屋，零散居守。其民五方杂处，无族性之联属，呼朋引类，动称拜兄。姻娅之外，别有干亲。往来住宿，内外五分，故奸拐之事屡见不鲜……”这段生动简要的描述，绘出了当年深山百姓的生存状况，短短数语，为我们提供了丰富的创作素材和想象的天地。

民国十四年（1925），陕南土匪郧天禄进犯县城，将先后两任县太爷正轨和张治杀害于城外财神岭，尸首被乡民们搬回，葬于西门外，至今文管所的西北仍有张公墓的遗迹。后继县长不敢到老县城上任，背着大印四处“流窜”，在人口稠密的袁家庄关帝庙里办公，后来索性将县衙搬了过去，李代桃僵，将个袁家庄硬叫了佛坪。中国的老百姓对于父母官多有趋向性，县官走了，他们自然要携家带口地跟着，于是，这座完整的城池就遗落在深山之中。

人走了，路就废了，草木就猛长，熊猫来了，金丝猴来了，羚牛来了，豺狼虎豹都来了……1993 年，周至县在这里建立了动植物自然保护区。

现在老县城村的村长叫王正财，书记是吕志诚，也是国家的一级政权。

我在村街上走，有女人从对面走来，站下打招呼，问“吃了没有”。有人在城墙内犁地，牛很老，人也很老，人背后的城墙更老。城上的谯楼全部塌了，塌陷的城砖上刻有“道光五年佛坪厅”字样，犁地老乡说，常有外头人来这儿捡带字的砖，把一块块砖硬从上头往下扒，得想法管管呢。我说已经成立了老县城文管会，以后谁想随便从这儿拿东西也不成了。

老县城附近有质地很好的汉白玉矿，所以城的基础均用汉白玉条浆砌，城内汉白玉构件也很多，老百姓的猪槽也是汉白玉，并没见那些猪吃出怎样的斯文来。街道呈 T 字形，厅属衙门居正中，由大堂、同知署、监狱、书院四个遗址组成，荒草中有断壁残垣，有牡丹纹的浮雕柱础和鼓型的门墩。城东有文庙遗址，有大影壁、棂星门、石狮、石碑、三龙戏珠的大石雕和焚字楼……“昔日金阶白玉堂，即今唯见青松在”，我站在苔迹斑驳的石碑前，吊唁百年前消逝在这里的文化，自有种难以说清的滋味萦绕在心头，草杂今古色，岩留冬夏霜，当年那些在此盘桓的学子是难以追寻了……

东门外有城隍庙，东西配殿尚在，后有戏楼，东有社稷坛、先农坛，北有白云塔，均有古松陪衬，财神庙内的壁画已经模糊难辨，西门外的接官亭、演武场至今残迹依然。最完整的要数街东的三间官房了，它保持了清代南方的建筑风格，高大的风火墙，穿斗式五举梁架，前檐宽畅，檐下有“荣聚站”金字大匾。过去，这里应该是人来人往的热闹所在，可以想象，人们在“荣聚站”滞留的情景，一应的服务设施是有的：大烟、赌局，女人……如资料记载：山内地虽荒凉，场集中赌局绝大，往往数十两、百两为输赢之注，无钱以偿者，流而为盗。旧时山民贸易日中为市，定期赶场，老县城四、七为集日，四方百姓汇于城内，以太白手儿参、独叶草、太白贝母等名贵药材和珍禽异兽毛皮换取山外生活必需品。现在这里没有集市了，也没有商店，我在城西看见一个农民自办的小卖部，只卖些白酒、铅笔、手纸一类东西，没人光顾，尘土多厚。

在文管所和所里的李会雄们聊天，忘了时间，夜色黑尽了才想起回去。走便走，也不好意思让人送。夜晚由城外单身进城尚是首次，行走路上，只见四周群山寂静，天上弯月如钩，远望西城门残砖狰狞，荒草弥乱，民国初年为县知事孙培经立的“清官碑”衬着黑沉沉的山林，恍若伫立的幽灵……我的心乱了，脚步也乱了，硬着头皮故作镇静地朝前走。走近城，走进城门洞，仿佛有白衣绿脸的人从破门洞顶往下望。飒飒阴风带着哨音，吹得人汗毛孔也奓起来了。

一身冷汗，自己吓自己。

早晨我跟张老汉说起晚上进城的感觉，老汉说，你当然得害怕，过去城门上挂过人头。我问都是什么人的，老汉说什么人的都有。

我又看了看那城，露冷黄花，烟迷衰草，残破石墙，寂寞古松，均系旧时之物，万籁寂寥中一声鸟啼，唤起许多幽情，这地方牵动人心的东西很多。

阳光下，老城显得很沉静。

穿花裙子的汪汪

在老县城，跟我最熟悉的是孩子和狗。

村上的狗不少，以村支书吕志诚家门口拴的黑白花狗最为典型。小花狗尽职尽责，逢有生人路过就汪汪地咬，声急音脆，很是煞有介事。后来有人告诉我说，碰到狗咬，只要喊“吕书记”，狗就会知趣地停止叫唤，我试了几次，不灵。问吕书记，吕书记说是保护站的老黄在故意编派他，什么吕书记，你就是叫爷爷，那狗也照样叫唤。

后来熟了，那狗就不再咬，趴在草垛上，一双小眼睛随着我的脚步转。

我在前头走，常有孩子跟在后头，冷不丁地大叫一声：叶书记！待你回过头，却又不见了踪影，都藏到墙后头了。再走，后面又喊“叶书记”，回头，又无人。你走过去，他们便喳的一声散了，有钻玉米地的，有躲树后头的，有朝着山坡狂奔的……逮住一个，便在你的手里扭来扭去，哇哇地叫，其余的在远处饶有兴致地观望，起哄架秧地嚷嚷。

我住在老县城的动物保护站，上午写作，不愿人打扰，保护站的工作人员此时都很自觉地回避了，他们有他们的事情，大家都忙。但是孩子们不行，他们放暑假了，他们想来就来，没有任何限制。常有小脑袋探进门来，嘻嘻两声，缩回去了，将你的思路立时打断。一问，什么事也没有，就是来看看，他们对城里来的人感到新奇，或许因了我的到来，他们才知道了“作家”这个词，才知道了有“编故事”这样的职业。来得最勤的是村东王家的一对小双胞胎，一模一样的两个一年级小女生。她们细声细气地说话，声音很小，又带口音，我根本听不清，但她们一进门就说，不停地说，叽叽的，完全是两只小松鼠。她们说的都是村里的家长里短，说的是她们班上的谁谁谁……不考虑我有没有兴趣，也不考虑我能不能听得懂……串得第二多的是一个叫何辰的小男孩，五岁了，我说他是老县城里的新土匪，破坏力很强。何辰喜欢小动物，到我房间的理由很充足：找猫。有一天他站在墙外头哭，说是他的花猫跑了。猫就是他的命，他管的猫叫“猫辰”，名字一样，姓不相同。

写作中常要和这些小东西打交道，文字中就多了一些活泼多了一些灵性。

这天天气有点闷，午后我和保护站的霍亚平在老县城村街上溜达。

霍亚平穿着迷彩服，我也穿着迷彩服，我们的服装都是保护站发的，很是与众不同。海拔一千七百八十米的阳光很强烈，我觉得我们俩像两伊战争中的兵，如果一人手里有一杆冲锋枪，那当是很英雄的事。我问亚平当过兵没有，亚平说这个问题我问过他好几次了，他再一次告诉我，他没当过兵。我说他的样子很像兵，我也像兵，我们这装扮很像是训练有素的战士。这个时候我心里很希望有山外的游人来老县城旅游，让游人和穿着迷彩服的我在老城破败的城墙下相遇，我的现代战争服装和经历过民国土匪摧毁的城墙一定是一幅很好的“战争时空”画面。霍亚平的感觉很直接，他就是陪着我走路。

总之，迷彩服给我的感觉不错。文思泉涌。

我看见张家的小孙子汪汪也在街上转，穿着他姐姐的粉裙子，一扭一扭的，很得意的样子。汪汪今年三岁了，长了一个小土豆样的脑袋，这里进一块，那里出一块，神情忧郁，老是一副忧国忧民的模样。

我喊汪汪，汪汪把脑袋垂得很低，一声不吭。我看见他那张小脸抹得五抹六道，泪痕依然，粉裙子肯定是偷偷穿出来的，前后穿反，小胸脯露着，本应是系在后面的飘带被他理所当然地系在肚子上，系了个死疙瘩。我说，汪汪你怎么穿女孩的衣服？ 汪汪不好意思了，将裙子撂起，把脸遮了。遮了脸的汪汪露出了屁股，包括他的小鸡鸡。我说，汪汪你没穿裤子啊！汪汪赶紧把裙子放下来，爬上了路边的石碌碡，脸朝下，壁虎一样地趴着，他既不想让我们看他的小鸡鸡也不想让我们看他的脸。

碌碡是圆的，汪汪的头越扎越低，最后头朝下栽下去了。

汪汪哇的一声大哭起来。

我拎起哭泣的汪汪往他们家送。

汪汪家八十六岁的太爷爷正坐在房檐下看书，老头不戴花镜，姿势端正，看得津津有味。我走过去一看，原来老爷子看的是他重孙女的小学一年级语文，上面说的是："老山羊收白菜，小白兔和小灰兔来帮忙……"

课本上的字很大，还有汉语拼音。

炊事员不在的日子里

我在动物保护站吃饭，加入他们九个人的小食堂，炊事员是从村里请来的一个叫春季的女孩。春季很漂亮，是大家的生活中心。这天春季病了，请假四天，饭就由巡护员们每人一组轮着做，我因为要写作，不在排班序列。

中午，大个子的雷海洋人五人六地给我端出一碟菜，菜用小碗扣着，很神秘的。看武松般的雷做出这种斯文状、服务状，只让人觉得好笑。揭开那碟，几乎让我喷饭，一盘熏肉炒土豆片，制作非常粗犷，肉肯定是买自村里农户，在"武松"的整治下，一片肉切得有手指厚，土豆片也异常地雄伟壮观，与肉相得益彰。我夹了一块肉填进嘴里，嚼了足有一分钟，尚不能下咽，"武松"在一边不安地搓着手，看着我，我连说好吃，好吃，“武松”就嘿嘿地笑。

真是难为他了。

第二天早晨，武松们打了一锅拌汤代替稀饭。我拒绝喝那东西，我说我要冲一包奶粉。武松们问我为什么不喝拌汤，我说这东西让我想起“文化大革命”，那时候我用它刷过大字报。武松们面面相觑，想说却又说不出什么，毕竟我是他们的“书记”，“书记”不吃，他们不能勉强。午饭是陕西饭“老鸹沙”，在我眼里“老鸹沙”就是疙瘩汤。望着一大锅黏糊糊的“汤”，我问有没有干的，答曰：无。就只好喝汤，武松们却个个吃得很热烈，又掌辣子又搁醋，呼噜呼噜，满头冒汗，让我羡慕。我问他们晚饭吃什么，武松们说还剩下大半锅。我知道那锅的概念，是烧柴的大灶，烧一锅水能灌八个五磅暖水瓶。站长何麦成是老山前线下来的汽车兵，精明能干，窥出我的心境，下午就带着人去河边钓小鱼，让我等着，说晚上保准给我做出一碗香喷喷的鱼汤。《封神演义》里姜太公钓鱼用直钩，老何们的鱼钩是用大头针弯的，和老姜的异曲同工之妙。鱼自然一条没钓上来，夸下做鱼汤的海口无法兑现，何麦成情急之中跑到十几里外的都督门老冯家买了两条小鱼。回来后剖开鱼肚子做汤，竟是满肚鱼子。我说他们太残忍，把“母亲”给吃了，饭桌上便没人再动筷。后来何麦成不知从谁家给我要了一碗甜浆子，以此代替“老鸹沙”。甜浆子是豆浆和苞谷糁煮的稀饭，很好喝，不是经常能喝到。

在武松们面前，我恣意表现着我的“娇”气，我爱看他们那为难的样子，像大姐戏弄小兄弟一样，我时常故意地给他们出点难题。他们很宽厚，很朴实，不跟我计较，我知道，他们对我的迁就，是出于对文化的敬重，出于对作家职业的神秘。我常这样反问自己：叶广芩，你以为你是谁？

炊事员请假的第三天，保护站唱了空城计，一大早武松们就出去了，大院子里进进出出就我一个人。我坐在院里廊下看县志，看到两任县知事被杀，心里有些缪乱，四周很静，一只蝴蝶在花间留恋，听得见它翅膀扇动的声音。我望望厨房的门，锁着，都十一点四十分了，还不见生火做饭，不知武松们玩的是什么花样。日头偏西，有叫小翠的过来喊我，说保护站的人集体出动给村东王德智家收麦子去了，王家管饭，让我去吃。就跟着小翠去了，路过王家麦地，见武松们还在干，便也象征性地挥了几下镰，有些扭捏，有些装模作样，自己也觉得挺恶心，主要是不好意思白白地在王家的饭桌上端碗。旁边有人说，嘻，县委书记在帮老百姓割麦子。

让我哭笑不得。

王德智款待“麦客”的饭很丰盛，有自酿的酒，还有大块的肉，武松们在王家吃得昏天黑地，天黑了，深一脚浅一脚地摸回保护站，熄灯睡觉。

第四天，全体人员帮村西张大荣家扬场，张家照例管饭，有酒有肉。

第五天，春季上班来了。

翠峰山野人探秘

若有人兮山之阿，被薜荔兮带女萝，既含睇兮又宜笑，子慕予兮善窈窕。山中人兮若芳杜，饮石泉兮荫松柏，君思我兮然疑作。

——屈原《山鬼》

我九十年代到秦岭考察傥骆道，在一个闷热的下午，行走在寂静无人的山道上，有昏昏欲睡的感觉。当时是一位姓熊的向导陪着我走路，他看到我迷糊得眼睛也快睁不开了，就建议我在路边歇一会儿。我坐了，老熊将手里的棍子朝着要去的方向摆正了，就到山溪边去舀水，嘱咐我千万不敢乱走动。老熊刚转身，我就迷迷糊糊睡着了。一小觉醒来，见老熊还没有回来，我就朝沟底下喊，刚喊了两嗓子，就见老熊匆匆从底下爬上来，急急火火地制止我不要喊叫。我问为什么，他说在山里是不能大声喊名字的，山里有山鬼，那家伙精得很，听见人的名字就记住了，晚上会跑到你的屋前装作女声，叫你名字，作弄你。我问老熊遇到过没有，他说怎的没遇过，山里的男人常碰上这号事。我问他开门了没有，老熊说哪个敢开哟，山鬼是妖精啊，人和妖精哪里玩得起！我说偌大山峦，山鬼哪里就会让我们碰上。老熊说你刚才犯迷瞪就是山鬼在作怪，山鬼就在附近，它们常常跟行路的人开玩笑，把你弄糊涂了，让你在大山里瞎转，几天转不出去，要不我怎会把棍朝着咱们要去的方向放哩，它想糊弄咱们，哪有那么容易，山鬼再精，也精不过人去。我问山鬼长得什么模样，老熊说和人差不多，浑身是毛，爱笑，灵活，多动，说话唧唧的，会学人语。我说那不是山鬼是猴子，老熊说猴子会用两条腿走道吗，会学人说话吗？不会！

那是我第一次听到秦岭山鬼的说辞，虽是姑妄听之，不甚相信，但再在山间行走，毕竟规矩多了，不敢造次，终归是在人家的地盘上哪！山鬼到底是什么模样，这个问题颇让人思索，屈原《九歌》中的“山鬼”是“饮石泉，荫松柏”、“被薜荔，带女萝”、“含睇宜笑”的窈窕女子。我见陕西国画院画家耿建画过一幅《山鬼图》，画中女子妖艳无比，半身裸露，戴野花，披青藤，依松柏，驭虎豹，斜睇含情，极富感染力。如是这样美丽的山鬼半夜叫门，山里的爷们儿将其拒之门外实在是岂有此理！历史资料中有关山鬼的记录比比皆是：明朝学问家王夫之解释说：“山鬼……盖深山所产之物也，亦胎化所生，非鬼也。”《本草纲目》说，狒狒，出西蜀及处州，山中亦有之，呼为人熊……长丈余，逢人则笑，呼为山大人，或曰野人及山魈也。《山海经》说，枭羊，人面、长唇、黑身、有毛、反踵，见人笑则笑……《南康记》说，（野人）通身生毛，见人辄闭目，开口如笑，好在深涧中翻石觅蟹食之。又云，木客（野人）生南方山中，头面语言不全异人，但手脚爪如钩利，居绝岩间。湖北人将山鬼呼之为魈，又叫山魈，野人，据说神农架绵延大山，出产此物。近几年，科考队一个接一个进入神农架，遍寻野人，以探索这个未解之谜。2001 年，我到神农架采访寻找野人的志愿者张金星，看到老林深处，时有“野人出没处”的标牌站立，还有一些刻有中英文标志的“自然探秘”石桩，更有“禁止进入，以防迷失”的提示，看来，山鬼在神农架是闹腾得厉害。

神农架旅游，打的是“野人”这张牌。

神农架南有长江北有汉水，属秦岭山系大巴山东段，从秦岭南坡沿汉江而下，过十堰往南不远就是神农架。跟神农架相比，秦岭腹地林更深，沟壑更多，地形更复杂，在秦岭的太白山走失的人也不在少数，隔几年公安局就得兴师动众在山里找回人，游人但凡到了让人来找的份儿，结局都不太美妙。当然，这些迷失在于人类自己，跟人家山鬼没有关系。

这样的复杂山林出个把野人实在是不足为怪。陕西有关野人的传说，我始见于清代袁枚的《子不语》，内中诉说十分详细：

西北妇女小便多不用溺器。陕西咸阳县乡间有赵氏妇，年二十余，洁白有姿，盛夏月夜，裸而野溺，久不返。其夫闻墙瓦飒拉声，疑而去视，见妇赤身爬据墙上，两脚在墙外，两手悬墙内，急前持之。妇不能声，启其口，出泥数块，始能言，曰：“我出户溺，方解裤，见墙外有一大毛人，目光闪闪，以手招我。我急走，毛人自墙外伸巨手提我髻。至墙头，以泥塞我口，将拖出墙。我两手据墙挣住，今力竭矣，幸速相救!”赵探头外视，果有大毛人，似猴非猴，蹲墙下，双手持妇脚不放。赵抱妇身与之夺，力不胜，乃大呼村邻。邻远，无应者，急入室取刀，拟断毛人手救妇。刀至，而妇已被毛人拉出墙矣。赵开户追之，众邻齐至。毛人挟妇去，走如风，妇呼救声尤惨；追二十余里，卒不能及。明早，随巨迹而往，见妇死大树间，四肢皆巨藤穿缚，唇吻有巨齿啮痕，阴处溃裂，骨皆见，血里白精，渍地斗余。合村大痛，鸣于官。官亦泪下，厚为殡殓，召猎户擒毛人，卒不得。

文中所言之事发生在陕西咸阳乡间，能用“巨藤”缚人“四肢”，当为山林，“追二十余里，卒不能及”当是如今周至、户县地界的秦岭北坡，彼时的秦岭北坡大树参天，风草长林，植被远远优于现在，野人躥入村野住户大概不是妄说。我问过周围的周至朋友，知不知道秦岭的野人，他们都说听老辈说过，周至文人王安泉说他父亲年轻时在山里背粮，还见过野人，在众人大声疾呼下，野人慌忙逃窜了。张兴海听他祖母讲过野人的事情，说野人抓到人以后会攥住人的双手，笑昏过去。安泉说过去山里人都备有竹筒，带在身边，遇到野人就套上，野人攥住了双手，只要将手从竹筒里抽出来，就能逃脱。

也有说法，说野人就是秦时藏入深山的祖先，他们一把拉住你，会大笑不止，然后反复地问你，长城仍在否，你只要说，修长城！野人自会松开你，跑到林子深处去了，他们怕秦始皇将他们拉去修长城……

权当个笑话听吧。见过野人的安泉父亲已经作古，兴海的祖母也是走得远了，就如同《子不语》中颇具传奇色彩的描述，它与我们产生了距离。2002 年，我在查阅周至历史资料时无意间看到“文革”时期的一条小补白：说一个地质工程师，在周至翠峰山看到了野人。这位工程师姓甚名谁，在哪里工作，哪年哪月几时在翠峰的何处见到什么样的野人，全没有记录，实在是遗憾。以记录推断，既然是“文革”时期的事情，应该是六十年代末到七十年代初。那个“火热”的年代，人们热衷于搞阶级斗争，对深山发生的这种说不清道不明的事情多采取回避态度，不是打倒一切牛鬼蛇神，铲除一切魑魅魍魉嘛，“野人”大概亦属此列，还是不说为好。可是那本资料的编撰者，或许是出于对科学的尊重，出于对事实的正视，对未解之谜的探索心理，他（她）还是记录了这一笔，尽管只有短短的两行，不足二百个字，尽管是躲躲闪闪，讳莫如深，但终归给我们留下了“翠峰野人”这一扑朔迷离的信息，并且韵味十足！

我问过当地老乡有关野人的事，他们说以前有人碰上过，但是近些年没有了，之所以没听说，是因为进山的人没有了。翠峰东面修了108国道，车来车往，去汉中，去佛坪，方便得啥似的，谁还走那古代的蜀道，荒山野岭，重峦叠嶂，登路盘曲，蛇径嵯峨，走几天不见一户人家。有人说，因再无人行走，山道已经被杂树藤蔓遮严，野人纵然繁殖茂盛，又有谁人知道？ 我几次到过翠峰，都在山的脚下活动，没有勇气进入它的腹地，面对眼前苍茫的群山，常常地感动，由感动产生敬畏和仰慕，它实在像一本博大精深的书，让人读不懂读不透读不完。翠峰有一条大大的山谷，乡政府就坐落在谷口，那是一个小小的热闹所在，小商店小旅社也是一应俱全的。沿沟而上，路旁有俊美的橡树林，有茂密的竹丛，再往上，庙宇相连，伽蓝错落，山峰环耸，溪流清澈，一派好景。离开道路往山的深处走，便到了山的内里，那里林幽谷暗，鸟道难行，除非是当地有经验的山民，一般人极少进入。

野人的事终归是个谜，让人魂牵梦绕。

遭遇过翠峰野人的工程师是绝难寻找了，但是最近翠峰乡丁家凹村村委会主任丁炜平给我提供了一个线索，说翠峰乡农林村曹家庄有个叫杨万春的农民，在山里看林子时碰到过野人。二话没说，我和文学朋友张长怀在丁炜平的陪同下立即赶到了曹家庄。我知道，此事刻不容缓，找到亲历者，获取第一手材料，是非常重要的，一旦当事者不在了，一切便成了传说，便成了“子不语”。

曹家庄庄子不大，在山的脚下，杨家是一普通农户，土墙土房，生活并不富裕。杨家的老婆婆黄桃花在门口站着，见了我们一脸的茫然。听说要找她老汉杨万春问野人的事，她告诉我们她男人杨万春已经死了好几年了。大家一时都有些失落，老婆说她男人见到野人确有其事，那天她是跟着男人一块进山的，那件事她也是极清楚的。原来，这两口子是从陕南镇巴县迁来，并非曹家庄的土著，来到翠峰乡安家以后，一直在山里给林场看洋槐林子。杨万春不会做饭，就把媳妇黄桃花带上，在山里一住就是数月。1976 年 8 月的一天早晨，太阳刚刚出来，杨万春到翠峰西南一个叫夹夹项的地方去砍树，黄桃花在棚子里做早饭，早饭做好了，等啊等啊，等了大半天不见男人回来，直到太阳快落山，才见男人满身泥土，一脸惊恐地回到驻地。问怎的了，说是遇见野人了，差点儿被野人吃了。杨万春说他在林子里伐木头，听到崖上哗啦哗啦响，以为是黑熊，抬起身看，一个东西已经走到跟前，直立如人，棕红长毛，巨口黄牙，像个野人。那野人见到杨万春，吧唧着嘴，磕着牙齿，想要撕咬他。杨万春的斧头轧在树上，拔不出来，就与野人对峙着。野人也不走，冲着杨万春呜呜地磕牙叫唤，满嘴冒白沫，那声音不好听，像笑。杨万春看到野人的脚很大，胸部突出，有大乳，像个雌性。对峙到后来，野人不耐烦了，冲过来，双手端起杨万春把他扔到一边，自己呼啸着往西南更深的林子里去了。黄桃花说，一连几天，她丈夫的情绪都不好，晚上净是噩梦……虽说黄桃花那天也在林子里，毕竟她没有亲眼见到野人，这种间接的叙述总是有所欠缺。我们临走，黄桃花又提供了一个重要信息，翠峰乡走马岭六组的庞根深当年也在同一地点见过野人。

我们马不停蹄地赶到走马岭，终于找见了六十一岁的农民庞根深。老庞是个老实本分的农民，住在岭上，三间土房，周围有竹子、清泉、美石、杨树，家中有黑狗、花猫、黄牛和一个如花的女儿。

老庞说他见到野人，和杨万春是同年同月同一地点，时间相差十天左右。那天他到夹夹项割竹苗做扫把，从梁上往下走，对面坡上下来个人也往下走，两人在河沟边撞上，一时都愣住了。老庞说，我在山里，从来没见过这样的"人"，把我吓坏了！我们让老庞详细描述一下那个"人"的模样。老庞说，我跟它不过三丈远，看得太清楚了，那家伙身材高大，比我高出近乎一米，周身棕褐色长毛，头发尤长，披肩发一样地披着，眼珠是黄的，嘴很大，嘴唇很厚，是地包天，指甲很长，钩一样弯着看样子很利，脚也大，能抵我一个半。我想，这一定就是平时大伙儿说的野人了，真后悔没弄个竹筒子随身带着。野人冲着我叫唤，短声哈哈的，长声像公鸡打鸣。我问是雄还是雌，老庞说是公的，野人下头的阳具有这么大，跟驴的一样。老庞说着用手比画了一下，足有三四十厘米。

我说，后来呢？

老庞说，后来，我就慢慢地往后退，靠在了一个土崖上，我左手举着镰刀，右手伸到后头，抠下了一块大石头，使劲地朝野人砸过去。石头砸在野人胸口上，野人大叫一声，扭头就跑，它跑得太快太敏捷了，把一棵十厘米粗的杨树压倒，骑着杨树跑了过去。我也没心思割扫帚苗了，赶紧回家，一想起来就后怕，那股劲儿许久过不来。这事不知怎的让西安的人知道了，来了两个人，一个姓黄，一个姓牛，他们不相信秦岭会有野人出现，让我带他们到出事地点去看，我就把他们领到了夹夹项，他们看到，我当时抠的那块石头窝窝还在，被野人骑倒的杨树还在，他们在杨树上寻到了野人留下的三根毛，夹在日记本里带回去化验了。后来有消息带给我说那毛经化验不是人的毛发……这件事当时还登在了《陕西日报》上。

老庞说，大山里的许多事情，说不清啊！我问最近还有没有野人的消息传出，老庞说再没听说，没听说的主要原因是年轻人都往城里跑，没人钻山沟了。也不让打猎了，也不让砍树了，山里连根竹苗苗也不让动了，进去做啥呀？ 政府正把山里的零散山民往山外搬迁哩……

在老庞家着着实实吃了一顿翠峰农家饭——酡酡面，下面的菜就是屋前屋后挖的山野菜，面筋汤美，让人不忍撂筷。我端着大糙碗蹲在庞家台阶上吃面，黑狗也来瞅嘴，花猫也来瞅嘴，公鸡母鸡唧唧咕咕地也凑过来，倒显得我有点儿矜持。就感觉出山里人的实诚自在，感觉出这片山水的清绮神奇，翠峰有野人也罢，没野人也罢，在这一刻显得并不十分重要，调查的本身、讲述的本身是一个很有意思的过程，是一种魅力，翠峰山的魅力。谜的存在，会使这里增添无限奇趣，真水落石出了，便也没了意思。

梨花一枝春带雨

——《长恨歌》漫谈

《长恨歌》是唐代诗人白居易脍炙人口的名篇，说的是唐玄宗和杨贵妃的爱情故事，故事的发生初始在长安，演绎的高潮在临潼华清池，结局在兴平马嵬坡。《长恨歌》是在马嵬事变五十年后，由时任周至县尉的白居易在仙游寺写成。当时白居易和他的两个文学朋友王质夫、陈鸿一起游览仙游寺，几个人站在高坡上，遥望红尘滚滚中的马崽方向，谈及唐玄宗与杨贵妃，不禁感慨万千。王质夫对白居易说："夫希代之事，非遇出世之才润色之，则与时消没，不闻于世，乐天深于诗，多于情者也，试与歌之，何如？”意思是请大手笔白居易将玄宗与贵妃的事写出来，不然这件事情会随着时光的流逝而淡化，而“不闻于世”。

白居易慨然允之。写作中的诗人正与周至杨家的女儿谈恋爱，“早聆懿范，互相倾慕”，在爱情浸泡中的白居易写《长恨歌》自然动情，使这篇诗歌成了千年不衰的绝唱。

今日仙游寺已沉没于黑河水库之底，旧物法王塔搬到了水库北坡上，自成一道风景。六十年代毛泽东主席曾手书《长恨歌》，其手迹被周至人设法寻来，镌刻在石上，为《长恨歌》增添了更为光彩的一笔。

喜爱《长恨歌》的大有人在，不少人能整篇背出，谈恋爱的青年最爱说的就是“在天愿作比翼鸟，在地愿为连理枝”。2005 年我在“百家讲坛”讲杨贵妃的东渡之谜，讲完了，一群老人在演播室将我拦住，一字不差地给我背了一遍《长恨歌》。与他们相比，我感到惭愧，我说，你们是我的老师！在日本，我也遇到不少《长恨歌》迷，日本有《长恨歌》研究会也有“杨贵妃研究会”，中学语文课本上有《长恨歌》的篇章，有一回我跟一个日本学生共同朗诵《长恨歌》，她用日文，我用中文，结果我们竟然合拍，同时结束。

近年，在《长恨歌》的背景地华清池有大型全景历史歌舞剧演出，真山真水的，涵盖了人间与天上，壮丽华美，让人如入仙境。在不菲的代价背后，他们将文学的《长恨歌》演绎成了视觉的享受和感官的体会，将那个繁盛的时代一下拉近，让唐玄宗和杨贵妃走近了我们，近在咫尺，使我们与古人对话，与文化同行……让我激动和欣喜。

唐代诗人中我最喜欢的是白居易，在周至任县委副书记的这八年中，于县委后院，夜静月明之时，在寂寞清冷之中，推窗而望，南墙的花栏下枝蔓缠绕，花影婆娑，便会想起同在这个院里住过的县尉白居易。在千余年前的同一时刻，他一定也推窗望过，他在南墙栽下了蔷薇，还为蔷薇写下了诗句："移根异地莫憔悴，野外庭前一种春。少府无妻春寂寞，花开将尔做夫人。"

在文学上，我不敢附大诗人的骥尾，但是在周至为官的链条上如果一环环扣上去，我想我们会碰在一起。

随着晚风送来阵阵花香，我仿佛看到了白居易正踏月而来，清瘦洒脱，边行边吟，我嗅到了《长恨歌》的气息，它来自南面的仙游寺，来自东面的华清池。

由对《长恨歌》的喜爱，而推及它的延伸和背景。

开创盛世唐玄宗

唐玄宗李隆基是睿宗李旦的三儿子，人们惯称他李三郎。

李隆基的祖母是武则天，在祖母大周政权的统治下，李隆基父子时刻处在一种窘迫危险的境地之中。有一次，七岁的李隆基坐车来到祖母的皇宫，被武家的将军武懿宗阻拦，李隆基不甘示弱，大声呵斥说："吾家朝堂，干汝何事，敢迫吾骑从！"七岁王孙的凛然豪气得到刚强的武则天的欣赏，从此对这个孙儿"特加宠爱"。

武则天之后是李隆基的叔叔当了皇帝，即唐中宗，唐中宗比较懦弱，曾经被他的母亲武则天将全家贬至湖北房县十四年，废皇帝号为庐陵王。他的妻子韦氏在患难中与他相依为命，在去房州的半道还为他生了一个小女儿，因临时用衣服包裹，所以名叫"裹儿"。前年，为寻访庐陵王的遗迹我访问了房县，在当地人的带领下，找到了当年唐中宗居住的村落，唐代的房基还在，王府建筑规模依稀可辨，中宗挖掘的井水，仍被住户饮用着，当年的"爬山虎"已经长得比碗粗，中宗带去的酿酒方法依然存留，那酒清爽甘甜，异于关中稠酒，也有别于黄酒，说起来更接近日本清酒，但是比清酒香醇绵长……然而，中宗患难与共的妻子韦氏是个野心家，在庐陵王回来又当了皇帝后，韦氏野心膨胀，为了要当武则天那样的女皇，偕同女儿在中宗吃的馅饼里下毒，将亲夫毒杀，秘不发丧，自己一揽朝政大权。李隆基经过周密策划，奋起反击，发动政变。太极殿的禁军披甲响应，韦皇后逃入飞骑营，被飞骑斩首，献于李隆基，而后安乐公主及韦氏党羽都被诛杀。李隆基父亲李旦继位，是为睿宗。睿宗深谙隆基的才干及夺回李氏王朝的功劳，让位于李隆基，自己当了太上皇。

唐玄宗继位，立即铲除了企图密谋政变的太平公主，真正地掌握权力，执掌了大唐王朝。唐玄宗励精图治，勤奋治国，稳定政权，整顿吏治，改善财政，提倡简约之风，并且从自己做起，他著名的言论是“百姓租赋，非我所有”，下令“销毁宫中的乘舆服御、金银器玩、珠玉锦绣”，并规定后妃以下不准戴珠玉、锦绣，同时禁止天下采集珠玉、制造锦绣，违者杖刑一百。这位有作为的开明君主，使唐朝走向了开元、天宝盛世。天宝八载（749 年），全国各地的库存粮食达到九千六百万石。“天下大治”，“财务山积”，“百姓殷富”，一片太平富足景象。

今年植树节，在西安沪灞管委会组织下，西安千余志愿者在细雨蒙蒙中植树东郊广运潭。泱泱绿水畔，人们种下数千苗木，也种下了对盛世中国的无限期盼。植树者们在挖开泥土的同时，一定也挖出了盛唐的喧嚣和热闹，它们在我们脚下的泥土中沉寂了一千二百年。

《长恨歌》中没有提到广运潭，但广运潭却是唐玄宗时期的繁华鼎盛之最。天宝二载（743 年），也是三月，唐玄宗领着文武大臣和杨玉环来到了这里，为新工程广运潭的启用举行典礼。唐玄宗时，对从江淮到长安的运河进行了一次疏通，沟通浐渭，引浐河入广运潭，让南北的粮食、货物通过黄河直达长安，终点即是广运潭。

2008 年 3 月 12 日，浩荡的车队和植树大军在广运潭岸边与 743 年的皇家仪仗相重叠，与一千二百年前的长安市民相会合，使寂静的长安东郊再受瞩目。广运潭边有望春楼，唐玄宗和杨玉环在楼上检阅停泊在潭中的献宝船只。这些船来自全国各地，船里装满大米和奇货特产。船上的彩旗在春风中猎猎飘扬，船队首尾连接数百艘，望不到尽头，船工服饰统一，头戴斗笠，身着宽袖衫，足蹬草履，一副吴楚之地的南方打扮。最前面的船上，河南陕县县尉崔成甫绿衫，袒露着一只胳膊，额头抹成红色，站在船头领唱国家富庶、玄宗神圣的《得宝歌》。崔成甫嗓音嘹亮，身后美女百人盛装而和，船队随唱随行，浩荡华丽，而后地方向皇帝和娘娘跪进诸郡珍奇，扬州的铜器、常州的绫绣、广州的玳瑁、南昌的名瓷、桂林的蛇胆、宣州的纸笔……这是一千年前的物品博览会。岸边观望的除了官员还有市民，他们第一次看见那大船和珍宝时，“人人骇视”，惊奇得嘴也合不上了。广运潭前盛况空前，繁花似锦，唐玄宗欣喜之下，给新潭命名“广运”，以示盛唐海纳百川的胸怀和富足。船工们都得到了赏赐，随后唐明皇举行盛大宴会，教坊表演歌舞杂技，热闹非凡。

那时的天子和后妃似乎并不像后来朝代那样封闭，人们在看到精彩精美进贡的同时，也看到了精彩精美的杨玉环，在天子的威仪和美女的光彩辉映下，百姓们必定也是“人人骇视”，睁大了眼睛。广运潭是开元盛世的高峰，是唐代物富民安天下太平的标志，也是唐玄宗和杨贵妃爱情发展的根本，没有坚实的物质基础，没有稳定的社会环境，杨玉环不会“承欢侍宴无闲暇，春从春游夜专夜”；唐明皇也不会“春宵苦短日高起，从此君王不早朝”。

杜甫在回忆开元盛世情景时说：

忆昔开元全盛日，小邑犹藏万家室。
稻米流脂粟米白，公私仓廪俱丰实。
九州道路无豺虎，远行不劳吉日出。
齐纨鲁缟车班班，男耕女桑不相失。

今天，每每路过西安钟楼，尤其是在夜晚，华灯闪耀，店铺林立，穿行于游人中，我都有种今夕是何年的朦胧，市井繁华似锦，百姓安居乐业，回眸望，有商厦“开元”“金花”；朝前瞻，有“朱雀”“雁塔”，缓步出城，南门恢宏厚重，殷殷红纱灯，碧碧绕城水，不是长安又是哪里，不是盛世又是什么？

杨家有女初长成

前年元旦，我利用假期过黄河到山西去旅游，在永济公路上见到“杨贵妃故里”的标识，就去了。想的是应该有遗址和纪念物，却只有一个停车场，几间新盖殿宇，三两闲散的老汉。问此处可真是杨贵妃故里？ 老汉们异口同声：没错。继而要收门票若干，停车费数元。总是有些遗憾。

四川人说，杨玉环是四川的女儿，开元七载（719 年）生于剑南道蜀州，即今天的四川崇州。父亲杨玄琰是个掌管户口、籍账的七品小官。杨玉环有三姐一兄，许是父母基因好，蜀中气候滋润，杨家兄妹在相貌上都很出色。传说杨玉环在出生时，腰间有一圈环状白痕，故取名“玉环”。杨玉环十岁时父母双亡，叔父将她领至洛阳抚养。杨玉环的叔父和她父亲一样，也是七品，担任着士曹参军一职。洛阳是隋唐两朝的大都会，其繁华热闹，让从四川来的女孩大开了眼界。杨玉环在叔父家中学习诗文、女红，长成了一个能歌善舞的美丽少女。

还有证据说杨玉环是陕西华阴人，是“弘农杨氏”后裔，她的高祖杨汪是华阴的望族，隋朝官做到了尚书左丞（四品）的位置。华阴的杨家出过不少名人，三国时代才思敏锐的杨修、隋文帝杨坚与隋炀帝杨广等，隋朝华阴杨氏是关中著名军事贵族，据说武则天母亲也是杨氏家族的女儿。到了杨玉环曾祖时，举家已经迁到黄河对岸蒲州永乐，大约就是我逃离的杨贵妃故里了。其实杨玉环从未在蒲州生活过，也没有在华阴生活过，如同我们没有在祖籍生活过一样，但要是填写“籍贯”，恐怕还是得将那个陌生的地域毫不犹豫地填写上去。如此，杨贵妃的祖籍应该是陕西华阴。

杨家女儿的美貌成为洛阳官宦之家的话题，当唐明皇为儿子寿王李瑁选妃时，自然而然有人推荐了杨家的杨玉环。开元二十三载（735 年），杨玉环以河南府士曹长女身份，以“修明内湛，淑问外昭”、“选及名家”的理由入选宫闱。就是说杨玉环当选寿王妃的理由是她“弘农望族”的家庭背景和十七岁的韶美年华。

杨玉环成为寿王妃，她的夫君李瑁时年十九岁，儒雅俊美，性情温和，是唐明皇三十个儿子、二十九个女儿中的精品。李瑁由唐明皇最宠爱的妃子武惠妃所生，武惠妃是武则天的娘家晚辈，玄宗一度欲立武惠妃为后，因忌讳高宗与武后的戏剧在宫中重演，遭到大臣们的反对而作罢。寿王李瑁身体羸弱，因怕夭折，从小托给唐明皇的大哥李宪抚养。以皇室“立长”的规矩，应该是李宪坐皇位，李宪也曾被立为皇太子，但李宪认为李隆基平定韦皇后之乱、铲除太平公主势力有功，温良恭让，将帝位让给了三弟李隆基，自己安守臣节，不干朝政，不交私人。唐明皇对他的大哥敬重而友爱，李宪死后，被册封“让皇帝”，按帝陵建制埋葬，归葬惠陵，墓内置膳食百余味，药酒三十余色，“帝垂泪扶灵柩”，灵车自长安启程遇大雨，皇上命百官于泥泞中送灵十里。惠陵位置在桥陵东南，公路边，一个很大的封土堆，陵前有清乾隆年毕沅写的石碑。惠陵目前已经挖掘开放，接待游客，内中有棺床，墓顶有日月星辰，壁上有精美壁画，壁画是复制的，真品由博物馆收藏。

由“让皇帝”抚养大的李瑁，生性平和谦恭，他的养父让出了皇帝，他让出了妃子。

一朝选在君王侧

唐玄宗娶杨玉环，从伦理上说是个敏感话题，《长恨歌》作者白居易以及戏剧歌舞《长恨歌》都很巧妙地回避了这一点，但是作为背景交代，这是无论如何也绕不过去的，历史的真实不能回避，无论这历史是怎样的扭曲，怎样的尴尬。李隆基与杨玉环的结合，与李唐王朝的“夷狄”血统有关。如南宋理学家朱熹所说“唐源流出于夷狄，故闺门失礼之事不以为异”。我们不能以后来的伦理观来理解当时的事件，阐述谁是谁非，民族的背景，开放的习俗恐怕是这桩婚姻的主要原因。唐高祖李渊的祖父娶大野氏女子，李渊之母是独孤氏，太宗之母是鲜卑窦氏，高宗之母是长孙氏，这些女子皆非汉人，唐代在国家制度上还沿袭着北朝少数民族传统，兄收弟妇，子纳父妾，父娶儿媳，蕃风汉俗在社会中同时并存。西汉时代，王昭君出塞外嫁匈奴呼韩邪，与呼韩邪生有一子，第三年呼韩邪病死，继位的是呼韩邪前妻之子，按习俗娶昭君为妻，王昭君不从，请求归汉，汉成帝不允，命令昭君从胡俗。王昭君只得再嫁呼韩邪前妻之子，后又生有两女，历史上并没有谁来指责王昭君的伦常有亏，实乃风俗使然。

其次，当时的唐玄宗在情感生活上呈空虚状态，无心仪之人。女人环绕，并不见得有爱情，白居易在《长恨歌》中说，“后宫佳丽三千人”，其实远不止这个数字，见于史书记载的唐玄宗有王皇后（被废）；杨妃、武惠妃、杨贵妃、赵丽妃、刘华妃、皇甫淑妃、钱妃；皇甫德仪、郭顺仪、武贤仪、董芳仪；高婕妤、柳婕妤；钟、卢、王、陈、杜众美人；刘、阎、郑、高、常等才人，共二十五人。《新唐书》记载，“开元、天宝中宫嫔大率至四万”。唐玄宗是个英俊多才、风流倜傥、多情多欲的男子，其最宠爱的武惠妃死后，玄宗闷闷不乐，情绪低落，对一切全无情趣，自然也将众多粉黛看不进眼里。忧闷之时见到了二十二岁的寿王妃杨玉环，立刻为其美貌所倾倒，史书上记载说玄宗“诏力士潜搜外宫，得弘农杨玄琰女于寿邸”，省略了许多细节。骆希哲先生在《华清池春秋》一书里写得生动细腻，“开元二十八年十月，玄宗来到温泉宫（华清池），赐皇亲贵戚、内外命妇、诸大臣家眷来赏花”，玄宗见花丛中一个肌肤如雪、眉似春柳的女子，“绝世艳容，胜过武妃”。于是让高力士查明女子身份，高力士奏报说，“芙蓉园娉女，乃寿王李瑁之杨妃”。可见，杨玉环最初是用美丽打动了唐明皇的心。皇帝的权力是至高无上的，于是就有了“度寿王妃为女道士”的敕令。

杨玉环离俗入道，有先例可寻。唐宗室受道家影响颇深，自喻为老子后代。唐代二百多公主中，有十人出家为道。唐玄宗的两个姐妹金仙公主和玉贞公主便在其中。两公主入道之后在长安建道观，今周至秦岭北坡仍有玉贞道观的遗迹留存。出了家的公主们在行动上更为随便洒脱，结交名人，供养面首，行迹放荡，不受约束。开元二十八载（740 年）在皇帝的敕令下，杨玉环以为唐明皇生母窦太后“追福”为名，戴上了道士的“黄冠”，道号“太真”，住进太真观。应该说杨玉环对这个做法是认可的，十七岁进入寿王府时，她还是一个懵懂的少女，她的丈夫也是个不谙世事的少年，爱情于他们是歌舞、嬉闹，是马球、秋千。寿王府四年的宫闱生活，使她在认知和艺术上都趋向成熟，她从少女渐向女人靠拢，当多才多艺的唐明皇热烈的爱情扑面而来的时候，她是绝没有招架的份儿了。

三千宠爱在一身

年龄不是爱情的尺度，真正的爱情是不受任何制约的，唐玄宗很快坠入爱河，“后宫佳丽三千人，三千宠爱在一身”，对杨玉环的宠爱胜过了当年的武惠妃。华清宫是唐玄宗和杨玉环多次的游幸之地，骊山苍翠葱郁，温泉水暖滑润，原先唐玄宗游华清宫一般是冬日，时间半月左右，自从有杨玉环陪伴，唐玄宗游幸华清宫次数增多，停留时间延长，从开元二十八载到安史之乱十六年中，来华清宫十九次，最长一次为九十六天。华清宫内，唐玄宗与杨玉环行同辇，居同室，宴专席，寝专房，形影相随，寸步不离。传说，一日，唐明皇与杨贵妃在寝殿午睡，宫女们凭栏观看池水中雌雄鸟儿嬉戏。唐玄宗在帐中说：“你们爱水中的鸳鸯，怎比我被底鸳鸯？”可见，唐玄宗对杨玉环的爱近乎到了痴迷程度。杨玉环像一只金丝笼内的美丽鸟儿，极尽人间之华美，“云鬓花颜金步摇”、“翠翘金雀玉搔头”，仅头上首饰便是如此丰富，其服装更可想而知。我在永泰公主墓石棺的线刻上认识了唐代贵族妇女戴的“金步摇”，在日本京都泉涌寺的杨贵妃菩萨像上领略了“金步摇”的雍容华贵，那是自唐以后绝失的女性点缀，据泉涌寺的人说，雕刻杨贵妃菩萨像的工匠见过杨贵妃本人，是照着本人模样雕刻的。菩萨像丰润雍容，的确很美，头饰服装均异于其他佛像，被列为日本国宝级文物。

国富民安，美人在侧，唐玄宗再不像初始时那样勤勉，那样节俭，“在位岁久，渐肆奢欲”，他做起了太平天子。天宝以后，以“国用丰衍，故视金帛如粪壤，赏赐贵宠之家，无有限极”。唐玄宗带领杨贵妃三个姐姐和杨国忠等五家亲族从长安到华清宫，“五家车马塞咽道路，每家成一队，穿一色衣服；牛车上镶嵌着珠玉，马具都用黄金、锦绣做成。远远望去，衣着鲜丽，冠盖豪华，灿若云霞。走过的地方，珠翠首饰撒得满地都是”。杨贵妃之上再无皇后，她的品位做到了后宫极致，唐明皇出游巡幸，杨贵妃陪伴在侧，锦绣仪仗中，最突出的亮点应该就是贵妃娘娘了。唐代贵族妇女盛行扑粉施朱，青黛画眉，擦染胭脂，梳高髻，杨贵妃的服饰修妆更为讲究，引领新潮，务求美异，宫内有七百人织锦刺绣，专供贵妃使用，有数百人为她雕刻金玉器物，供她佩戴。我想法门寺博物馆展出的那个镂雕精美的香囊，对贵妃来说大概只算个不起眼的小件。据说杨贵妃夜宴上为唐明皇献舞时，身着绢纱衫裙，肩披紫绡，胸佩绣金香囊，头戴金凤玉饰步摇，服美动人目，妖媚动人神……去年夏天一个晚上，在当年杨贵妃夜宴舞蹈的华清池，我看了大型全景历史歌舞《长恨歌》，里边杨贵妃的服饰尤其夺人眼目，在天上，在水中，或华丽或淡雅，在水色山光映衬下让我们体味到了七百人刺绣、数百人雕金所推举出的贵妃，真正的杨贵妃可能就是这样吧！

在长生殿，我们不敢奢谈爱情，那些夜半无人的私语，让人对这座殿宇充满了神往。现在，华清宫内唐玄宗洗浴的莲花汤，贵妃洗浴的海棠汤在考古人员的努力下都找到并清理出来，再现当年风采，唯独这座证实爱情的长生殿还在苦苦勘探寻找之中，让我们充满了期待。

仙乐风飘处处闻

身在西安，看了不少仿唐歌舞，其华美大气，舒展悠扬，区别于其他地域，为陕西的得天独厚。遂想真正盛唐时代的歌舞音乐，该是怎样一种模样。在周至期间，聆听了集贤古乐，也听了长安古乐，都是唐代流传下的宫廷曲谱，闻之让人荡气回肠，感心动耳。这是跨越年代的艺术衔接，是唐玄宗、杨贵妃们留下的声音。

在华清宫东面，考古人员挖掘出了唐代梨园的遗址。《新唐书》记载，“玄宗既知音律，又酷爱发曲，选坐部伎子弟三百教于梨园，声有误者，帝必觉而正之，号‘皇帝梨园弟子’”。至今中国戏曲界仍有“梨园子弟”之谓，旧戏班供奉的祖师爷便是唐明皇，这个行当中，唐明皇又被叫作“老郎神”，丑角在旧戏班中地位最高，是因为唐明皇在演出中能反串各种角色，为区别于皇帝，鼻梁上抹块白，叫“三花脸”。有一回唐玄宗在宫廷演出完毕以后，装成街头卖艺人，向秦国夫人伸手说：“请给一些赏赐吧！”戏班规矩，任何人均不能坐在衣箱上头，只有丑角可以，丑角在后台必先把鼻梁勾了，别的角色才能开始化妆，丑角是唐明皇的延伸，是戏曲界的老大。从这点上看，唐玄宗是个很懂得幽默、很放得下架子的皇帝。有个故事说，唐玄宗有一回坐在勤政楼上，勤政楼在今兴庆公园的西南角，紧邻咸宁路，与宫外仅一墙之隔，目前遗址已经勘查清理完毕，保护起来。皇帝在楼上看见街上过来一个钉铰的手艺人，便喊他道：“我有一顶破损的天平冠，你能修吗？”工匠急忙上楼，小心翼翼地钉好了天平冠。唐玄宗却说：“朕不要这顶天平冠了，送给你吧。”工匠不敢要，唐玄宗说：“半夜没人时，你关起门自己一个人偷偷地戴，也没什么关系。”

爱开玩笑的唐玄宗精通乐器，能谱写词曲，著名的《紫云回》《凌波曲》《雨霖铃》《霓裳羽衣曲》等都是出自其手，至今流传。杨贵妃善歌舞，通音律，好击磬，每出新声，梨园子弟皆望尘莫及。为此，玄宗特地命人采蓝田绿玉雕磨成磬，磬架装饰金钿珠翠，铸金狮为跏趺，豪华绚丽。最精彩的莫过于杨贵妃醉中舞蹈的《霓裳羽衣舞》，奇妙何如？ 不知。唐人有诗赞曰“虹裳霞帔步摇冠，钿璎累累佩珊珊”，“飘然转旋回雪轻，嫣然纵送游龙惊”，这些虚幻的描写，为贵妃的舞姿增添了无限艺术魅力。或许正因为杨贵妃没有照片留下，才被誉为“中国四大美女”之一一样，各人心中有各人的审美标准，一百个人可以推举出一百个杨贵妃。舞蹈亦是如此，后来，我也看过不少《霓裳羽衣舞》，演出者各自抒发想象，跳出了各自的精彩，特别是在华清池飞霜殿前水面上的演出，那如梦如幻的灯光与水幕，给人的印象最为深刻。在敦煌洞窟留下的众多唐代舞蹈壁画中，我们依稀可以窥出唐代舞蹈多变的舞步，轻盈的腰肢，美丽的服饰，舒朗的神情。这一切来自富裕、祥和的生存环境，来自艺术的开放和包容。《霓裳羽衣舞》应该是千余年前这对夫妻艺术的绝妙结合，是当时音乐舞蹈艺术的巅峰！在唐玄宗周围集聚了李龟年、马先期、贺怀智、谢阿蛮一批音乐舞蹈大师，其中舞者谢阿蛮是新丰的女艺人，艺绝一时，与杨贵妃关系最为密切，两人经常在一起切磋舞技，杨贵妃曾把自己的红粟玉臂环送给她，以示友谊。这些人沉醉于歌舞旋律中通宵达旦，缓歌曼舞，乐声飘飘，使骊山如同人间仙境。

文化绵绵无绝期

不是“安史之乱”，《霓裳羽衣舞》大概还会跳下去，唐玄宗在《破阵乐》《上元乐》《圣寿乐》之外还会有新的舞曲诞生。安禄山叛军逼近长安，天宝十五载（756 年）六月十二日清晨，唐玄宗带领宫中主要人物悄悄逃出延秋门，逃跑是极秘密的，宫城以外的皇族百官无人知晓。皇帝一行人仓皇逃到兴平马嵬驿，太子李亨和军队首领陈玄礼密谋发动兵变，杀死杨国忠，逼迫玄宗诛戮杨贵妃。日本杨贵妃故里二尊院的记录是这样写的：“清晨，高力士将贵妃从寝室中叫出，于堂前树下缢死，让陈玄礼验看，确认贵妃气息已绝。”陈玄礼验看之后，卸脱甲胄，向唐玄宗请罪。这就给了日本人一个说辞，他们说陈玄礼强迫皇帝处死贵妃已经冒犯了皇帝尊严，犯了“大不敬”之罪，以一个军人，如果再认真翻看娘娘尸体，亵渎之罪更大矣，所以就有了“气绝而未毙命”的疑团，促成了杨贵妃的另一支演绎，成为“忽闻海上有仙山，山在虚无缥缈间”的浪漫话题。中国的历史记录是，杨贵妃被缢死，没有棺材装殓，草草“以紫褥包裹”，埋葬于驿站路西道旁。传说驿站有个老妇，拾得贵妃一只锦袜，路过的人借看一回收取百钱，获利颇多。

我曾沿袭着唐玄宗西南行的道路数次行走，走扶风，过宝鸡，出大散关至汉中，再走金牛道到宁强，宁强之西有朝天镇，当年听说天子驾临，镇上百姓带着酒食，沿路跪拜朝见天子，故名“朝天”。再向西南过昭化古城到达剑阁，道路崎岖险峻，林木茂密，山峰环耸，地荒人野。剑阁附近有上当铺，是山岭上相对的一小块平畴，叫作上当驿。今天驿站已不存在，空留两三亩平地，开满鲜黄的菜花，还有两棵陈年老柏。花丛中有清代石碑站立，镌刻着“唐明皇雨夜闻铃处”几个大字。据说唐玄宗走到这里，恰逢阴雨不散，夜闻驿站避车的铃声，想念杨贵妃，夜不能寐，做成《雨霖铃》一曲，让乐人演奏。乐人吹响乐曲时，只听悲音袅袅，摧肝破胆，让人心颤，玄宗大放悲声。二十世纪以唱《四世同堂》电视剧闻名的艺术家小彩舞，最拿手的就是演唱大鼓《雨霖铃》，让人百听不厌，可惜老人已经作古，后来再无人能够超越。

至德二载（757 年）九月，唐明皇从成都返回长安，他这时的身份已经是太上皇了。回銮时依旧路过马嵬驿，太上皇望着路边杨贵妃孤零零的土冢，“马嵬坡下泥土中，不见玉颜空死处”，太上皇“踌躇不能去”，所谓的“踌躇”是指心的留恋，太上皇周围有儿子唐肃宗派来的三千精骑护驾，骑阵中，他连为爱妃一哭的条件也没有，只好是凭空的悼念，遥遥的心祭。

再次回到华清宫的太上皇目睹旧迹，物是人非，空添惆怅。新丰舞女谢阿蛮奉诏来到华清宫，为太上皇跳毕《凌波舞》，拿出当年贵妃赐予的红粟臂环给太上皇看，太上皇睹物思人，老泪纵横，左右无人不呜咽，乐师吹奏起《雨霖铃》，整个华清宫都沉浸在深深的怀念中了。

唐玄宗寂寞孤单地老死宫中，死时身边只有两个女儿陪伴，他至亲的妹妹玉贞公主重回道观，亲信高力士也被流放巫州。唐玄宗死后葬在泰陵，在今天的蒲城金粟山。唐太宗曾提倡功臣陪葬制度，太宗的昭陵连皇室带功臣，陪葬者百余众，众所周知的尉迟敬德、程咬金、魏征等均在陪葬之列，以表“义同舟楫”、“生死不忘”的遗言。然而唐玄宗的泰陵是清冷的，陪葬除了“生为君臣死为邻”的高力士，再无其他，他的爱妃杨玉环仍旧草葬在数百里外的马嵬坡。林则徐有诗：“三郎不遣招同穴，空望香魂人梦苏。”

千余年，《长恨歌》长诵不衰，“天长地久有时尽，此恨绵绵无绝期”，总是让我们感慨，不能释怀。今年，我想约周至《长恨歌》诞生地的文友和临潼华清池爱好《长恨歌》的朋友，以及对这篇诗歌这段故事有兴趣的人一同去泰陵，在唐玄宗的陵前高声朗诵《长恨歌》，传达我们的理解和感悟。我想，这将是唐玄宗第一次听到《长恨歌》，听到后人对他和杨玉环爱情的吟诵。

一遍大约是不够的。

寂寞的皇帝将不再寂寞，对爱情的遗憾将随着朗朗诵读化作清风。

贵妃东渡

秋天，我在当地人内田喜美子的带领下专程来到日本山口县向津具半岛，传说中的“贵妃东渡”就是渡到了这里。公路上有“杨贵妃故里”的指示标识，路边闪过叫“杨贵”的商店，闪过“杨贵妃”宾馆和名为“杨贵妃”的小酒店……按日本人的说法，这里是唐朝杨贵妃的终结之地。

我和喜美子来到半岛一个叫油谷町的小渔村，星期天没有出港，小渔船都泊在港湾。港边的场地上搭着帐篷，当地老乡出卖着各种吃食和海产品，原来今天油谷町的人在过“秋祭”，这个总共只有八千人的小镇很有生活气息，没有外人来，所谓的买与卖都在本地人中间进行，町的活动室里展示着妇女们的手工、缝纫、插花，展示着孩子们的画，还有陶瓷爱好者自己烧制的陶器，窑的名字是“杨贵妃窑”。女人们出售自制的“杨贵妃寿司”，酒也是当地土酒“杨贵妃酒”。这里有着久津自己的文化氛围——杨贵妃文化。

封闭的小圈子里突然出现了外国人，一时成了新奇，我说是从中国西安来的，更是稀罕得不行，长安城杨贵妃老家来的人，立刻有了娘舅般的亲切，不容分说拉到酒桌前喝酒。几口酒下肚，我才看清酒桌的形势，原来是町上几位老汉和主持者在这儿喝闲酒。明显的几位白头发已经喝高了，脸儿通红，总是要说，总是要笑，见了杨贵妃家乡的人话就更多，内容也离不开杨贵妃，显示出收留过落难妃子的大度与骄傲……老人们的话已经含混不清，我也说汉语，于是双方都变得朦胧糊涂，就像扑朔迷离的贵妃东渡。有一点他们知道，现在从我嘴里流出的陌生语言就是当年杨贵妃使用的语言，听到我说话，就是听到杨贵妃在说话，不懂是当然的。

逻辑有些混乱，但是不无道理。

喝得脑子有点儿发胀，在他们的指点下，深一脚浅一脚地到东边庙里去找杨贵妃。金风送爽，碧海蓝天，糊涂的脑子里冒出些联不成串的诗句“……桑柘影斜春社散，家家扶得醉人归……”一时竟搞不清楚现在是中国还是日本，是春天还是秋天。沿海边没走多远，就看见了庙门口的小卖部，小卖部门口蹲着两个与人一般高的秦兵马俑，一看便知，是出自临潼的复制，千里万里地运过来，也是不易。庙叫二尊院，供奉着阿弥陀佛和释迦牟尼两尊佛像，除了庙堂本身，整个院落完全是中国庭园风格，凉亭、穿堂都是红漆柱，斗拱飞檐，青砖墁地，连厕所也是中国式，写着男厕、女厕，看着让人感到熟悉亲切，毫无疑问，这些均是中国工匠所为。

引人注目的是院中伫立的汉白玉杨贵妃像，发髻高卷，步摇叮咚，侧身站立，面向大海，面部没有任何表情，将一片想象交给后人——这尊像和陕西兴平马嵬坡杨贵妃墓的石像完全相同，只是这个的脸庞要消瘦一些。像的制造者是西安美术学院，总监制和设计是西安文联副主席、画家王西京，石头取自中国四川，是在西安雕好后运过来的。在隔山隔海的异国，在偏僻的日本渔村。看到熟识朋友的作品有种异地重逢的喜悦，是他们为漂泊海外的杨贵妃制造了一个家乡的环境，托出了乡人慰抚离乡孤魂的一片温馨。后来得知，久津的贵妃像的确要比马嵬坡的瘦些，一则是杨玉环马嵬坡死里逃出，颠沛流离，九死一生地来到日本，绝不会再像“温泉水滑洗凝脂”、“侍儿扶起娇无力”那般的雍容与娇嗔，必定是惊魂未定、一脸风尘的疲惫和落魄，瘦是理所应当的；二则，日本人将杨贵妃推举为世界三大美女之首（另外两美女不知为谁），他们心目中的美人是娇小玲珑、单薄消瘦的种类，倘若把马嵬坡那个肥硕滋润的贵妇照搬过来。这边大概不能接受，这也是王西京们煞费苦心的地方。

见到了二尊院的住持田立志昭，他介绍说这所寺院始建于恒武天皇御宇延历年中（782 至 804 年），距离大唐天宝逸事时间相差五十年。田立长老拿出二尊院五十五世住持惠学长老在明和三年（1776 年）记录的文献给我看，文献年代不久，墨迹清晰，内中介绍了安禄山造反，唐玄宗被迫西逃，至马嵬坡六军不发的大致经过，谈到处死杨贵妃时说：“高力士将贵妃引至佛堂前，缢杀。将其尸体横陈车上，置于驿站院中，令六军总领陈玄礼等人见之。大军既发，玄宗泪透红绡，随军往蜀地而去。陈玄礼见被缢贵妃并未真死，气息有所和缓，念及玄宗的悲切，让人救之，后命下吏造空舻舟，舟中放置数月粮食，放逐海中，任其漂流……唐天宝十五年七月，唐土玄宗皇帝的爱妃杨贵妃乘空舻舟漂泊到本村唐渡口，上岸不久后死去。里人捐资葬于本寺境内，千余年来凭吊者不绝。”

我在日本看到过另一份资料，说是杨贵妃在久津隐姓埋名，改“杨”姓为“八木”，也有说改为“杨贵”的，给后人留下了“久津出美人”的佳话。1963 年日本一个女人拿着家族文件在电视台宣称，她就是杨贵妃的后裔。神奈川的称名寺，至今保存有杨贵妃使用过的玻璃珠帘。今年年初，我到京都泉涌寺拜访，为的是给周至的涌泉寺寻找对应。周至的涌泉寺在隋唐时代是仙游寺的下院，属皇家寺院。及至到了京都的泉涌寺我才知道，泉涌寺的前身也叫仙游寺，至今仍是皇家寺院，里面供奉着杨贵妃观音像，据说这尊像成于唐代，雕刻者见过杨贵妃本人，所以形神极似，如今是日本国宝级文物。我看那像，的确是美得让人目眩……

各式各样的传说，各式各样的证据，一时将人搞得眼花缭乱。

但是中国传统认为，贵妃之死是毫无疑问的。《旧唐书》记载，“安史之乱”后，唐玄宗之子李亨继位，是为肃宗，玄宗被奉为太上皇。太上皇回驾长安，密命（将贵妃）改葬他所，最初埋时以紫褥包裹，再葬时肌肤已坏，唯胸前香囊犹存，内侍献上，太上皇悲哀。应该说对这段历史已经交代得清清楚楚了，可是人们不满意，就千方百计从这一事件中寻找漏洞。最先提出疑问的是白居易，可以说白居易与杨贵妃是同时代的人，他创作《长恨歌》的时候距离事件的发生不过五十年，有些当事人还活着，许多说辞还是鲜活生动、有根有据的。通过《长恨歌》，诗人向我们提供了不少马嵬坡以外的信息。

一千多年以后，我在陕西周至县挂职任副书记，听到不少有关白居易在周至仙游寺创作《长恨歌》的传说，白居易二十九岁中进士，三十六年岁被委任到周至县做县尉，用现在的话语来说是位主管政法的副县长。在周至，他有许多朋友，来往比较多的有隐士王质夫和周至籍进士陈鸿。有一天，三个人在傥骆道北口骆口驿东边的仙游寺喝酒，那是一个黄昏，暮霭正缓缓升起，几个人站在岗上向北望，渭水一线北流，马嵬驿在尘埃中模糊难辨，杨玉环墓在天幕下悲悲切切，谈及那场变故，犹如昨日，王质夫建议白居易将这件事写下来，认为，只有白居易的才学才配得上写这样感天动地的爱情故事。白居易当下慨然应允，后来，便在仙游寺写了著名的《长恨歌》。《长恨歌》写成，风火一般在世间传播开来，有人在皇帝面前状告白居易“曲意诬蔑先皇，诽谤朝廷”，要求治罪。幸而有明智之士反驳说，“若以优秀诗歌给诗人定罪，恐影响大唐国威”。皇帝唐宪宗深以为是，对白居易不予追究。

日本人说，白居易在《长恨歌》里为贵妃东渡埋下了伏笔，久津贵妃墓前的介绍就明确提到了这一点。“马嵬坡下泥土中，不见玉颜空死处”、“忽闻海上有仙山，山在虚无缥缈间”、“山中绰约多仙子，其中一人字太真”、“钿合金钗寄将去，钗留一股合一扇”等，连夜半夫妻间的悄悄话也是从日本托人捎过去的，以证明“太真”的不虚。

如果说陈玄礼造空舯舟将杨玉环送至海上是真，那么杨贵妃从马嵬坡奔至海边所走的道路只有一条——傥骆道。

“安史之乱”发生在天宝十四年（755 年）十一月，二尊院记录杨贵妃在向津具半岛的海滩登陆时间是天宝十五（756 年）年七月，就是说杨贵妃在陆地、在海上漂泊了近半年，她到达向津具时，这里并没有寺庙，也没有二尊院，只是在她死去五十年后，才建了寺。当地传说，杨贵妃死后，魂魄回到长安，夜夜站立在唐玄宗枕边，于是唐玄宗知道漂泊到东瀛的贵妃大概已经不在人世了，为了寄托哀思，唐玄宗派陈安给日本送来两尊佛像和一座十三层宝塔，陈安到了京都（当时是日本政治经济的中心），寻不到贵妃的所在，就将所带寄放在京都的清凉寺，以待将来找到贵妃所葬之地再行奉安。这一搁就是数百年，后来得知杨贵妃到了久津，可是清凉寺却舍不得将东西送过来了，他们找了日本两个工匠，做了两个相同的佛像，连同宝塔一起送到了久津。久津的庙宇在阿弥陀佛和释迦牟尼两尊佛像到来以后，于“永禄年中为祈祷天下太平，五谷丰登，建设开山道场，名曰二尊院”。日本的“永禄年中”指的是公元 1558 年至 1570 年十几年，大约相当于中国明代穆宗隆庆年间，所以这座庙真正称为“二尊院”的时间不过四百年左右。日本战国末期到江户初期，久津有八家寺庙同时并存，因为宗教势力太大而受到政府打击，八家寺庙只剩了二尊院一家，十三层宝塔也被当时的藩主毛利家搬到数十公里以外比较热闹的中心荻去了，现在这座塔仍旧在荻市的长寿寺安放着。

对于唐玄宗为纪念杨贵妃所送来的两尊佛像我极为关注，根据角川日本史辞典介绍，清凉寺是日本京都市右京区藤木町净土宗寺庙，寺内供奉着释迦像，又称嵯峨释迦堂。有资料介绍，那尊名为唐玄宗送给杨贵妃的佛像的确来自中国，佛像是有绳状的卷曲头发，水波状的衣纹，比例准确，雕刻细腻，近乎完美。近年，清凉寺在解体修理佛像时在像的内胎发现墨迹，记录此像由宋代佛师张延皎、张延袭兄弟 985 年雕刻，987 年归国留学僧人奝然将像带到日本，跟唐玄宗没有任何关系。至于久津二尊院的两尊复制佛像，1952 年解体修理时，在阿弥陀佛像的右耳发现“文永五年八月日”的标志，在内胎前面有“文永三年月日”的墨书标志，由此判明是十三世纪中期由京都雕刻，后来送到久津的。

事实说明，唐玄宗给杨贵妃送佛像一事出于附会，出于后来人的想象。

二尊院东部靠海的地方有墓地，突出的位置有个一米多高的石头五轮塔，所谓五轮塔是由五块方圆各异的石块组成，顶尖肚圆底方。这就是传说中的杨贵妃墓了。贵妃墓周围有许多一尺多高的小塔，将五轮塔紧紧围拱，据说是随同杨贵妃乘船而来的使女们的墓。墓前很安静，没有游客，从地理来说，这里处于半岛的顶端，没有谁会路过这里，除非像我这样专程而来。1963 年的时候也专程来过一个中国人，是中国驻日本大使馆的公使衔参赞章金树先生，他在贵妃墓的左侧立了一块木牌，在墓前留下了一首诗：

长生殿内情意长，天长地久两难忘。
长安一别何处去，油谷町里望家乡。

公使不是文人，现场发挥，写出这样的诗句相当难得，贵妃漂来日本一千二百余年，来吊唁祭奠的中国官员也就是章先生一人罢了。

贵妃墓面向着日本海，海的那一边就是中国大陆，在大陆的腹地有长安，那是她的亡命之处。长安西边马嵬坡有“唐贵妃杨玉环墓”，“文革”期间我坐着大卡车去看过，在西兰公路旁边，一片庄稼地里，有一个小小的院落，前面三间破烂享殿，后面一个砌了砖的坟堆，石碑脸朝下扣在地上，几块明、清时代的诗碑断成几截散落在老玉米地里。那天下着小雨，我的衣服在卡车顶上淋得精湿，顺着头发往下淌水，冷透了的我来到冷透了的杨贵妃墓，情、景便让人感到冷。贵妃的墓院连着老玉米地，一片水渍一片泥泞，雨水敲击着玉米的枯叶，像是人在呜咽，荒败、凄凉，缠绵、悲切，给人印象极深。据说，现在马嵬坡的杨贵妃墓成了长安西线旅游的景点之一，每日游人不断，有了簇新的殿宇和洁白的贵妃像，有了买卖兴隆的商店饭馆，墓冢高大壮丽，砌了新的石条……已经不是墓地而是游乐场了，一切都有点假模假式，难免让墓主人显出了难言的尴尬。

传说中缢死杨贵妃的地点不是在墓地，是离此地不近的一座寺院，庙的名字我已经忘却，数年前跟着兴平朋友去过一回，从西兰公路分出一条土路，一直往南，走二十分钟，上一个土塬，塬上有小庙，庙影壁前有株粗壮的卧龙槐，庙中僧人介绍说是“唐玄宗手植槐”。槐树不往高处长，在低处盘桓，看模样树龄有千年以上，庙殿后有土窑，窑内也供奉着神像，门口有梨树，据说杨贵妃便是在树下被处死的。我看那梨树，细嫩弱小，绝不是老树，想必是后人附会“梨花一枝春带雨”的句子而栽。因为交通不便，到这里来的人不多，游人们更多的是奔向了热闹的马嵬坡。

现在，面对着静谧简单的日本杨贵妃墓，我多少找回了昔日的感觉，陕西的马嵬，向津具的久津，两个地方埋葬着同一个女人——杨玉环。严格说，久津五轮塔下的女人已不能称之为贵妃，无皇所依，何妃之有；无势可宣，何贵之言？ 她所享受的辉煌，在她走入佛堂的那一刻起便已丢失殆尽，所剩的身份只是女人。白绫在项间勒紧的瞬间，她极清醒地、不容置疑地抓住了这个身份，并且牢牢地把握住了它，没有松手，因此在整个南逃与东渡的过程中，杨贵妃再也没有出现过。其时她已经三十八岁，走过傥骆道，跨越过东海的三十八岁女人，已经成熟，不再年轻。

为什么杨贵妃偏偏地会漂流到向津具半岛，而不漂向比较热闹的繁华的九州、四国……

向津具半岛有一处叫作土井浜的所在，这里从 1953 年到

1988年几十年的时间内挖掘出了三百具日本弥生时期的人骨。这些人骨很有科学价值，它们对研究日本人的起源与现代人的成立有着重要的意义。科学工作者在整理中发现，被埋葬的所有人骨，颜面都朝西，向着大海的方向，西边是中国大陆。就是说，这些人是来自中国，那时的航海能力有限，据分析，他们是从大陆借助海流漂泊到日本向津具半岛的。在日本海洋中有一条自西南向东北流动的海流，源自中国大陆，经过对马海峡，到达向津具半岛西端。日本弥生时代大约是两千年前，相当于中国的汉武帝时期，那个时候，中国人不但往西向西域进发，也往东，借着潮流向扶桑开展。这便是日本人来源之一的“漂流学说”。山口大学中国历史系教授烟地先生有观点说，唐代，武则天专权后对唐李氏宗室进行了严厉的压制迫害，大批唐贵族借助洋流漂到日本，向津具地区向有这样的说辞，不一定就是杨贵妃，但至少为杨贵妃在久津上岸提供了背景。

喜美子领着我来到唐渡口，这里是传说中的杨贵妃登陆处。一条长满苔藓的陡峭石径直下到荒凉的海滩。风很硬，浪很高，我站在礁石上，想象着唐朝的木船向岸边泊靠的情景，船上有心灰意冷、看破人寰的杨贵妃，如今，山还是这山，水还是这水，风还是这风，滩还是这滩，天边的夕阳还是这般的惨淡无力，可是人变了，时光推移了上千年……

这里的确是海流的回旋之处，海滩上遍布着大量垃圾，都是从海里漂流到这儿的。在这些煞风景的生活破烂中，有衣服、鞋子、塑料制品等，已经被海水冲刷得干干净净，看得出这些垃圾大部分来自韩国和中国，是真正的“舶来品”，非日本土著。我顺手拾起几件，一只中国产的塑料底女式布鞋；一个塑料圆盖，上面有“雅士利”字样，不知“雅士利”是什么东西：“海飞丝”、“舒蕾”洗发液容器，注明是“广州丝宝集团”；“山泉矿泉饮料”，由百佳有限公司生产；还有印着韩国字的标识牌……花花绿绿堆满海滩，让人无法下脚。这些玩意儿不用打船票，不用办护照，不用花力气，顺顺当当地就从中国来到了日本，停顿在异国的海滩上，让人不可思议。

借助这股不变的水流，千万年来不知都过来了些什么……

两个日本妇女在海滩上捡破烂，她们说，有时候在这儿真能捡到好东西……

看来，杨贵妃是没来日本也得来日本，不死久津也得死久津了。

五轮塔下埋藏了一段中日友谊的传说，一出历史悲剧想当然大团圆式的结尾，这一点，无论是中国人还是日本人，都有着共同的思维定式。世间的许多事本来就说不清，历史今天，如云如梦；国内国外，似是而非。日本有“杨贵妃研究会”，最终也没见研究出什么名堂。其实这样挺好，真水落石出了便也没了意思。

这或许就是杨贵妃的本意。

感觉京城旧王府

王府建筑是仅次于皇宫的建筑组群，一般可以认为，王府是缩小的紫禁城。在清王朝存续的二百多年里，共分封了一百位宗室、一百位满族贵族，还有一百余位蒙古族贵族及汉族贵族。粗略算来，有清时期，在北京内城，先后应有品级不一的王公府邸二百七十余处。

——摘自冯其利《寻访京城清王府》

我幼年生活在北京东城，最早居住老君堂胡同，后来搬入东四十条附近的西颂年胡同，所居均是标准京城四合院，两进带后花园，宽敞而规整。广梁大门、倒坐南房、垂花门、抄手游廊，传统的建筑填充了我青少年时代的记忆，并对它们情有独钟，十分喜爱。

家的周围还有许多皇族府邸，常听老辈们说道它们，到我记事的时候，它们大多已经成了政府机关或是普通宅院，但规模和建筑相对保存完整。我能记得的有北新桥船板胡同西口的肃亲王府、铁狮子胡同的和敬公主府、朝阳门内的九爷府、成贤街南边方家胡同的循郡王府、东四九条的贝子府、东城慧照寺的蒙古王府等。那时候，没有历史知识，只是用一个少年的眼光，不系统地认识这些府第，肤浅而凌乱。

理郡王府

王大人胡同的理郡王府靠近胡同东口，二十世纪五十年代我知道它时它已经变成了侨联宿舍，我在方家胡同小学上学，每天要从侨联的门口路过。侨联里住着一个同学，上课经常迟到，老师派给我一个任务，路过她家的时候叫上她。这样，我每天得到理郡王府里边转一圈。王大人胡同是条东西走向的大胡同，明朝的崇祯皇帝在江山失去时自缢于煤山，追随他同时去的还有太监王承恩，王承恩把自己吊死在崇祯脚下，这一举动得到传统文化的肯定，他所住的东直门北小街西边的这条胡同就被叫作王大人胡同，北京人发音往往爱滚字，书面上是“王大人胡同”，说出来则变成了“王当儿胡同”。理郡王弘晳是康熙第二子理密亲王第十子，乾隆四年袭理郡王，以后代降一等，到了“溥”字辈还承袭着辅国公封号，到了民国，一切终止。理郡王府在王大人胡同路北，侨联是路南的大楼，北边王府内是家属院，我进去时院内大格局已经破坏，盖了家属楼，偶见老式砖房和四合院，但已无法与王府相联系。据说当年的郡王府是相当排场的，府门三开间，正殿五开间，东西配殿各五间，正殿有群房七间与内院东西配房相连，后寝及配房均是五开间，沿府侧内墙有群房，整个郡王府有房二百一十八间，是座规模不小的府第。后来郡王府的后裔们将王府及所属的马圈、坟地周边等设施陆续卖出，西路作为空地曾闲置过，最终才被侨联征用。郡王府的后墙外是后永康胡同，我在那里住过一段时间，至今对那潮湿的南墙根和那残破的老砖有记忆。

肃亲王府

一般王府大门为五间启门之形式，亲王府大门可覆绿琉璃瓦。大门两侧多建有带抱厦的旁门，为平时的出入口。前庭院倒坐房及左右阿斯门用低矮的辅助用房连属。进入大门是主体庭院，是整座王府最大的院落……正面为王府的主要建筑正殿（俗称银安殿），亲王府七间，郡王府五间。王府的最后一重院落，正中为两层的后罩楼，亲王府九间，郡王府七间，主轴线上的门、殿、楼、寝要严格按规制建造，因此绝大多数的王府在规划建造时，往往在一处或数处宁可低于朝廷的规定以免逾制。

船板胡同西口的肃亲王府是个没有规制的府第，四十年代末，从外表看不像王府，倒像个大院。我们家在东直门大街居住过一段时间，院落的后门就开在船板胡同，平时家人进出都是走后门，前面院落被政府某部门征用了。肃王府离我们家不远，且常有走动，按说应该熟悉。这座宅子原本是道光年间大学士宝兴的宅邸，有房屋两百多间，进门是倒坐房，有过腰房，两进院落，北边是花园，东边是马圈。后来宝兴将房屋售出，到了荣禄手里，荣禄将它转赠肃亲王善耆，1900 年 6 月 20 日，义和团攻打东交民巷，两千余教民在洋兵保护下拥入东交民巷的肃亲王府。6 月 24 日，肃亲王携家人离开王府，王府随即被毁。紧接着肃亲王以“御前行走”身份跟随慈禧、光绪流亡西安，走时匆忙，置亲眷于不顾，后来两宫回銮京城，肃王大病一场，因无家可归，遂在门头沟冷各庄祖坟居住。肃亲王是追求新派的人物，得了荣禄所赠府邸以后，将正所东院改为祠堂，在北边花园里盖了两层小楼，在家里安装了发电机，装修了法式客厅，安放着钢琴，顶棚有玻璃吊灯，院里有假山喷水池。民国后，肃亲王远走旅顺，该宅院后来一度被日本人占领，1945 年以后，由肃亲王第十九子宪容收回。四十年代后期，恭亲王之孙溥心畬成立了“满族协会”，从颐和园搬出，居住在肃王府。溥心畬（溥儒）是中国有名的书画家，与我家关系甚笃，在我们家里，我的四哥叶喆民当着老家儿的面，给溥心畬磕了头，拜其为师。不久前，说及票友的事，四哥告诉我，溥心畬在肃王府期间，他常过去，有时看见他的老师坐在院里弹弦子，唱曲儿。后来溥心畬去了台湾，宋美龄欲拜师学画，溥心畬的原则是拜师必须磕头，这样一来当然不了了之。肃亲王的后人现居美国，我的四哥到美国去，就住在肃亲王后人家中。我的一篇小说提到了肃亲王家的事，四哥对我说，写作要慎重，金家的后人还在，不可说错了。“文革”中，我路过船板胡同的肃王府，王府的一部分已经变成了织袜厂，其余的只剩临着东面胡同的老房一部分，那老房也是斑驳颓败、摇摇欲坠的样子，想必它今天已经不存在了。溥心畬 1963 年在台湾去世，一心想回北京看看，最终也没有回来。

谟贝子府

东四九条西口路北有贝子府，是贝子奕谟的府邸。府邸规模不大，大门开在九条，后墙背临十条，整座府邸分为东西对称的院两部分。前面提到的溥心畬在肃王府居住一段时间以后就搬到这里居住。我们家的一个朋友姓窦，其外祖父闫义辅，早年留日，是医生，父亲是邓宝珊的机要秘书，他们曾经买下了贝子府对面的院落，院落很齐整，是标准四合院，据这位朋友说他们家买的是珍妃娘家的马圈，是否如此，没有考证。如今，“马圈”依然为窦家所住，房屋格局完好，但是对门贝子府的老房却几易其主，贝子的后人两人的结局都不好，一个搬到天桥在小店里混日子，后来流落街头冻饿而死；一个因贪污公款，被投入监狱，最终死在狱中。一代王孙，下场如此，不禁让人感叹。窦姓朋友告诉我，因为住对门，当年胡同里不少人曾经亲眼看见川岛芳子从这里被带走的情景。川岛芳子在日伪后期，在这里住过，她是肃亲王第十四女，过继给日本人川岛浪速，这次是从日本途经大连到北平，住在这里。“由是时起，病态渐行恶化，甫抵北平，即卧病榻，既无所事事，又不外出，以迄于被捕之日。”川岛芳子因汉奸罪名被国民政府抓捕，据人说，一天大清早，来了许多带枪的人，将川岛从东院提出，川岛好像是被从床上叫起来的，还没有梳洗，脸色很难看……二十世纪五六十年代，贝子府成了某单位的家属宿舍，我有同学在其中居住，进去找她玩耍，只感觉院子很空旷，有几棵大树，树上有老鸹窝，院子西北角有座很不错的亭子，大概是花园的位置。同学家住西屋，离亭子不远，房子很老，窗棂上还糊着高丽纸，光线很暗，两扇不大的玻璃窗，透进窗外幽幽的绿。眼见着那一座座房屋，我常常猜测着那个本名叫作金璧辉的女人是从哪间屋被抓走的，走出去的她再没有走回来，她被枪毙了。以后贝子府的东边院落改成了九条小学，老房拆了，盖了楼房，楼门紧临着胡同，几乎没有回旋余地。九十年代，我一度借居在窦姓朋友家，夜深人静时，月光透过窗棂，窗外树影婆娑，胡同口隐隐传来车辆路过的声音，我便想起了珍妃，想起了川岛芳子，想起了在这里演绎过的一个又一个历史人物，时光往往乱了……1976 年地震后，贝子院内由防震棚改装的简易房见缝插针，小蘑菇般涌出，空旷的院落再不空旷，贝子宅院的风光荡然无存。现在西边大街又修了地铁某号线，到此刚好是一个车站，将府第切掉了一块，平安大街的扩建，将宅院的北部占用了一部分，使那座凉亭几乎靠近了墙边。我每每从十条走过，所能见的残留就墙内的亭子，它还颤巍巍地站立着。最近不知谁将它修缮了，描绘得色彩缤纷，站在一堆烂旧中显得有些尴尬。

庆亲王府

在北京的王府中，我比较喜欢的是定阜街的庆王府，定阜街在德胜门内大街东边，到今天也是一条幽静的胡同，胡同两边是槐树，绿荫满地，阴凉清爽，有“青槐夹古道”的意境。在京城现代化快速发展的今日，在高楼耸立的水泥“森林”中，还能保留这样让人能发怀古幽情的胡同，实在是难能可贵的。庆王府是北京现存王府中还算比较完整的一座。第一代庆王永璘为清乾隆皇帝第十七子，嘉庆皇帝的同母胞弟。老庆王府在前海西街路北，即和珅府的一部分。道光三十年（1850年）庆王永璘的后人奕劻袭辅国将军。咸丰元年（1851 年）皇帝命奕劻由老王府迁至定阜大街原大学士琦善的宅第，即现在的庆王府。

庆王府坐北朝南，有高大的院墙，掺过糯米汁的白灰还在尽职尽责地黏结着斑驳的墙砖。庆王府的大门躲在高墙之后，想必原来东西有阿斯门出入。正门三间，出入只是一间，门侧的石鼓矮小单调，竟然同普通人家的一般。低调的府门是最后一代庆王载振改装的，辛亥革命以后，他在王府西院居住，将朱红大门改为普通小门，将原门前的辖喝木等陈设全部拆除，几代辉煌已经过去，末代庆亲王深谙自己不过是胡同里的一个清朝遗老，与他的父亲、老庆亲王奕劻相比，相差甚远。奕劻是清朝末年有名的历史人物，很得慈禧信任。光绪二十年（1894 年）正月晋封庆亲王，十月奉旨在紫禁城内乘二人肩舆，赏食亲王双俸。从将军品级的近宗一下跃升为“铁帽子”亲王，这是不多见的。八国联军进北京，庆亲王奕劻随同两宫仓皇出走，弃家眷于不顾，幸亏庆王府坟地护卫章京张福茂进城救护，接走了王妃、世子等，使家眷得以安然无恙。而奕劻的三弟奕功留守京师，就没有他的兄长那般幸运了。史书记载奕功：“光绪庚子，东西洋联军陷京师，两宫仓皇出走，公自以世受国恩，不能扈从，深用忧愤。七月二十一日城破，次日率妻祥氏、妾瑞氏宋氏李氏、子载捷、女五人，同时引火自焚或投井死。事闻，赠建威大将军，太子少保，谥忠烈，入祀昭忠祠。”

庆王奕劻是朝廷重臣，也是导致清朝覆灭的所谓“两王三贝勒”之一。奕劻饱受袁世凯贿赂，家财抵国，他住进定阜街以后曾经大兴土木，一排五套院落，房屋近千间，主房九处，大如宫殿，建筑考究而精致，不同的是房顶用的是灰瓦而不是琉璃瓦，逾制在封建时代是杀头的罪过。宅院深深深几许，杨柳堆烟，帘幕无数重，院落最深处有绣楼，绣楼呈凹字形，两层，雕梁画栋，造型独特，在今天看来依旧是美轮美奂，堪称建筑上的绝笔。“回廊四合掩寂寞，碧鹦鹉对红蔷薇”，庆亲王的妻妾们不但拥有精致的绣楼，还拥有美丽的服饰和可观的排场。据说 1902 年前后，美国公使夫人在公使馆招待了十位王府的福晋和格格，其中有被慈禧收为养女的恭亲王长女荣寿固伦公主，有庆亲王的两个妻妾和三个女儿等，这成为北京一场规模盛大的活动，“光是那些皇族公主随身带来的仆人们就达四百八十一人之多，这还不包括沿途参加戒严、站岗和护送的数百名士兵”。

与绣楼同时修建的还有戏楼，可容三四百人看戏，奕劻以及后来的载振每年生日或有喜庆事，都要大摆宴席演戏。著名京剧演员谭鑫培、王瑶卿、陈德霖、杨小楼、王凤卿等都曾到府演唱过。可惜“文革”中在此戏楼演出京剧《红灯记》时，剧务人员在后台吸烟，不慎引燃幕布、道具等，火势蔓延，一千三百平方米的戏楼被大火焚毁。

如今的庆王府东部变作了北京卫戍区办公场所，中部和西部依然存在，是家属宿舍，老百姓们住在大殿一样的高房里，住在古色古香的绣楼里，别有一番风情。今年夏天，我借助《华夏地理》的缘分，得以进入其中，领略了那些保存尚好的幽深走廊，那些长着银杏的宽展庭院，抚摸那些露出麻底的廊柱，欣赏那雕花的栏杆，体味着历史老人匆匆的脚步，想象着某位格格从绣楼的窗户探出身来，狭窄的过道里走过几个鹅行鸭步的太监……正恍惚间，却见一位老大姐，正在自家屋前侍弄花草，过去搭讪，知道大姐姓李，背后的大屋顶就是她的家。我说，能在这样幽静的院子里居住真好。她告诉我，她在这已经住了二十几年。这屋子高大宽展，接着地气，凉快，夏天可以不用空调，被隔断的房顶里头还藏着彩绘，那是过去王爷的顶棚。我不禁感慨，在喧闹京城，还能在房门外养鸟弄花，甚是难得…… 李大姐说，一到节假日孩子们都回来，大家还是喜欢平房，喜欢这遮满树荫的大院子，喜欢这陈旧的游廊。现在这里属于部队家属院，也是北京文物重点保护单位，正因如此，老房才相应保护下来。是的，房子常年不住人就坏了，庆王府之所以还有昔日旧模样，当与这些认真保留着“原状”的居住者有关。

涛贝勒府

庆王府的东边是旧辅仁大学，辅仁大学的前边种的全是银杏树，这些树也有年头了，就使得定阜街西边半条街是槐树，东边半条街是银杏。

原辅仁大学是二十世纪初创办的天主教大学。地址属于载涛贝勒府邸一部分。载涛是载沣的七弟，是朝廷训练禁卫军的首席大臣和军咨处大臣，是位英俊倜傥的贝勒。1925 年，载涛生计困难，将贝勒府租给罗马教廷，由美国天主教本笃会在此创办辅仁大学，1952 年，辅仁大学与北京师范大学合并，一直保留着现在的模样。1929 年，辅仁大学办了附属中学，高中部随大学部设在（今柳荫街二十七号）涛贝勒府。校名定为私立北平辅仁大学附属中学男生部。涛贝勒府在易手给学校时有过一次大修整，为的是更能满足校园功能，例如将大殿改成礼堂，将厅堂改成教室，将院落改成图书馆，等等。修缮改装设计者是个懂文化有心计的人，他在改造过程中力保建筑原貌，正因如此，作为校园的贝勒府才被完整地保留了下来。1952 年辅仁男中改为北京市第十三中学，延续至今。辅仁大学的建筑风格为中西合璧式，考究精细，在今天看来也是一座很有特色的建筑，特别是沿街栅栏柱子上的小石狮，每一只几乎都是精雕细琢、一丝不苟的完美。辅仁大学西侧有小胡同，路西有小门，牌匾是“北京第十三中学”，墙上有标识“涛贝勒府”、“北京文物保护单位”字样。看形制，既然东边辅仁大学属于贝勒府的花园，那么这条叫作柳荫街的胡同也应该是府内的一部分。

我们进入贝勒府，里面已经修缮一新，大概府邸初建时也不过如此了。这里原是康熙第十五子愉郡王允禑居住的愉王府，光绪二十八年（1902），醇亲王奕譞的第七子载涛过继给钟郡王奕詥为嗣，承袭贝勒爵，迁居于愉王府，称涛贝勒府。民国年间一直被视为皇族领袖，新中国成立后曾任全国政协委员，有人说电视连续剧《最后一个王爷》取材就有涛贝勒的影子。但那毕竟是艺术，不可较真儿。看得出北京十三中对贝勒府的恢复做出了很大贡献，五间架梁的正门，万字不到头的椽头，金龙和玺的彩绘，力争恢复昔日贝勒府的框架和感觉，在那一个个幽深又崭新的院落里，藏着学校的“资料室”、“教员办公室”、“会议室”，没有修整的老房墙上，还保留着“红卫兵永远忠于毛主席”的大标语，这些，依稀让人寻找到1925年以来，贝勒府走向平民化的脚步以及它所经历的沧桑。五间梁的大门前有两棵二百年的老榆树，无言地默默站立着，目睹着府邸的兴盛和衰败、动荡和变迁。值得一提的是门前的一对汉白玉石狮，造型很有特色，阔鼻瞠目，生动活泼，在其他地方是没有见过的。感到门前的两棵松树甚不合格局，有点煞风景，一问，原来是1979年栽种的。

载涛对马有研究，新中国成立后被军队聘请为养马顾问。贝勒府内西侧曾经是马圈和跑马场，我特意穿过教学楼走到这个地方，跑马场已经变成了学校的操场，一群男孩子正在打篮球，阳光下，那一个个健康灵动的身影为这座百余年的王府增添了无限活力，为曾经沉闷的日月引出了新的话题。

恭王府

我坐在恭王府天香庭院的廊下，望着细雪般飘落的槐花，心头一阵迷茫，今夕何夕，我为何坐在这里？ 庭树不知人去尽，春来还发旧时花。古槐树下，庭院的主人已经远去，所替代的是熙熙攘攘的参观人流，一批又一批，不间断，无停歇，人们迈过府邸高大厚重的门槛，穿过一座又一座精美的垂花门，感叹着房屋的高大，赞美着檐下和玺彩画的精致，谈论着清朝王爷的阔绰。一个母亲，领着小孩由中路的嘉乐堂出来，从我身边走过，母亲教导孩子说，听着，你得当大官，当大官就可以住这么多房子，你看看咱家现在那一点点地方……这个母亲大概没有想到最初建筑这座大宅的是和珅，那个敛财无数、卖官鬻爵的贪官于嘉庆年间被抄家处死，下场并不美妙，倘若那孩子长大以后真有和珅的本事，那位让孩子“当大官”的母亲恐怕肠子也得悔青了。

不少人都见过恭亲王的照片，据给他照相的苏格兰摄影师汤姆森回忆说，恭亲王“中等身材，体态清瘦，说实在的，他的外貌并没有像其他在场的内阁大臣那样给我留下那么好的印象，然而用颅相学的角度来看，他的天庭确实饱满。他的目光敏锐，静坐时脸上流露出一种异常坚毅的神情”。（选自《老照片中的大清王府》）和珅死后，此处私宅便赠给了庆王。同治朝时，由于恭亲王奕䜣协同慈禧发动政变有功，慈禧太后便将此宅赠予他，而成为恭亲王府。恭王府是中国现存王府中保存最完整的清代王府，是全国重点文物保护单位，它代表着中国的王府文化。奕䜣是一等贵族，所以他的府邸不仅宽大，而且建筑也是最高规格，显示其不可逾越的等级，明显的标志是门楼和房屋的开间大小。亲王府的门楼五间，正殿七间，后殿五间，后寝七间，左右有配殿。低于亲王等级的王公府邸绝不能多于这些数字。屋顶绿琉璃瓦也是不能替代的。

恭王府分为府邸和花园两部分，拥有各式建筑群落三十多处，处处体现着堂皇富贵的风范和民间清致素雅的风韵。府邸建筑分东、中、西三路，每路由南至北都是以严格的中轴线贯穿着的多进四合院落组成。

府邸最深处横有一座两层的后罩楼，后墙共开八十八扇窗户，内有九十间房，俗称“九十九间半”，取道教“届满即盈”之意。楼房美丽大气，窗子造型别致，这里原是王府女眷和女仆们住的地方，后来曾经做过辅仁大学女生宿舍。恭王府在八国联军进北京的时候，没有像其他王府一样遭到劫掠毁坏，很大原因是它作为了当时日军的司令部。据冯其利先生说，日本人并没有劫走恭王府的字画珍宝，但是他们拍了大量照片，若干年后，他们依据这些照片，又派人买走了它们。

清朝灭亡以后，王府的命运五花八门，有皇上的时候府邸归宗人府管辖，产业并不属于使用者本人，宣统退位，太后隆裕下诏，将各宗室所占府邸划为私产，时局的变化，使大多王府面临着被卖、被占的结局。奉系军阀张作霖，用七万银圆半掠半买将顺承郡王府弄到手，顺承郡王府在北京锦什坊街，张作霖将王府五间正殿改为七间，对其他殿宇也做了改动扩充，草莽出身，当然置“规制”而不吝，我行我素，整出一座“大帅府”。用文化人的语言说，“并没有给这个城市以新的精神”。时至今日，北京城内的众多府邸或被机关占用，或沦为大杂院，或改作寺院，或变作了私人宅院，有的仅剩几块老砖，有的残留几个石礅，有的被众楼包围，有的被改建得面目全非，有人用“不伦不类”、“无人再识”来形容它们当不为过。“想秦宫汉阙，都做了衰草牛羊野，不恁么渔樵没话说。”让人感慨。

相比之下，恭王府是幸运的，它能从多个单位占用的大杂院中挣扎出来当有助于多方的努力。1981 年，国务院机关事务管理局在同有关单位多次磋商的基础上，形成了《关于恭王府住户搬迁情况的报告》，报告中建议，恭王府内腾出的房屋无论产权属于哪个单位，均移交给恭王府，由文化部负责接收管理。在恭王府的展出照片上，我看到了府邸腾出的艰难，填塞于各处的自建房，改装的花厅，胡乱拉扯的电线，随意而铺的管道，堆置在耳房的浴缸……我也看到了贺敬之写给谷牧的一封亲笔信，谈到了搬迁中不好解决的问题。谷牧批示，“我一定会过问”。在从上到下的共同努力下，今天的恭王府被修缮一新，对外开放，让人们见识了封建社会王公贵族们的生活一部，想必就是恭亲王在此居住期间，这座府第也没有现在这般的漂亮整齐，管理得这般井然有序。

沧海桑田，几经变换，其实却不过百年。

棍贝子府

我虽然生长于京城，对这座城市的旧时存留却并不完全熟悉。眼见着，老祖宗留给我们的东西在地面上越来越少，在一切向着现代化、标准化、高端化看齐的今天，在京城偶见一处老屋，便如同见到老旧的亲戚一般亲切，不由得要停下脚步，探寻个究竟，凭吊一番昔日的主人。

每回路过北二环，目光都会被路南的一处庭园吸引，以早那里是一片破旧，一汪臭水，数间大屋顶的灰瓦房，引不起人们的注意。近几年变了，臭水被疏通，两岸修了白石栏杆，水里养了花鸭子，养了大白鹅，岸边的土山树木葱郁，凉亭掩映，假山流瀑，五彩牌楼，五月藤萝的辉映下，几处殿宇藏匿其中，好一处美园林。我每回路过，都是在车上，每回问同车人，那里是哪儿，回答皆曰，不知。也有人说，后头大楼顶上有“积水潭医院”的标识，大概是医院吧。

有后花园的医院，积水潭奢侈得很哪！

难以抑制好奇心的冲动，我到医院去了，尽管没灾没病。

去了以后才知道，这里原来是清代棍贝子府旧址，棍贝子府位于后海西侧南岸，新街口东街31号，其府最早为康熙帝第三子诚亲王允祉新府。允祉卒后，其第七子弘暻继为府主。弘暻于雍正八年（1730年）被封贝子，故此府又称固山贝子弘暻府。据乾隆《京城全图》载，此府东起水车胡同，西临光泽胡同，北抵积水潭南岸。占地面积大，规制严整，府正门面阔五间，大殿面阔七间，东西配楼面阔五间，后殿面阔三间，后寝面阔五间。主体部分在西路，东部以花园为主，规模很大，园中有亭台楼阁，古树参天，山石点缀，土山环绕。园内有一湖，湖中有一土石相间小岛，湖水引自积水潭。弘暻之后府主分别是永珊（弘暻第三子）、绵策（永珊第三子）、奕果（绵策嗣子）。奕果于嘉庆三年（1798年）承袭不入八分辅国公，改迁别所，此府改赐仁宗四女庄静固伦公主，又称四公主府。嘉庆七年（1802 年）庄静公主下嫁土默特贝子玛尼巴达喇。棍贝子即棍布扎布，博尔济吉特氏，四公主曾孙。光绪六年（1880 年），棍布扎布袭贝子爵，成为此府的末代府主，俗称棍贝子府，直至清朝灭亡。府内花园面积颇大，园内有东西两座土山，引玉河水入园为潭。1956 年积水潭医院在王府旧址上建成，将原有建筑大部分拆除，唯花园中的山石树木、花厅和两幢重楼尚存，现成为医院的后花园。

炎炎夏日，绿水边的树荫下，有风从南边吹来，带过一股来苏水的气息，难得轰轰烈烈的京城闹市还有如此清净的所在，让人有相识恨晚的感觉。我坐在水边长凳上，长凳的另一端坐着一位年轻女子，从那蓝白条相间的衣裤上看出她是个病号。女子默默地坐着，并没有感觉到我的存在，她看着一池水，眼睛一动不动，那思路分明是走得远了。无外是为了病吧，为了命运的多舛，为了生命的艰难，愁呢。是的，前面是生死循环的医院，后面是幽静苍凉的王府，这是一个多么好的反思场所，那些老贝子、那些老公主、那些在这里住过的数不清的老病号，带着各自的心情走了。现在，我和她坐在这里，彼此并不相识，却在一条凳子上坐着，想着不同的事情，这是一种缘分。昨天，府邸的女主人四公主肯定在这里停留过，明天，谁又将在这里出现？ 昨天、今天、明天，说不定我们思考着同一个命题，“我是谁，来自何方，到哪里去”。记起研究龙凤文化的朋友庞尽的话，“未生我时谁是我，已生我时我是谁；而今我知我是我，死后谁知我是谁”，据说这几句话是他的朋友在一个山野小庙里看到的，当时小庙外风雪交加，一片苍然……

现在。阳光下的棍贝子府给我们提供了一个深刻的命题。在繁杂浮乱的城市生活中，在枯燥单调的工作压力下，一个人抽空到这儿来坐坐，给我们的心灵一个短暂的休憩，给我们的思路一个缓冲的余地，应当是个很不错的选择。

醇王府花园

醇亲王载沣是光绪皇帝的弟弟，但在长相上不如他的哥哥光绪载湉。光绪的照片留下的不多，有张成年后当皇上的标准照，明显是做了修饰，丰额广颐，英俊潇洒。但是相比较，我更喜欢德国人埃米尔·威廉米拍的光绪在王府当小王爷的照片。照片上的光绪三岁，是个可爱的小男孩，左右各梳一条小抓鬏辫儿，骑在大马上，很高兴地看着镜头，引得看照片的人跟着会心一笑。但是想到这个天真的小男孩接踵而来的命运，便立刻觉得这阳光闪过得太匆忙，这单纯的笑让人的心泛起一阵悲凉。其弟载沣在光绪二十八年（1902 年）与荣禄大学士的女儿结婚，后任军机大臣。光绪崩，奉懿旨立其长子溥仪为皇帝，其本人担任监国摄政王，所以后海的醇亲王府又叫作摄政王府。跟不远的恭亲王府一样，这两座王府在京城都是典型王府建制，在建筑与设计上做到了极致。现在醇亲王府被国家宗教局使用，不能随便进入，但我们从那巨大的红漆大门仍能想象到昔日的辉煌与威严。武昌起义以后，载沣辞去摄政王职，退还藩邸，1928 年移居天津英租界，1938 年移居日租界，1939 年又返回北京醇亲王府，1951 年卒，享年六十八岁。

醇王府分为正院、住宅、花园和马圈几个部分，溥仪的弟弟溥杰在后院树滋堂居住，在东跨院认真堂读书。府东边的马圈现在是北京第二聋哑学校，依旧是过去古色古香的广梁大门，没有改变。据北京民间文化研究所所长高巍说，1925 年元月，孙中山曾经到醇王府来看望过载沣，在府中的宝翰堂内，孙中山赞赏载沣 1901 年作为皇帝御弟身份到德国的举动，1901 年载沣去为德国公使克林格在北京被杀一事代表朝廷向德国皇帝赔礼道歉，孙中山称赞他“在那样尴尬的环境中还能做到不卑不亢，显示了智慧和辩才，在屈辱中保持了一份尊严”。那次拜访，孙中山送了载沣一张照片，照片背后写着“醇亲王惠存 孙文赠”。载沣很珍惜这张照片，一直摆在他的书房里，直到去世。据《北京最后的王府》作者朱文轶说，王府的一些王爷有收集奇珍异宝的习惯，慈禧曾经捉弄上代醇亲王奕譞，在她妹妹、奕譞的福晋的葬礼上，前来吊唁的慈禧要求妹夫，将阖府的所有珍宝都作为她妹妹的陪葬。这一来，使醇王府的经济元气大伤，溥杰生母刘佳氏因此而发疯。

醇王府花园在王府的西侧，位于后海北岸，现在这里是已故国家名誉主席宋庆龄的故居，可以买票进去参观。新中国成立后，党和政府计划为宋庆龄在北京修建寓所，宋庆龄一再逊谢，后由周恩来亲自筹划，决定借以王府花园葺旧更新，建一仿古西式两层小楼作为宋庆龄居所。王府花园内碧水环绕，山石嶙峋，花木荫翠，芳草萋萋，楼堂亭榭，错落其间，十分幽雅。宋庆龄于 1963 年迁进园内，一直工作、生活到 1981 年 5 月 29 日逝世。

园内一条长长的游廊，红带子般穿行于绿树荫间，游廊的起始，南楼下湖水旁，有“明开夜合树”，树名叫卫矛，夏日开白花，昼开夜合，相传是清代词人纳兰性德亲手所植，因为这所园林在清初属于纳兰性德父亲大学士明珠所有。湖水东边土山上有扇形凉亭一座，造型别致，北岸草地上有南房七间，北房七间，现在南房西部盖起了两层小楼，成为宋庆龄的住所。小楼宽敞明亮，里边间量很大，双人床、沙发、书桌、打字机，甚至小厨的锅碗瓢勺，都保留着居住时的模样，简朴精致，让人看到了端庄秀美的女主人的日常生活和工作环境，一下拉近了她与我们的距离。小楼的北边旧存的七间北房，是宋庆龄宴请来宾的地方，南北房之间形成了一个庭院，庭院里有两棵巨大的西府海棠，是醇亲王北府原栽古树，每年的4月10日前后开花，花开时节美若云霞，一片灿烂。宋庆龄常常邀朋友们来这里赏花，也将果实做成酱，与工作人员分享。现在，这两棵西府海棠到了春天满树繁花的时候，也成了京城人们赏花的一处胜景。周恩来总理也是喜欢海棠花的人，他居住的中南海西花厅是光绪父亲摄政王的西花园，园内的海棠树为清末所植，总理对其十分喜爱。1961年，周恩来总理去日内瓦开会，正值海棠花盛开之时，夫人邓颖超摘下一朵海棠花夹在书中，托人带给总理。周恩来回京后，把海棠花镶在镜框里，挂在墙上。我们可以想象，被留住的海棠花的美丽典雅以及它传递出的深深情义。

宋庆龄室内有张相片十分感人。弥留之际的宋庆龄躺在床上，胳膊上插了输液管，显然的生命已经走到了最后时刻。廖承志弯腰站在床头，右手抚着宋庆龄的手臂，左腋下夹着标有“特急件”的文件夹，他正向即将离去的宋庆龄通报全国人大“授予宋庆龄中华人民共和国名誉主席荣誉称号”的决定。这一幕让观者唏嘘。

小楼的西北角有鸽笼，一群灰白鸽子在咕咕鸣叫。笼舍内放置着食物和水，仿佛它们的主人刚刚转身离去。夕阳中，晚风里，传来阵阵笑声，是一群戴着红领巾的孩子在草地上荡秋千。宋庆龄一生喜欢孩子，她在世时，孩子们是这里的常客。如今，人走了，这爱依旧延续着，绵绵不绝。

匆匆地走，慢慢地感受，关于历史、关于文化、关于生命、关于未来。抓不住的靡丽苍凉，理不清的恩恩怨怨，看不完的万千变化，道不尽的前世今生……让我们珍爱这份文化存留。

自驾札记

——春节广西行

一

明天是大年三十，明天出发。

自驾游，信马由缰，目的不太明确，只是往广西那边走，计划绕开大城市，在广西的小城镇兜一个圈子回来，那边属于南方，冬日毕竟温暖，可以躲过西北的严寒。想的是随遇而安的舒展，想的是走走停停的自在，我们的年纪已经有资格这样惬意，这样奢侈。同行者有屈、刘和顾三人，四人一车，AA

制，谁心里都没有负担。车也不是什么好车，1.6 排量的国产“中华”，款式很洋气，其实很普通，一个简单的代步工具罢了。“奔驰”、“宝马”固然是好，有些彰显成分在其中，开着“宝马”颠簸在泥泞山道上，心里难免疼痛，我们不想让心疼痛，不愿意让心有一点儿不舒服，我们就开这不到十万块的“低保”车，坏了就坏了，擦了就擦了，车是为人民服务的，人民不能为车而受累。我们四个人曾经开着一辆 0.9 排量的“幸福使者”去过青海湖、甘南草原、湖北神农架，有过山陕“面之旅”、“祖先寻根之旅”、“文成公主之旅”、“唐十八陵踏寻之旅”……我的车技就是由这一个个“旅”锻炼出来的。有一回去四川广元，在二级路上我开了九十迈，旁边的刘不干了，让我在路边停车，说九十了，你还踩油门，你不想活我们还想活哪！刘的开车技术高，基本充当教练和主驾的角色，我们的动手能力和驾驶技术也的确不如他。我们开的都是手动挡，为的是这样有驾驶乐趣，能显示水平。我 1993 年拿到驾照，那时候脱产学，一学就是半年，为此我写过一部电影《红灯停绿灯行》，是黄建新导演，冯巩、刘振华主演的。在陕西拍戏的刘振华爱吃西安的酸汤饺子……可惜，后来他因为酒后驾车，早早地故去了。每每想起他来我都很惋惜，很遗憾，一个活蹦乱跳的人儿，倏忽没了……所以，我开车从来不喝酒，慢慢地对酒也淡了。

四个车友，除我之外，三个是大学教授，四人年龄相加二百五十岁，同开一车，是学问，也是缘分，尽管集体年龄有二百五之嫌，谁也没在乎这个。四个人两对夫妻，两家是邻居。文化人开车出行难免还要举行点仪式，出发前一天晚上一起包了饺子，萝卜馅和白菜馅，传统味道，平淡普通，北方的规矩“上马饺子下马面”，算是给自己发饺（脚）了。两家的女儿都已独立，春节肯定在婆家过，过年我们老两口大眼瞪小眼相对而望也没什么意思，互相看了一辈子了，看不出什么新意，不如一块儿去看风景。

吃饺子的时候，刘说他在网上查了，除夕到初一，从早晨八点开始，高速公路全部免费。大家都很期望，去广西，不掏高速费能省一大笔，都是工薪阶层，花钱是要算计的，大撒把的活法还没轮到我们。

二

今天除夕，天未亮刘便在门口发动了汽车，我们将各自的行李装到后备厢，带了不少吃食，过年饭馆大多不开张，得有备无患。站在门口四下望，头顶一片繁星，有卫星缓缓从东向西移动，南边的秦岭还在沉睡中，空气清冷清冷的，一张嘴全是哈气，温度是相当低了。

哪家已经亮起了红纱灯。

汽车在黑暗中启动了。

开到蓝田东高速公路入口，东方才微微泛白，一看表，不到七点。谁说，这会儿上高速怕是全程要收费，一小时的时差，划不来。将车远远地停了，让刘去收费站问，收费的说是按出口时间算，一考虑出高速该到晚上了，用不着担心。于是一脚油，上了陕沪高速，直奔河南而去。

宽展的高速上不见一辆车，在这样的路上行驶，受惯了堵车欺负的我们还真是有些不习惯，觉得太浪费，浪费了什么，浪费了道路。年三十也就是我们这样到处溜达，在众人回家的时刻外出，潇洒得有些奢侈。

车照直往东南开，迎着朝阳，沐浴着万道霞光，开出了一百二十迈，雷达提示超速了，电子狗直呼，前面有监控，疯狂的老人们才有所收敛。在蓝田服务区休息，休息区的厕所名称很别致 便利岛。一语双关，让人忍俊不禁。厕所里面的蹲坑更独特，坑前墙上两句诗，“静坐觅诗句，放松听清泉”，把一场拉屎搞得挺风雅。附近不远就是蓝关，想起了韩愈走过这里留下的诗句：

一封朝奏九重天，夕贬潮州路八千。
欲为圣明除弊事，肯将衰朽惜残年！
云横秦岭家何在，雪拥蓝关马不前。
知汝远来应有意，好收吾骨瘴江边。

我认为这是韩愈写得最好的一首诗，豪迈悲壮，悲歌当哭，即便是落入人生低谷，仍旧不改初衷，体现了一个中国知识分子的风骨。陕西扶风有法门寺，珍藏着释迦牟尼的佛指舍利。唐朝的皇帝们认为“能得舍利，深是善因”，自唐太宗始，至高宗、武则天、肃宗、宪宗、德宗等，数百年七次迎送佛骨，将佛骨从扶风法门寺迎入宫廷供奉，每次迎送佛骨都是兴师动众，仪仗浩荡，排场奢华，沿路百姓夹道，长安全城空巷，“顶缸指炬者争先，舍财投宝者耻后”，“竞放异供，香花鼓乐之妙，矇聩亦可睹闻”。沿途帆华幢盖，具乐奏迎，法门寺至长安，百余里之遥，二十世纪八十年代开车走西宝公路，需要大半天时间，当然现在有高速公路，就这也需一个半小时以上，但当年那步行的迎佛骨队伍，沸天烛地，奢靡豪华，绵亘数十里，其行进速度可想而知。皇帝大臣们在送还佛骨时，舍赐金银财宝无数，据说唐中宗皇后韦氏还将自己的头发剪下，以发代身与佛骨一同藏入地宫，以示奉养之意。“佛塔一闭，三十年一示人”，历史上最后一次迎佛骨是唐懿宗（873年），以后是连年的战乱，别说佛骨，连人骨也各自保不全了。八十年代佛塔倒塌，佛指舍利显身，自然随同佛指舍利出土的还有大量唐代文物，最著名的是秘色瓷器和武则天的裙子，秘色瓷器青绿的颜色，接近宋代耀州窑的器物，我看不出好来。那唐代的衣裳也显得有些侉气，大红的质地绣着金线的图案，窄身宽袖，真真的像是戏装。不会欣赏！但总是千余年前的物件，保留至今，让人惊叹。第六次唐宪宗迎佛骨，遭到韩愈的反对，以一篇《论佛骨表》上奏朝廷，拂逆龙鳞，遭到皇帝严遣，被贬潮州。时至今日，我读韩愈《论佛骨表》，仍觉其言辞犀利直接，韩老夫子脾气耿直，“抒直臣之正气，为天下之至文”，在封建社会是极为少见的。韩愈说：“夫佛本夷狄之人，与中国言语不通，衣服殊制，口不言先王之法言，身不服先王之法服，不知君臣之义，父子之情……况身死已久，枯朽之骨，凶秽之余，岂宜令入宫禁……”对皇帝说这样尖刻的话，不贬也得贬了。圣旨下得突然，圣命不得拖延，韩愈走得仓促，连家眷也未来得及相携，他的妻小是在他走了之后才追随而去的。他十二岁的女儿就死在奇寒冰冷的路途中，没有棺木殓尸，用藤条捆扎木板，草草下葬。韩愈有文记述这段事情说，“以罪贬潮州刺史，乘驿赴任；其后家亦遣逐，小女道死，殡之层峰驿旁山下”，“致汝无辜由我罪，百年惭痛泪阑干”。一个男子，不能庇护家庭，却还为妻子儿女带来灾难，国未破，家已亡，韩愈在蓝关大雪中呼出“家何在”的悲歌闻之让人动容。去潮州，从长安南行，必翻越秦岭，通过蓝关，就是说韩愈通过秦岭时也是在冬季，否则不会有“雪拥蓝关马不前”的艰难。在蓝关他遇到了自己的侄孙韩湘，有人说八仙过海中韩湘子就是韩湘的化身，那是加了丰富的神话演绎成分了。韩愈在这里向侄孙委托自己的后事，“好收吾骨瘴江边”，想来那是何等凄凉的情景，何等忧愤的无奈，让人断魂的风雪蓝关哪！

我向车窗外张望，寻找蓝关的旧迹。千年前悲怆的山风依旧吹着，我看见一个孤独的老人，牵着马在风雪迷茫中行走于山道上，地冻天寒，凄切无助……那是我的文学先辈……倘若当时我在、路在、车在，我会将他一路送到潮州，这对我实在不是什么难事！是时髦的穿越了。

汽车驶过蓝关的标识，右侧山峦笔直，枯草残雪，山溪凝滞，有鹞子在蓝天上飞。与历史的交汇似乎只是一刹那，却将我的胸臆堵得满满。

紧接蓝关而来的是牧虎关，我喜欢蓝田山道上的这些个地名，蓝关文化而凄美，牧虎关彪悍而浪漫。每次过这两个关我都是匆匆路过，每次路过都是浮想联翩。牧虎关，不是放羊，不是放牛，是放老虎，那是一种什么气势呀，有这样的气势就应该有壮烈的故事，两边群山夹峙，当为兵家必争之地。可惜我对牧虎关的情况知之甚少，唯一能说道的就是京剧《牧虎关》。《牧虎关》说的是杨家将的故事，其中以那段花脸的流水板最为精彩，现今唱得最好的是孟广禄：

> 高老爷来在了牧虎关，偶遇娃娃把咱盘。
> 松林内本是那杨贤妹，拿她当作了押表官。
> ……

边关的杨家将不会到关中的蓝田来，但是这段唱却是流传甚广，我小时学唱的第二段戏就是“高老爷来在了牧虎关”，第一段是“苏三离了洪洞县”。如今，牧虎关就在眼前，不知“高老爷”去向何方。

一路哼唱着“高老爷”，来到了河南省唐河高速服务区，该到了吃饭时候，车一停便朝餐厅跑去，餐厅里没人，原来都回家过年了。一个值班服务员说，要吃有饺子，可以马上就煮。顾说，准是冻饺子，大过年的我们不吃冻饺子。服务员笑笑，大家鱼贯而出。吃什么，吃从西安带来的自产，火烧就酱牛肉，配以肉末酸豆角。别小瞧了这几样，烧饼是回民街打的酵头发面螺丝转，酱牛肉是自家秘制，曾让太白文艺出版社总编赞不绝口，几次讨问做法，均未以实相告，秘密就是秘密，大厨手艺传出去了，都成了大厨哪成！酸豆角是我的图画老师何克加制作，克加老师是个完美主义者，跟她画画一样，把什么都要做到极致。这是个洞察一切、含而不露的美丽女性，爱生活，会生活，她的画细腻清丽，淡雅隽永，如一泓春水。以美术心境做出的肉末炒豇豆得到了同行人的狂赞。

走完河南路段，果然没有收费，大家开始算计今天一路行程的节省，四百元大概是有的，晚上用这钱美美吃顿年夜饭。

进入湖北，开始考虑今日落脚点，既然高速不收费，不如多赶些路，何不到洞庭湖边看日落。太阳偏西，湖北高速路边不时闪过一座座不锈钢雕塑，都有着九头鸟的张扬，有着湖北佬的坚韧。孝感服务区七仙女与董永的塑像从车窗外一闪而过，七仙女仰头看着董永，依恋缱绻，柔情似水，只一眼便使我牢牢地记住了。前行不久，车过汉江，浩浩荡荡一片大水，波光粼粼。想及它的发源地，陕西汉中宁强深山，不过是清澈的汩汩小溪，那是我熟悉的地方，那里有金牛古道，有五丁关，有青木川，蜀道弯弯，古意盎然。小小的溪流到了这里竟变得如此壮阔，沿途不知收纳了多少“散兵游勇”。

在高速出口，湖北人不认春节免费的账，分文不少地照收，大伙心里有些别扭，说着湖北高速管理局局长的坏话，收费员说，你们说也没用的，我还是得照收。大家哈哈一笑，权当调侃。

进入岳阳市，眼瞅着红日坠入楼宇背后，就是赶不到洞庭湖边，至于那“衔远山吞长江”的岳阳楼则更不见踪影。导航仪发生了故障，我们找不到湖水在哪里，只好下车问路。除夕傍晚，人都在自家饭桌上，哪个肯傻子一样在大街上溜达？好不容易逮着一个，那人急匆匆赶路，不言语，警察一样地用手势，在手势指引下我们来到了岳阳楼门口，关门了，路灯亮了。洞庭日落，没戏。

宿到岳阳楼对面的“幸福 e 家”酒店，房小，但干净，也便宜，标间每间一百二十元，按个体算，每人六十元，广厦千间，眠不过七尺，出门在外，花的是自己的钱，不是豪华排场的笔会，只要干净就行。安顿了行李到楼下吃饭，四个人要了六个菜，喝着从西安带来的黄桂稠酒，共祝除夕快乐。算算今天，从早晨六点半到晚上六点半，十二小时，走了九百九十公里，达到了“日行千里，夜行八百”的好马标准。

除夕晚会没什么看头，节目没看完就钻了被窝，除了感到春晚导演的可怜，便是觉得对不住那些辛苦的演员。

半夜，炮仗声大作。

我在睡意蒙眬中迎来了新年。

三

大年初一，万事吉祥。

过去在北京家里，初一早晨的讲究极大，人人早晨见了面都得说吉祥话儿，不许说荒腔走板的不着调的言辞，尤其是对老家儿，更得毕恭毕敬，这些头天晚上母亲便反复嘱咐过了。早晨起来不能吃饭，先吃块苹果，吃块柿子。取平平安安、事事如意的谐音。然后提着棉椅垫各屋游走，给任何一个比我大的人磕头拜年，脸上要挂着喜兴，腿脚要麻利，一边磕一边还要念念有词，“您今年硬硬朗朗儿的”、“您今年吉祥如意”、“您今年发财高升”……压岁钱三十晚上都给了，初一的拜年无外赚俩糖豆大酸枣，赚些小玩意。大伯母给了我一颗污里吧唧的珠子，神神秘秘地小声告诉我，一定要把它收好，它是一颗“避火珠”，不可弄丢了。我记得当时说，有了这颗珠子，当别人都烧成灰的时候我能还好好儿的是吧！

母亲瞪我一眼，暗示我说话的不吉，但我想，既然是“避火珠”，就应该有这功能。大伯母的娘家是清廷内务府的，她的箱子里常冒出些出人意料的东西，她没儿没女，不给我给谁呢？ 就在那一年，大伯母死了，她被烧成了灰，我那颗珠子也不知丢到哪里去了。还有一年初一，父亲给了我一对景德镇瓷人，一个老叟、一个孩童。我们兄弟姐妹每人一对，瓷人的衣裳不同，姿势不同，父亲要我们各自依着自己喜好选择。老七是男孩，老七先挑，然后才能轮到我们这些“丫头片子”。老七当然拣好看的选，他挑了一个穿白袍描金花的老头，一个穿白衣的童儿，六姐挑了一个穿黄袍带“寿”字的老叟。最后轮到我，几乎没有了选择余地，我拿了个黄衣蓝裳的拄杖老头和一个穿绿衣裳的吹喇叭童儿……现在，我的哥哥姐姐们都故去了，去他们曾经的家里，每每见到属于他们的童叟寂寞地站在柜子里，物是人非，我想，我死了我的这对小瓷人大概也和它们一样，空念着过去的主人，回忆着某年那个热闹的大年初一。

新年早晨就冒出这些念头似乎有点儿不对头，得出去走走。

初一岳阳街上没有人，街道上干净至极，想必是清洁工半夜加班，将一地红炮仗屑扫净了。马路两边是绿树，宾馆对面就是岳阳楼公园，隔着墙能看见里边的亭台楼阁。想起 1980 年 1 月也是这个时候，参加陕西作协办的读书班来这里，住在一个叫“刘胡兰旅社”的小旅馆里，木板的楼梯，木板的房子，推开窗户是长了青苔的灰瓦房顶，潮湿、阴冷，感觉不爽。那时我在工厂工作，是个只发过一篇小说的业余作者，全没有走上文学创作道路的心理准备，还傻乎乎地问同行的人，加入陕西作家协会得具备什么条件。同行的陕西诗人告诉我，得写出一批有影响的文章，最好能出一本书，还要写申请……我想，一批文章，那得多少哇，我这辈子大概也加入不了陕西作协了，回去的当务之急是怎么跟厂里总务科说，把我这趟的路费报了，不少钱呢。那回到岳阳楼是转车，看到的是阴霾的天空，模糊的湖面，老旧的楼阁，一切都是灰秃秃的。我穿着中式棉袄，对着洞庭湖照了一张相，仰着脑袋，特意不看镜头，做出一副高瞻远瞩的模样，想的是就此一回，以后再没机会到这里来了。记得当时湖里的水很大，远处隐隐的岛叫君山，到那上边去得花钱买船票，我们几个都没钱，所以我们谁也没提出到君山去。一晃三十年，没想到三十年后是自己开着车跑来的，再没有为报销路费的担忧，陕西作协自然是入了，中国作协也进了，同行的那批人能坚持下来写作并活着的只剩了十分之三。

三十年后再来岳阳楼是晴空万里的爽朗，是新春的喜庆，公园是新开辟的，盖了不少新建筑，门票八十元，老物只一座重修的楼。岳阳楼名气太大，与滕王阁、黄鹤楼并称江南三大名楼，飞檐盔顶，榫卯衔接，互相咬合，层叠如意斗拱，四柱直贯楼顶。其实所看的只有此楼和浩荡的水面气势，但总是觉得门票价格有些高，尽管是国家级保护单位，看一眼楼要八十元也让人有只此一回、来了不能不看的被动。公园门口一副联，“洞庭天下水，岳阳天下楼”，挂在门前廊柱上，感到这副联有点对仗不工，但是既然公园将它在显著位置挂出，当自有其出处。当晚在旅社上网查找此联之出处，以解我孤陋寡闻之惑，才知自古有“岳阳天下楼”、“洞庭天下水”的美誉。水面比当年小了许多，宽广的滩地裸露着，再没有站在岸上就触到水面的激动。步行街是新修的，那又潮又乱、长满青苔的屋顶没有了，那些搭晾在小巷窗外的衣衫、床单也不见了，如同一本书，那热热闹闹充满生活气息的一页翻过去了。还能翻过来吗？ 书能，日子不能。

中午在街上的小馆子里吃了饺子，南方的饺子与北方比，不敢恭维，但年初一在外能吃上饺子已经是不错了，不可过于挑剔。

饭后继续上高速，往南走。

不是为了省过路费我绝不会走高速，万路如一，没有特色，甚至两旁的树木都整齐划一没有变化。我最爱走的路是弯曲颠簸的，山重水复的，柳暗花明的。一处惊喜连着一处惊喜，一片热闹接着一片热闹。好在高速行程只是半天，下午我们就开始走国道了。我们不想到南宁、桂林大城市去扎堆，只想去去清冷的乡镇，领略一下南方的风光与人情，广西，那是个跟西北完全不同的所在。

下午，在湖南永州下高速，开始走 207 国道，因为往广西贺州再无高速可行了。进入永州才想起，这里不惟出“女书”，还是唐代大文学家柳宗元待过的地方，柳宗元是河东（今山西永济）人，出生于长安，应该说是乡党了。既然是乡党，那么他应该说得一口地道长安话，我与之沟通也应该没有障碍。柳宗元在永贞元年（805 年）唐宪宗时期被贬永州司马，时年三十三岁，他出长安时携老母亲和堂弟一同上任，他的命运较韩愈更为不幸，一贬再贬，皇帝老儿偏偏的就是跟他过不去，命运一次次地把他戏弄得如猫玩老鼠。初始，他在永州境况甚不如意，北方人对江南的气候环境都不习惯。这点我深有体会，去年夏日去四川自贡、叙永等地考察陕商，沿途的濡热憋闷，蚊虫小咬，让我吃尽苦头。加之终日的大米饭，没完没了的辛辣，只让人想的是快快归家。较叙永更南的永州，想必潮湿炎热有过之而无不及。读过柳宗元的一些杂文，谈到他在永州的生活，“气候不适，言语不通，未老先衰，疾病缠身”；“诊视无所问，药石无所求”……

柳宗元在永州待了十年！

柳宗元的祠堂是必须拜谒的地方，出自景仰，出自乡情，出自我们共同使用的秦地方言。

永州城市位于潇水湘江的交汇处，驱车进城，未见什么有特色的建筑，到处是似曾相识的临街店铺，到处是让人浑身痒痒的流行音乐。停车先后问了两个貌似有文化的过路老者，可否知道永州柳宗元的祠堂或庙宇，都回答不知，都是一脸漠然，老者漠然至此，难道是听不懂？大概就是柳宗元说的“言语不通”了，刚进城便被来了个下马威，只好调动车上的GPS，靠雷达指引了。来到了潇水边的柳子庙街，古色古香一条老街，旧貌依然，地面是车马人踏磨光了的青石板，房后清澈的溪流叫愚溪，溪水的底部也是用石板铺了的。柳子庙是宋代修建的，高台阶，戏楼，雕画精美，色彩和谐，难得的是它还保留着原生态，与街面上的老旧板屋相得益彰地呼应着，让人一下进入了历史，有种久违之感。

柳宗元在这里写出了《永州八记》等优秀文章，著名的《江雪》就是在永州写出的，他是山水游记文学的一代宗师。

我在柳子庙周边游弋，清溪、美竹、嘉木、奇石，一个三四岁的小囡囡，笃笃笃从石桥上向我跑过来，我向她伸出手臂，她被她年轻的父亲拦住抱回去了。桥下水流缓缓，一个穿粉衣的女子在洗衣裳……想必这就是《石渠记》《小石潭记》《石涧记》的基础了。路边有“异蛇王酒”的宣传广告，便记起柳宗元《捕蛇者说》的内容：“永州之野产异蛇，黑质而白章，触草木，尽死”；这种蛇捕到后晾干可以治麻风、手脚弯曲不能伸展，可以除死肌、杀寄生虫。每年两次，太医奉皇帝之命征集这种蛇，招募捕蛇者，让他们用蛇来抵税，所以永州人都争着去捕蛇。蒋氏一家三代捕蛇，是高手，每年尚不够抵税，作者感叹“苛政猛于虎”！永州有个村子，至今还叫“异蛇村”。现在有了养蛇专业户，成了一种产业……

柳宗元三十三岁至四十三岁在永州，以他清丽深刻的文风傲立于中国文坛，除了让人有“文章憎命达”的感慨之外，便是觉得作者那让人难以企及的悟性和深厚的文化功底了。我辈文人实在不行，想想我在他这个年纪，尚是一个没名堂的业余作者，差得太远了。

走上 207 国道，本想当日可以走到贺州，谁知车过两牌县城不久，竟然攀上了一座高山，山路曲折缠绕，一个胳膊肘弯连着一个胳膊肘弯，方向盘得不停地抡，雷达显示屏上的道路如同一团乱线头，让人理不出头绪。窗外是黑乎乎的山林，山顶是皑皑白雪，路上不见一辆车，四个人的心里都有些紧张，生怕发生什么意外，嘴里说着不急不急，心里却都急得像猫在抓挠，真撂在山顶上，连人也看不见。我埋怨山太高，爬了一小时，还没到顶，还是一路向上，我说肚子饿，顾让我闭嘴，说前头的刘司机还没喊饿，还在全神贯注，我在后头不能让主角分心。于是都不说话，汽车在黑暗中又走了近半个多小时，终于钻出大山。出山沿公路又走半天，好歹看见路边有灯光，天色已经很晚，车开到第一家叫作金源的旅馆就投宿了。开旅社的老板姓张，女掌柜的很热情，我们是她今年的第一拨客人。问了情况才知道，我们走了几小时还没有走出湖南，这里是道州，又叫道县，是湖南一个偏僻小县，至今经济还十分不发达，二十世纪八十年代农村才用上电。老板儿子告诉我们，刚才我们翻的高山是两牌山，海拔八百多米。八百多米，在西北不算高山，西安的海拔是一千零七十二米，等于我们翻了半天还没翻过西安去。这账算起来有点儿糊涂。老板儿子说，道州县僻但是出名人，著名的理学家周敦颐就是道州人，清代著名诗人、书法家何绍基也是此地生人，还有近代的何宝珍。

大家决定明天去拜谒周敦颐故里，路过而不去，是对先哲的失礼。

小旅馆干净而便宜，一间标间四十元，我们在楼上收拾完了，楼下老板的饭食已经做好了，热乎乎的有汤有菜，有他们过年自己炸的蛋角，有烧的大块萝卜汤。红瓜子是当地特产，小而硬，抓一把吃半天。

四

道县是通往广东、广西的交通要道，襟带两广，屏蔽三湘，207 国道贯穿南北，在秦始皇那会儿就设县了，隶属于长沙郡管辖。

湖南的早点是米粉，习惯了早饭吃牛奶麦片的我，一大早晨吃喝一肚子咸辣汤甚是不爽，特别是那不入味儿的米粉，与面条相比，缺少与汤料的融合。但是湖南人都吃，我没理由不吃，习惯归习惯，那是回家再延续的事儿。街上的人明显多了，初二是回娘家的日子，无论南北，风俗统一。看街上，男人骑在摩托车上，带着老婆、孩子，夹着各色各样的礼，上丈母娘家去。站在路边看了半天人，去周敦颐故里，路过道州老城，城内有老街叫寇公街，有石头的城墙，斑驳破旧，门洞内有自由市场，鲜鱼水菜，颇具生活气息。有意思的是道县政府和人大机关竟然是五六十年代的平房院落，那别具特色的建筑想必引起过不少人的思旧之情。当前普普通通一个县政府，建筑无不向着高大庄严、高级肃整靠拢，哪似道县政府这般平常简单，让人有亲切之感。县政府旁边有恩荣进士的石牌坊，是为当地一个姓何的人修建的。牌坊对面有宋朝建的寇公楼，是为纪念寇准在道州当县尉而建。楼门用大锁锁着，许久没开过了，锁已经锈蚀，寇准是公正廉相，锈蚀的锁锁死了寇公楼，也锁实了人们的心灵，想必寇公是走得远了。城门外是潇水，清可见底，有小船停泊在淡淡的薄雾里。水上有浮桥，河对面有观澜亭，两条古老的铁链，数个磨圆了的石礅，这里曾经是红军渡口。蒋介石在此堵截红军，1934 年 11 月 18 日，耿飚带领红一方面军的先遣团泅渡河水，百姓深夜搭桥，让红军通过……七十多年后，我站在浮桥上，置身轻雾薄烟中，望着悠悠石板路，想着走来一队红军，我或许是他们中的一员。

在当前“打造”成风的潮流中，这景致显得难能可贵。

十点，来到了清廉镇楼田村，这里是周敦颐的故里，鲁迅是周敦颐的三十二代孙，周恩来是三十三代孙，周家的后人依旧在这个美丽的小村里过着恬淡的生活。进村时，看见一个老妇人领着子孙在周敦颐的父母坟前烧香，口中念念有词，周家后人感恩敬畏之情延续至今，难得！坟墓旁边是周家祠堂，内中有周敦颐的家训，其中一句让我感慨颇深：“小富靠勤，大富靠命”，我想自己既然此生无大富贵之命，便也不必费精神做那发财梦了，几点工资小钱，衣食无忧，尚有闲钱自驾游，足矣！村南有清泉，泉水汩汩冒出，左边池子是食用，右边池子是洗涤，几个妇女蹲在池边洗衣裳，有来担水的，先把桶在右边池子里洗了，再到左边池子打水，严谨得一丝不苟，自律自觉。好风气是一代一代传下来的。

周敦颐的老屋正在落地重修，老屋背靠秀丽小石山，面对溪流与荷塘，水润山清，瑞气萦绕，是典型的风水宝地。周家的后人纷纷向我们介绍老先祖留下的故事，一个叫周德珠的妇人充当讲解，领着我们看遍了村里的角角落落，介绍之详细让人感动。对周敦颐我能记住的只有小学课本上的《爱莲说》，“菊，花之隐逸者也；牡丹，花之富贵者也；莲，花之君子者也……”这位理学大家，被联合国评为世界三十六位文化名人两个中国人中的一个，另一个是孔子。

在道县路边的小饭摊上吃了午饭，让老板炒了青椒肉丝、鸡蛋莴笋，竟然做得很地道。就着南方的糙米饭，吃得也很香。我喜欢吃糙米饭，不喜欢那黏黏糊糊的粳米，最爱吃的是火车上的盒饭，爱吃电视剧组那种一人一份的盖浇饭。别人不能理解，连我自己都不能理解。

道县给我留下了清澈美好的印象，恬静中包含着简单，礼仪中体现着秩序，但不知怎的，我心里总是有着一丝难以言说的忐忑，心常常无缘无故地怦怦跳动，许是连日奔走，累了的缘故。

继续朝广西方向走，到了江华县，是苗族自治县，又过了白芒镇，路边出现了孤立的单个山峰，“来龙去脉皆无有，突兀一峰插南斗”，大概是徐霞客的诗句吧，我们进入了喀斯特地区。

在网上听说钟山县有碧水岩，是个特大溶洞，不可不去，到了洞口才知正在修建，不能参观。跟看洞的师傅说了不少好话，才让进去站在洞口一观，只一眼便惊呆了，洞内一座数个剧场大的厅，下面是一片大水，水流泻下，成了一条河。

住在钟山县明轩宾馆。饭后到超市去转，买了一瓶当地出产的“三花酒”，八块五，怎这么便宜呢？ 喝了几口酒，晚上失眠，打开电脑上网，查询道县——天哪！

我本不愿记述下列文字，但总是一段历史，或许网络上述说者的文字、数字有待于认证，但是它总归是道县曾经的另一面：“文革”道县杀人案。

1967年，道县的造反派要将“黑四类”及其子女斩尽杀绝，何谓“黑四类”，地富反坏是也，一时道县境内血光四溅，哀声四起。“1967年两个月中，这一地域非正常死亡九千零九十三人，最大的七十八岁，最小的十天。被杀有几种形式：枪杀、刀砍、沉水、坐土飞机（炸药炸）、活埋、缢杀、火烧……”能用的大概都用上了。就是在寇准吟诵“野水无人渡，孤舟尽日横”的潇水河畔，在那景致如画的红军渡口，浮满了尸骸，男女老少都有，他们大都被绑着，骨断尸残，“河水浮动着一层暗红的油腻”。1980年胡耀邦来到此地听取案情汇报，嘱咐：“没有处理完的要处理完，主要是对受害者要安置好”……

人都有善与恶两面性，我经历过那个滴墨如血的时代，见识过霎时反目变脸的“朋友”，体会过同室操戈的心寒，在那种特殊的条件下，你无法揣摸任何人，往往是最亲密、最知情的朋友，恰恰是打击你最凶狠最无情的对立面，是第一个劈给你耳光的人。那个时候，谁都不是谁了，包括我自己。当你和周围的人都变成了魔鬼的时候，人间也就变成了地狱，我们真应该好好反思一下我们的性情。

彻夜无眠。

五

早晨起床，精神不好，头痛。

七点半出发，沿 312 国道向玉林方向行驶，九点来到一个叫“十里画廊”的地方。画廊空立了个石碑，还没有开发，进入“画廊”，连绵的峰峦，各自独立却又相互呼应，阳光斜照，薄雾蒙蒙，水墨画一般。进入不远，有村落，年轻的人，年老的人，相应集中在村内空旷之处，自在而闲适，这些年轻人大概也只有这几天能回家与父老团聚，共话桑麻吧。因没有开发，景区内并无游人，道路也不通，汽车走了没有半小时便不能前进了。

退出“画廊”继续沿 312 朝南行，十一点到了一个叫英家路口的热闹小镇，小镇在公路边，卖水果卖菜卖鱼卖肉，人头攒动。出来几日，蔬菜吃得少，便在路边摊子上买了几块钱里脊，一斤慈姑，慈姑没吃过，圆圆的像大白荸荠，买它完全是好奇。又买了菜心与香菇，拿到路边大排档让女老板给炒了，每人五元钱，米饭管够，吃得很合口，很扎实。

下午转上了去玉林的省道，路况极差，塌方、修路，有坑洼，在车内喝茶，一杯茶全泼到了脸上。走到桂江边上一个叫昭平的小镇，见路口站立着孙中山的石像，细看说明，原来1921年11月孙中山北伐走到昭平，在这里作过演讲，演讲的题目是“广西应该开辟道路”。

据说孙中山着白中山装，戴白通帽，乘船到昭平上岸，老百姓夹道欢迎，孙中山在大操场上讲话，要大家“团结一致，共赴国难”。他举着一块江边捡来的石头对民众说：“诸君今日当先之责，莫若开辟道路，切不可以无钱卸责，亦需全体民众出力可也……譬如梧州至昭平路程不过二百八十里，逆江而上需八日，如有大路行汽车，则数点钟足矣!”

1990年前的话到今天仍一语中的，由此来看，广西道路状况一直不尽如人意。

312国道上有相距不远的小镇，一个比一个热闹，一个比一个繁华，陈塘镇尤为热闹，它是蒙山、藤县、昭平三县交界的商品集散地。我在镇上买了四个豆子猪肉粑粑，粑粑用竹叶包裹，扁而方，很香很软。卖粑粑的女子美貌温顺，一口南方普通话，让人未吃心先软了。江南女子水灵秀气！镇上的橘子很便宜，一块五一斤，味道很正，买了三斤，不到五块钱，带在路上吃。

原本打算到梧州，再上高速到玉林，看地图，从大平镇到容县有条省道直通，只有一百公里，可省不少路。谁知，走错了路，天黑时竟然走到了藤县。只好在藤县停住脚步，住在刚过浔江的顺风宾馆。晚饭在附近饭馆吃，拿上菜单一看，大跌眼镜：禾草土狗、鳄鱼龟、老猫、水蛇、雁鹅、龙虎凤、驴脑、青头鸭……酒是山羊肾酒。

喝了一碗稀饭，要了几个简单素菜，店家为此而不高兴，态度极为恶劣，实在是没法子的事，不是我不想花钱，是没法子掏钱。我是野生动物保护协会成员，写过不少宣扬生态环保的作品，《老虎大福》《熊猫碎货》《长虫二颤》《黑鱼千岁》等，我们的传统文化，尤其是饮食文化需要自省，国人食用的野生动物已达五十三种之多，贩卖受保护的野生动物已成为全球仅次于毒品的第二种非法贸易。

中国的饮食文化深入我们的骨髓里了。前几年和日本汉学教授青木五郎晚上在京都鸭川散步，河里游荡着许多小麻鸭子，小屁股很肥，在水里扎猛子甚是好看。我想，这样的鸭子烤起来肯定比“全聚德”的北京填鸭好吃，在自然界快乐生长的啊！正想入非非，日本人高声朗诵道，“长安一片月，万户捣衣声”。立刻感到了自己境界的低矮，脑子里怎的尽是一门吃！

中国传统讲“敬天惜生”“好生载德”，可是我们老祖宗又有着言行不一、表里不一的虚伪性、残酷性、专制性。孟子说

“君子于禽兽也，见其生不忍见其死，闻其声不忍食其肉”，他老先生转过来又说“鱼我所欲也，熊掌亦我所欲也”。据考，取熊掌还得有定规，必须活着砍，以使熊掌充血，才能煮到“酥烂滑润，自有其耐人寻味之处”。虚伪掩饰着贪婪，矫情隐藏着残酷，崇高装饰着谎言，温仁敦厚的背后是冷酷麻木。记得黄庭坚有“食时五观”言论，即吃饭时一思食物来之不易，二思自己配不配享用，三思饮食是否过贪，四思以食为药，五思为何而食。当然，我不是素食主义者，但是我建议，我们吃肉的时候不妨想想，盘中的动物为你而献出了生命，你是否应该对它弥加珍惜呢！

原以为藤县没什么名胜古迹，来了以后才知道这里是太平天国四王故里。太平天国整个起始结局是一个悲剧，典型中国农民局限引发的悲剧。广西是太平天国起事的地方，小小一个藤县，产出四个王便不足为奇了，他们是忠王李秀成，四十一岁被曾国藩杀害；英王陈玉成，二十六岁被清军杀害；来王陆顺德，四十八岁在广东长乐被杀害；侍王李世贤，三十二岁被害于广东镇平。藤县走出的四个年轻造反者，生命历程都很短促，被杀的李秀成，在英雄与叛徒的角色间一度模糊，这也与曾国藩的老辣手段有关，年轻的忠王遭遇老谋深算的朝廷两广总督，在策略手段上败下阵来可想而知。李秀成被俘后写了长篇自述《李秀成传》，记载了太平天国的兴亡，阐述了失败的深刻教训。但是在他被害后，曾国藩将自传删改刻印，变成了《李秀成供》……历史的扑朔迷离，要琢磨清楚也让人颇费力气。前两年，中国作协组织“重走长征路”，我也参加了，记得站在大渡河边，望着奔腾汹涌的大渡河水想起了在这里绝命的太平天国翼王石达开，他被清军杀害，他的妻妾儿女一起纵身跳入大渡河，那是一个多么悲怆绝望的场面……石达开也是广西人，在太平天国诸王中是最富传奇色彩、口碑最好的一个，他十九岁统率千军，二十岁封王，在安徽绩溪旺川的小村落里，在一个曹姓的祠堂墙壁上，我看到过许多幅翼王石达开兵士们留下的壁画，墨笔白描，线条简单生硬，但是感情饱满，一刀下去，清朝官员的头颅飞扬半空，那砍人的长柄大刀依旧遗落在祠堂之中，锈迹斑斑……一个村佬，给我做热情的讲解，仿佛他就是当时场面的亲历者。壁画、实物都很珍贵，当地文保部门应该善加保护，太稀少了。太平天国失败，石达开战至绝地大渡河，他舍命以全三军，被押至成都，慷慨赴死。刑场一个官员感叹他，“身受凌迟酷刑，至死默然无声，叹为奇男子也!”石达开还是诗人，身后留下了诸多诗篇，其中有一首接受苗族款待，用吸管饮酒的诗，很平常的一件事，竟然写得很有气势：

千颗明珠一瓮收，君王到此也低头。

五岳抱住擎天柱，吸尽黄河水倒流。

说到凌迟，藤县还有一个不能不提的人物——袁崇焕。他的故居据说在县北门街，也有人说袁崇焕是广东东莞人，十四岁时跟着父亲来到藤县，一直居住在此。袁崇焕从知县做起，单骑阅塞、营筑宁远、巡抚辽东、宁锦大捷……跟清人打仗，他是一个难得的统帅。1630 年，袁崇焕被诬陷为“通虏谋反”“擅主和议”“市米盗资”，被崇祯皇帝凌迟处死。明朝凌迟犯人要割三千五百四十三刀，这个数字是朱元璋定下的。古代法制，凌迟犯人有三十六刀和三百六十刀两种，朱元璋感觉三百六十刀不解气，要求刽子手割三千六百刀。但是刽子手做不到，因为割不到那个数犯人就死了。有个刽子手，将人一小片一小片地片，片了三千五百四十三刀，犯人才咽气，于是明朝刑律，凌迟犯人要割三千五百四十三刀才可。袁崇焕在北京上法场，百姓因痛恨清廷，推之痛恨汉奸，纷纷从刽子手手中哄抢袁崇焕的肉，生而食之，致使袁崇焕骨肉无存仅剩一头。袁崇焕的头颅被传视九边，以震慑守城边将。梁启超先生说：“袁崇焕，一个不是战神的‘神’，那刮在身上的三千五百四十三刀，乃是一个民族的千古之痛。”袁崇焕有个姓佘的义仆，为其收敛遗骸，葬于北京广渠门内，世代为之守墓。前两年我在电视上看到当今的守墓人，一个白发苍然的老妇，内心为之感动。

乾隆四十年，皇帝下诏，为袁崇焕平反，修建了祠与墓，一代英灵总算有了名分和安息之所。明天我要去看看袁崇焕的故里，看看是什么样的山水养育了这位饱受冤屈的元帅。

六

早晨开着车在藤县城内寻找袁崇焕故里、祠堂、纪念碑之类，结果什么也没找到。一是当地人对自己的人文历史不太关注，多是一问三不知；二是语言不通，广西话根本听不懂。我奇怪，怎么广西人都不讲普通话呢？ 查当地网络，说袁崇焕的纪念物正在筹划中，只好作罢了。

藤县很新，与国内任何县城没有区别，没给我留下什么特别的印象。早饭后出县城，沿着省道 376 向正南行驶，中午时分到达容县。容县人说这里是杨贵妃故里，县内有贵妃园，十里乡有贵妃故里、贵妃井、贵妃庙。

先去贵妃园，园内有娱乐场等无意义的内容，且流行乐声大作，好像非此不是现代化。园内唯一值得一看的是唐朝建的真武阁，真武阁造型独特，有着放荡不羁的模样，著名建筑学家梁思成对此阁多有评论。真武阁建在高台之上，因是唐代进士唐经略（官名）所建，故名“经略台”。

至于杨贵妃的事情，都是现代人做的蜡像，在各屋内展览。观众围观最多的是“贵妃出浴”，因为那是个一丝不挂的全裸女人。看蜡的裸女竟然也挤得水泄不通，不知看了意大利那些光屁眼子雕像又作何情状。

园内立一石碑，刻着此地为贵妃故里的依据，《容州普宁县杨妃碑记》，系唐天宝时官四门助教许子珍撰。说：杨妃，容城杨冲人也。离城一十里，小名玉娘，父维，母叶氏。维常谓先人云：葬其祖去此十里许，逢一术士，忘其姓名，云此坟若高出数尺，必出贵子，惜太低，生女亦贵。妃母怀孕十二月始生。初诞时，满室馨香，胎衣如莲花，三日目不开……

据说此碑文收入了《大明一统志》《永乐大典》《广西通志》《梧州府志》《容县志》等书。

无论真假，去实地看看是件很有意思的事情。于是驱车朝东十里来到了贵妃庙，庙在十里乡杨外村一座秀丽小山上，庙前有两丛茂密的罗汉竹。因是过年期间，香客不断，有挑着担子全家来奉献的，也有担着供物独自上山的老妪。庙下有一口井，圆石砌就的井壁，内中有水，并不清澈，关于这口井，《容县志》记载，“杨妃井在云凌里（今十里乡），水最冷冽，饮之美姿容，下多芳草。”明朝广东南海县进士邝露曾专程来考察过贵妃井和博白县的绿珠井，留下了诗句。

在容县吃了午饭，普通的粥，吃着剩余的回民火烧，跟大米周旋了几天的我对面粉有久违之感。走 324 国道，进玉林市，玉林火车站不远南江镇岭塘村有座叫朱砂垌的围屋，围屋的墙是用坚实的三合土砌成，有枪眼，有垛口，有关门打狗的瓮城，为防兵匪设计。厅堂坐东朝西，前有大池塘，周围有护城河，围屋实际就是个大院落，院内是一个大家族，祖上在同治三年当过大夫官职，官不大，家的防范却很严。三排房屋半环护卫着祠堂，建筑都是对称的。我们来时，门上贴着大红对联，内容都是百年不变的。围圈内的住户都已搬出，一万五千平方米的三合土圈子内空荡荡的，靠池塘有一户没搬，一老汉坐在门前晒太阳。问为何没搬，说此屋风水好，他们家出了个博士，现在博士在大学当教授，昨天还回来过年。朱砂垌的居民有三百多口，都姓黄，是从广东梅县迁来的客家人。但是祠堂的大门两旁却贴着“江夏遗风”的对联，大概是有讲究的。

如今政府要搞旅游开发，让垌内百姓搬了，重新安置，人去屋空，只我们几个在其中游历，如同走进了百年历史，走进了黄姓人家的生活。

出玉林市，沿省道 216 南行三十八公里到达博白县，宿博白万兴宾馆。

七

晨，出博白城三四里许，过绿罗江，路边巷内有绿珠祠。门前有高大水杉，祠内有明堂，式样别致，两侧为台阶，当中乃一圆形窗洞，堂内端坐绿珠塑像。说绿珠是博白双凤镇人，今该镇已不存在，改绿珠镇，后绿珠镇与其他镇合并，只有这座建于宋朝的绿珠庙尚存。这座庙民国时被毁，现在的祠堂是 1955 年在原址上后建的。看祠堂的女人本人也很漂亮，大概是这里的水土所致了。

绿珠生于西晋时期，姓梁，美貌无双。石崇遇之，以十斛珍珠纳之为妾。石崇（249—300 年）西晋巨富，他与贵戚王恺斗富的故事让人听之瞠目结舌。王恺将自家门外用紫丝列成夹道四十里的屏障，轰动洛阳城。石崇用彩缎将自家门外做成五十里锦绣，压过了王恺；王恺从皇帝那儿搬来二尺高的珊瑚树，向众人显摆。石崇用一根铁如意将珊瑚树一下打碎，叫家人从自家取来六七棵三四尺高的珊瑚树，让王恺挑选；石崇听说王恺家洗碗用糖水，就命令自家把蜡烛当柴火烧；客人在石家上过厕所，石崇要让数名美女将客人穿着上过厕所的衣服脱下，换过新衣……石崇向梁家求亲，绿珠父亲以十斛珍珠难为他，却没想到十斛珍珠对石崇来说如九牛一毛。石崇取得绿珠之后，将其安置在洛阳的金谷园，筑有高楼供绿珠居住。后来，石崇败北，政敌孙秀索要绿珠，绿珠坠楼而亡。唐代杜牧有诗：

繁华事散逐香尘，流水无情草自春。
日暮东风怨啼鸟，落花犹似坠楼人。

据说，绿珠死后，魂魄回到故里，化作白鹭，日日在绿罗江边悲啼，家乡人闻之，眼泪湿衣。如今，每年的 2 月 14 日，村上的人要将绿珠像抬出祠堂，在村里巡游。我看到廊柱的上面有副对联，写得很有意境：

啼鸟怨东风十斛珍珠难买恨
落花随流水一方古井尚留香

博白还有语言学家王力的故居，赶过去了，没有开门，便耐心地在门口等着管理员。顾是搞语言的，屈是教中文的，大家对王老先生都充满崇敬。等了近四十分钟，不见有人来的迹象，只好怀着遗憾心情离开了。沿省道 216 前行，进入山口镇，临近海边有一大片红树林，是国家级保护区，也是国家濒危物种。红树林生长在海边，被海水浸泡，生长很慢，十分难得，有海上森林的美称。我们乘船走进红树林，临近僻静海滩，有一群白鹭在歇息，船的靠近让它们展开翅膀向海洋飞去。想起李清照的词“争渡，争渡，惊起一滩鸥鹭”，蓝天、黄沙、绿树、白鹭，美不胜收。

从红树林往合浦走，路过永安古城，城迹尚存，这是明朝为抵御倭寇沿海所建的二十七座古城之一。城内有大士阁，因供奉观世音而得名。大士阁始建明代，采用古法修建，基本保留了宋元风格，廊柱呈梭形，柱础为宝相莲花，全木卯榫结构，两阁相连，下为通衢厅堂，十分独特，被列为全国文物重点保护单位，是研究古代建筑人的必到之处。

下午，沿 315 国道朝北海走，途经白沙镇、铜口镇、合浦县，一路没有停留，傍晚到达北海。来北海的游客很多，特别是上涠洲岛游玩的，在国际客运码头堆积了许多人。我们原本也是要去的，一看这些人，脑袋立刻大了，决定改变路线，不上岛了，明天一早离开北海。到任何地方旅游，只要人一多便让人没了兴致，只好落荒而逃了。我们出行的原则是不凑热闹，拣没人的地方走，挑不为人知的景致看。

晚上宿在静安宾馆，干净便宜。旁边是东北饭馆，四个人要了三个菜，三盘饺子，今天是“破五”，得吃饺子。

八

在北海夕进朝出，睡了一觉，没有停留。

上午到了三娘湾海滩，所见的是一片荒滩，几只破烂渔船。两个白发老妪看护着三四百只麻鸭，鸭们到退潮的滩里寻找海物，回岸上池塘喝水。跟老妪聊天，语言不通，来广西最大的不便是听不懂话。从三娘湾沿省道到了京族三岛，三岛在广西南端，由巫头、澫尾、山心三岛组成，其实是个半岛，岛上正在搞开发，有高级度假酒店，也有一般民宿小旅馆。到得早，所以我们直奔农贸市场，买了些鱿鱼、蛤蜊一类海鲜和菜薹等当地蔬菜，拿到饭铺让人做了，海鲜都是才打捞上来的，吃来很美味，价格却不便宜。吃完饭已经五点了。岛上起了雾，到市场旁边的哈亭去看，哈亭是京族的祭祀中心，每年六月初八到十五是他们的哈节，属于国家级非物质文化遗产。京族说的话与越南话近似，明朝时候他们从涂山（今越南海防一带）流落到这里，风俗习惯与越南无异。去年春节我是在越南度过的，今年到了这里感觉仿佛又到了越南，明清时代这里归越南管辖，是越南的一块飞地。现在，这里仍旧保持着越南人的风俗。

雾气越来越重，我们信步来到码头，一只渔船正准备出海打鱼。小小渔船一盏白灯，两个渔人，打来鱼儿明早到市场出售，要忙碌一整夜，想来真是辛苦。

雾气大得几十米外已经看不清楚了，黑暗中海面传来哗哗的浪声，涨潮了。

晚上宿在一个叫海上海的小旅馆，标间两间房八十元，可谓便宜极了。

九

早晨一切都湿漉漉的，头天洗的衣服搭在阳台上，变得更加湿了。早饭随便吃了点带来的干粮，到海滩上去散步。这里的海滩很大，一眼望不到边。松软的滩上没有人，只有几条停泊的渔船。拾了几个贝壳，到自由市场买了鱼和菜，小墨鱼、红蛤蜊、鲷鱼，又让饭铺老板做了，吃得肚儿圆圆，来到京族博物馆，了解了京族历史风俗。而后沿海堤至北仑河口，这里是中国海岸线的起点，是海岸线零公里处。北仑河对岸是越南，河这边有边防站，有碑亭，亭中立着清代光绪三年（1877年）的界碑，“大清国钦州界”，每个字都刻得很深，近寸许，足见立碑的艰难和祖先守土的心劲。站在桥上向越南方向瞭望，那边静悄悄的，几乎看不到人，连近处的越南哨所也看不到士兵活动。要不是有人告诉我那边是外国，说不准几步就走过去了。

从零公里处沿 325 省道走不远，到达了东兴市，这里是中越口岸，街上人很多，越南商品也很多，在街边商店买了些越南榴梿糖、排糖、橡胶拖鞋之类。卖红木家具的也很多，且很便宜，一个酸枝木的大象小凳子只卖一百五十块，可惜太沉，即便有车也无法携带。硬木嵌螺钿的长把鞋拔子十块钱一个，买了两个，很实惠，权当纪念。街上人太多，不能久留。沿 325 中越边境继续前行，翻越十万大山，见到冷垌村路边有千年高大榕树，停车瞻仰，让人肃然起敬。傍晚到达一个叫垌中的地方，再往前不能通行了，这里是中越口岸。只好宿在口岸旁边的宇润旅社。旅社与口岸一墙之隔，等于是枕在国境线上。小镇与越南横隔一条小河，当地人说，以前彼此没有划定准确国界，中国居民认为应以竹子为界，因为竹子是中国人种的。越南人认为应以木棉树为界……双方在 1998 年用石头开打，关系紧张。2000 年前后，经协商以河水为界，争论才算平息。

垌中口岸是国家二级口岸，这里几乎没有外地游客到来，镇街上也没有闲人，我们走在空旷的街上，连自己也感觉怪怪的。晚饭在镇上小饭铺吃，无法选择，只有这一家铺面开着门。四个人吃了三十八元钱，有肉有蛋，真是便宜。头一次见到了“鱼露”这种调料，腥鲜刺激，可做酱油使用。老板指着上头的外国字说是越南那边产的，绝对货真价实，那边的工业化还没发展到造假水平。我问多少钱一瓶，他说五块，在南宁就可以买到，他的是从那边带过来的。在饭桌上认识了一个在《南方日报》工作的叫黄海星的小伙子，一人骑单车从东兴到德洪大瀑布去，连绵大山，一路单行，毅力可嘉，真了不起。

十

早晨在镇街小饭铺吃了米粉，每人两个荷包蛋，我搁了不少鱼露，倒是好吃，但是咸了，太贪之故，只好忍着。那个骑单车的小伙今早没有见到，许是还没有起床。

早饭后沿 325 省道向凭祥方向走，在山顶顺风坳见到一块修路纪念碑，这条路连接边境线，全在大山里缠绕，上上下下，光转弯就有几百个。中午时候到达了一个叫爱店的小镇，小镇在中越边境的公母山下，与越南谅山地区接壤，是边境上最大的中草药集散地。镇上百姓基本是瑶族人，不少人都穿戴着民族服装。我们到的时候镇上正逢集日，人很多，不少是从越南那边过来的。所售商品大多是城市淘汰下来的，花里胡哨、华而不实。赶集的内容除了买卖东西以外，还有戴着礼帽的老汉，地上铺块布，摆上两对鸡爪子，翻着一本旧书，一行行指着在唱，几个人围着他，认真地听，全是会意表情。原来是在算命，可惜我一句听不懂。一个卖刀的胖娘们顶着一件衣裳，满脸油汗，正用光脚板拨弄锋利镰刀，颇有孙二娘风度。一个歪戴着僧帽的和尚，盘腿坐在地上，燃着香，出售佛像之类，并言现场开光，花几块钱请回真神，划算无比。人力市场上人头攒动，在“禁止非法雇用外国人”的标语下，看得出有从国境那边过来挣钱的劳力，这些人低着头，将草帽压得低低的，内敛而谨慎，不似中国人那般昂首挺胸，大声吆喝，粗犷张扬。我们计划在镇上小饭铺吃饭，结果每间饭铺都坐满了人，绝对的劳动人民，饭食粗劣，风卷残云。我们只好饿着肚子离开了。

在路口碰到路政检查，对方拉开车门，很认真地查看了车内说，是来旅游的，走吧。顺利放行，大概是防范有非法外国人混入吧。越南与中国比还是穷，去年我到越南去旅行，那边的状况像我们的二十世纪八十年代，越南导游带着我们去看巴亭广场升国旗，周围全是中国游客，没有当地人，我对导游说，把我们弄来看升你们的国旗，你们的人呢？ 导游说，这也是对我们国家的尊重呀！越南的东西很便宜，风景似乎与广西无异，没有在国外的感觉，市场上售出的大量工艺品很多是来自中国，销售的妇女们也常跟客人玩些偷梁换柱的小把戏，让人哭笑不得。听说越南女子很希望嫁入中国，这样可以将命运做个彻底改变。越南的饭不敢恭维，糙米饭，菜肴大部分是白水煮，很少用酱油，常常把我吃得无饥带饱，眼冒蓝光。当然，这样对身体大有好处。

我们继续沿325省道翻山，下午在接近友谊关的地方见到一个大坟，上面刻着大字“大清国万人坟”字样。1885年，中法战争期间，将领冯子材（广西钦州人，行伍出身），率清军在此抗击法国入侵者，一场恶战，打退法国人，要不我们也跟越南一样，成了法国殖民地了。在此战死的万余将士的遗体被收集起来，放入骨坛内，按梯形摆放，埋葬在此。该坟为广西重点保护文物之一，改革开放以后，因为要修路，需要迁移部分遗骨，挖开坟墓，置放烈士遗骨的坛子依旧整齐排放着，坛子内没有任何私人物品，体现了为国家“捧着一颗心来，不带半根草去”的崇高境界。我沿着石级走上坟冢，蓝天白云，青松摇曳，念及沉睡于此的万千将士，想的是这些人守土有功，值得我们后辈人世代敬仰。

“万人坟”朝前走三公里，就到了道路尽头友谊关。友谊关是中国九大关隘之一，九大关隘是山海关、居庸关、紫荆关、娘子关、平型关、雁门关、嘉峪关、武胜关和这个友谊关，这些关隘在友谊关的城楼上都有图片和资料展示。友谊关在汉代建关，古名雍鸡关、界首关、镇南关、睦南关，1965年改名友谊关。关隘建在左弼山和金鸡山之间，雄奇险峻，成为历代军事要塞。关口附近有黄色的法式洋楼，建于1914年，是当年政府设在凭祥镇南关的办公楼。关楼是二十世纪五十年代重建的，多少带有了现代气息。友谊关旁边的商店东西很便宜，因为是免税的，一盒软包装“中华”只需二十元，一只楠木筷子盒三十元，一双橡胶的拖鞋八元，几乎所有东西都比关内便宜。

通往友谊关公路的旁边有铁路，奇怪的是铁路有三根铁轨，停车问看守道口的人员，说是中越火车轨道宽度不同，中国的宽，越南的窄，所以出现了三根铁轨。

晚上宿在教育宾馆。凭祥天气很热，二十六摄氏度。我只穿一件衬衫，刘则穿着跨栏背心。

十一

变天了，气温骤降，天气阴沉沉的。

一大早出凭祥市不远，在匠止镇路边见到一烈士陵园，主要是为1979年抗击越南自卫反击战牺牲的烈士而建的。陵园三面环山，山上满是苍松翠柏，据说是中央军委特选的风水绝佳之地。进入陵园迎面是一高大军人石像，其身后有千余座坟墓，阴霾的天幕下一座座小方碑上写着战士们的姓名、年龄、籍贯、牺牲的年月。其中以广东人和湖南人居多，细看年龄，大多在十八岁到二十四岁之间，正是青春勃发的年华，却静静地躺在了山间这片土地上。陵园没有碑文，这难免让人觉得不完整，他们死得很坦然，可让我们这些活着的，与之面对却有些尴尬，有些说不出的言辞。那一个个鲜活的生命，瞬间凝结成墓碑上一颗颗鲜红的星，表明了他们的忠烈，他们的无畏和对国家的赤诚。鲍远方二十四岁、胡志文二十四岁、朱运勤二十三岁，罗大勇、李志仁、葛庆民、胡杨发，二十一岁、十九岁、十八岁……

天色阴暗，周围寂静，他们默默地保持着队列，“千秋万代名，寂寞身后事”，大爱无疆，大音稀声。据说有湖南的年轻人专程来看过他们，年轻人在每一座湖南籍的墓碑前献上了一朵红玫瑰花，我看过他们的照片，白花花的墓地上一大片红花绽放……那是年轻人与年轻人的交流方式。我坐下来，平视着一座有照片的墓碑，照片是后来浮摆上去的，大概是他的亲属或是战友所为，照片上是一张太年轻的面孔，稚气未脱的脸上有一双清澈的眼，正默默地凝视着我，红领章、红帽徽，曾经是那个年代青年人的追求和骄傲。我对那双眼睛说，告诉我，1979 年在这里打了一场怎么样的仗，致使你们永远地留在了这里？ 你的父母从家乡来看过你吗？ 你与我同龄，如果活着，你就是现在的我……

周围寂静无声，只有飒飒的风，风声初淅沥渐而轰隆，周围的松树在摇曳。有雨点滴落下来，一滴两滴，变成了雨。

怀着沉重的心情踏上去路，继续沿 325 省道向上。前日走的是金鸡山，今天走的是左弼山，不过山形已有变化，变作了独立的峰峦。过龙州下冻镇，从水口镇转上了边境公路，一直沿着中越边境走。水口镇也有烈士陵园，是纪念 1949 年为解放水口而牺牲的中越两国战士的。

听说前面十几公里有金龙美女村，黑衣壮族，路口有照片，的确是天生丽质，美貌端庄，很草根，很质朴，跟那些顾盼弄姿的演员有着明显区别。时间关系，不能去金龙了，与美女失之交臂，大家都挺遗憾。

下午三点到达了大新县硕龙镇，在路边一个叫“旅顺”的饭馆里吃午饭，小老板叫赵海波，广西人，媳妇叫姚明，甘肃天水人。小两口很实诚，也很热情，在这里我们吃了刚从归春河里捕上来的青竹鱼，清蒸青竹鱼肉质细嫩鲜美，这是我所吃到的难忘鱼类之一。餐馆对面的河即是归春河，河水清澈，芭蕉碧绿，青竹滴翠，石山耸立，景致极佳。大家商定，今晚就住在这里，一来是小老板夫妇菜做得好，原本他们是在上海当厨师，如今回家来自己开饭馆，炒出的菜自然是规矩大气；二来是镇上农家旅馆干净便宜，标准间只需五十元，这样的价格在全国也是不多的。

饭后驱车去十几公里外的德天大瀑布。在停车场，看到旁边停着一辆西安来的车，在这地老天荒的遥远边陲，两辆“陕A”相遇，倍感亲切。没见到人，刘在那辆车的玻璃上写了“乡党”两个字，以示问候。

德天瀑布是中越跨国瀑布，中国这边叫德天，越南那边叫板约，因是冬季，水流小，变作几股，但仍然号称亚洲最大的跨国瀑布。路上有越南人划着竹排过来兜售香水、老虎油、钱币、香烟等商品，他们中国话说得很好，几乎辨不出其越南身份。山顶上有清朝立的中越边界 53 号界碑，可以想见，我们的老祖先为了祖国领土完整所付出的心血和精力。今天，我们没有理由不热爱这个国家。

从德天瀑布下来回到停车场，场上车辆所剩无几，那辆乡党车已经开走了。上车时我们才发现，在车玻璃上他们留下了“乡党，一路平安！凭祥见”的字样，真有意思。

回到硕龙镇，依旧在小赵老板处吃饭，让他给熬了稀饭，这对饭馆来说有点破例，做了三个家常菜，炒酸辣土豆丝、西红柿炒鸡蛋和烧豆腐，清素家常。豆腐来自对岸的越南，老板炒得水平不异大馆子。经小赵老板介绍，我们住在饭馆旁边的“壮家”酒店里，私人性质，刚刚开张，什么都是新的，房间大得奢侈。二楼是间可以跳舞的开放大厅，我将五天未干的湿衣裳晾在厅里，明天干是没问题的。

十二

早晨在归春河边散步，对面是越南，那边有屋有车，相隔一条碧绿小河，竟是两个国家，两种经济状况，这边游人如织，大买特买，那边没有开发也没有游客，不可思议。昨天看到的 53 号界碑旁边就是越南界碑，陆地上没有隔栏，游客可以自由来往，我们买东西其实已经进入了越南境内，却没见一个越南旅游者。

该往回走了，今天主要是赶路，从硕龙出发，天下起了小雨，行不远到了大新县城，城内有“养利古城”，是康熙年建立的。进入古城走了一截，未见什么有意思的建筑，街道两旁基本是改建住户，遂折身而返。大新县盛产八角，就是通常做肉用的大料，到农贸市场买了半斤，十元钱，这些若在西北买，会很贵。这里的风土人情、风光景致与西北大不相同，绿多水多，女子的服装色彩也鲜丽。接近古泽镇，路边有卖香蕉的女子，一串香蕉有四五把（约二十斤），只卖八元钱。我们买了香蕉，女子连说谢谢。除了便宜之外，我想可能香蕉已经熟透，不能再放了。于是往后的路程便大嚼香蕉，一辈子也没这么放开量大吃特吃过。

广西的道路收费忒厉害，从硕龙到南宁，一百多公里的道路共经历了四个收费站，各有各的收费理由，各有各的领导归属，都收得理直气壮、不眨眼睛，却不想老百姓怎么承受得起。物价如此攀升，运输成本的加大应该是主要原因之一。如此收费，让人心里很不是滋味。

到南宁便遇上了堵车，大城市的通病。走了近半月的边境路，已经不习惯城市的喧嚣，在火车站的东北饺子馆匆匆吃了饺子，在越南物品商店买了两瓶鱼露，便上了“柳南高速”，火速离开南宁。刚出南宁不久就看到了一起严重的交通事故，大约五车相撞，一片狼藉。可能是因为下雨，车速过快，让人触目惊心。

到达了兴安县。兴安有秦始皇三十三年（公元前 214 年）修建的灵渠，郭沫若说，灵渠是“与长城南北相呼应，同为世界之奇观”的伟大工程。秦代有三大水利工程，四川的都江堰、陕西的郑国渠和广西的灵渠。进到灵渠公园细观，有铧嘴、大天平和小天平等设施，其原理和都江堰差不多。对我这个外行来说，理解清楚弄明白还真不容易。

灵渠门票四十元，其实不买票从侧面街道开车路过照样可以观看水利工程，门票的内容不过是打造的一些新景点，各地都一样的。拿着门票看灵渠，有种祖宗造福后代，又被“截和”的别扭。想起在安徽桐城陪着张廷玉第八代后人拜谒祖坟的情景，张廷玉做高官五十二年，和其父亲张英都是清代学者，俗称父子宰相，是中国有名历史人物。到墓地，买票是自然的，却架不住看门的简单生硬，让人心里不快。张家后人心里有些难过，看望祖宗得买票，遭些揶揄，原本要捐钱的心思也淡了。我说买票是应该的，张廷玉的墓地占了国家的地盘，又维修得这么漂亮，找专人尽职尽责地看着，这都是要花钱的。就是你们家私人坟地，不是也得给看坟的酬劳吗？ 张家后人说，我的祖宗就是十元门票？ 我说，你当然有义务多给，没人拦着你给祖宗捐钱。后人说他别扭，我说他是从国外回来的，习惯就好了。一个过路老乡恰巧从旁边经过，说墓地“文革”时遭过严重破坏，光用炸药炸就炸了两回。后人说，不知我的祖宗还在不在。

无论在与不在，买票绝对应该！

从兴安出发上高速，傍晚时分到达了醴陵。我喜欢瓷器，醴陵的瓷器薄、白、透，花色大红大绿，很有特色，在瓷器批发市场逛了几个钟头，竟然没有选得一件中意瓷器。对于瓷器的过度挑剔，让我一无所获。祖辈及子侄辈都是研究陶瓷的，四兄是工艺美院陶瓷教授，侄女是故宫博物院陶瓷组的研究员，伯父和父亲将一生献给了陶瓷事业，我的父亲最终倒在磁州窑的任上。醴陵的瓷，贵则贵得要死，让工薪我辈不敢问津，便宜的差得要命，淘不到合适的。如此离开总是遗憾，买了一个汤钵，买了一个“主席瓷”的杯子，算是到此一游了。

晚饭在一个叫“老湘实”小馆子里吃，馆子在小胡同里，地道湘菜，农家小炒肉、清炒菜薹、腊肉炒萝卜干、茄子煲，喝的是从硕龙买的对岸越南人酿制的米酒。馆子的腊肉是他们自己熏制的，味道非常醇厚，而且不柴，很好吃。

宿在瓷器市场附近的“金泰宾馆”。

十三

醴陵有先农坛，去看了一下，这里原本是醴陵人为纪念神农氏而建造的庙宇，1921 年毛泽东为调查农民运动曾在这里住过，现在是醴陵博物馆。大殿里正在举办耿飚生平事迹展览。馆方说附近还有李立三故居，又去李立三故居。李立三故居在醴陵市立三村，附近有立三市场、立三卫生院、立三幼儿园……我感觉，无论外界对李立三评论如何，家乡的乡亲们对他还是认可和在乎的，他是这个家族和村里的精英、骄傲。无论他走多远，职位多高，也无论顺还是逆，老家的人永远对他张开了怀抱，他把根深深地扎在了家乡人的心里。李立三的故居是一座安静的南方院落，厅堂、卧室、厨房整齐有序。李立三的父亲李镜悟是清代秀才，卧室墙上有一副老先生写的对联，故居有几个展室。李立三是属于最早参加革命的先辈之一，因为某些原因，官越做越小，最后做了劳动部部长。他这种不计个人得失、努力工作的精神让我敬佩，我不如他，常为一些鸡毛蒜皮的个人小事影响情绪，扰乱心情，还是没活透。

从醴陵上高速，车过长沙，左后轮爆胎，还好，高速上车当时还不多，车胎是被地上扔的一根改锥扎了，割了一条大口子。将这种尖锐的物件撂在高速公路上，不知是有意还是无心。换轮胎耽搁了半小时，到了益阳下高速，买了一个新轮胎，怕的是再次发生意外。午饭就在益阳的高速出口吃，老板娘算账虚报，偷偷往上加钱，这样的事情我遇到不知多少回了，以前对账单并不在意，说多少给多少，后来有一回差码太大，一对，才知这里“错误”百出，店方检讨说算错了，错了怎不少算呢？ 后来吃饭付账多了心眼，无论大小馆子，都要当场对账，这样一来便窥出其中猫腻，经常的“算错”，都是往上加，没有往下降的，便对饭馆（无论大小）的数学水平产生了怀疑。孩子们说我小气，特别是当着重要客人跟饭馆对账，显得很没风度。我说不是在乎几个钱，是职业道德和人格问题，人不能做昧良心的事情，顾客易虐上苍难欺，做人要有做人的道德底线，不能让心地不善良的人屡屡得逞。益阳饭店老板娘自然又是“算错”了，并没有不好意思的话语表示，也没有道歉，看来是经常算错的。算错了的她反而对我们有些不高兴，这个世界好像整个掉过来了！

到常德，没有了高速，改走省道和国道，向湖北公安县进发。在常德附近的临澧县有夹山寺，寺庙很大，据说是李自成最后圆寂的地方。有说法，李自成兵败流落至此，顺治七年（1650 年）入寺为僧，在夹山寺做住持三十年，法名“奉天玉大和尚”。我在陕北米脂李自成行宫资料展上看过奉天大和尚的骨坛照片，白底青花，有“奉天玉大和尚”字样。湖北九宫山也说那里是李自成最终的归处，说李自成在顺治二年被当地地主武装杀害，葬于九宫山。两处争论无结论，成为又一个历史之谜。夹山寺坐落在丘陵之中，道路很不好走，十分偏僻，也是时间短暂，天色已晚，那样的地方是要专程考察的，此次作罢。

天黑了，在公安县停留，今天是情人节，公安县几乎所有宾馆都爆满，价格翻着番地往上涨，才知道现在的情人节已经进化到进旅馆直接奔主题了，老太太我还以为是手拉着手满大街转悠呢。

最后在闹市上找了“小乐园宾馆”，总算是没有在大街上过老情人节。

十四

上高速，经丹阳，走武当，过十堰，进商洛。经过上津古城，穿过漫川古镇，因为都在周边，都是利用短期节假日走过的，不停留，下午不到天黑就回到了家中，熬了一锅黏黏糊糊的红豆稀饭。十几天的旅行算是结束了，这些日子，只进了北海、南宁两个大城市，在湖北、湖南、广西的小城镇转了近六千公里，享受了南方的温暖与阳光，体味了边陲的大好山河，拜谒了历史名人，看望了已经走远的我的同时代的年轻人。一次次走进历史，一次次触摸文化，与一个又一个有缘的无缘的生命擦肩而过，我们同属于芸芸众生。

洗过澡，躺在干松的被窝里，昏黄的床头灯下有一搭没一搭地翻阅一本《徐霞客游记》，感受到了家的滋润。

感谢生活。

主妇杂记

一到日本，我的身份便变成了“家族滞在”。“家族滞在”是个日本词儿，中国没这一说法，听着别扭。说白了，意思就是“没有工作的家属”，随着挣钱的丈夫居住，是个附带品。作为附带，我每年得在日本居住几个月，承担一下“主妇”的责任。“家族滞在”期间，每日所纠缠者多是家长里短，鸡零狗碎，婆婆妈妈的，提不到桌面上来。在国内我得写作，天天得弄出些文字来。两三个月不动笔，便觉得手生，便词不达意，脑袋便灌了浆似的发木。所以，当“家族滞在”也得日日拿笔记点儿什么，以便回去能立即投入“战斗”。于是就将每日的“事”加以简单记录，统起来一看，哈，一满的流水账，都是柴米油盐，都是缝补浆洗，没有一件“正经”的。本欲撕而弃之，转念一想，这便就是日子了，淡泊又平常的日子，其实我们天天都在日子里泡着。如今借助《长城》杂志发表出来，专给主妇们看，或许能有知音。

大黄狗

日本海关弄只农村的大黄狗来执勤，我每回在广岛一下飞机都能看到这只黄狗。它一声不吭，低着头在每件行李上嗅来嗅去，很是尽忠职守。不像吐着舌头、张牙舞爪、狼一样的德国犬让人望而生畏，让人敬而远之。广岛海关这只大黄狗很温驯，很谦恭，永远那么平静，毛色淡黄，眼睛大而黑，很美。说它是农家院里卧在门口亲切而有人气儿的看家柴犬，没人不信。

来回走得多了便感觉到广岛只有这只黄狗在海关执勤，因为除此之外并没见到黑的、白的、花的什么狗。黄狗从我身边过，我就想摸摸它，以示喜爱，但一看到牵着它的警察便不敢造次了，毕竟在人家的地面上，毕竟是只正在执行重要任务的狗，跟执法机关是开不得玩笑的。

黄狗当然不理我，它不认识我。我喜欢它，它不喜欢我。

看见它，我就下决心，回国一定养一只这样的大黄狗。紧接着心里就开始盘算，在我服务的陕西周至农村盖一院房，养只狗，养两只鹅，养两只猫，养一群鸡，挖一口井，种些个菜，栽几棵海棠树……做起了白日梦。

等行李的时候我的眼睛随着大黄狗转，看它怎么工作，将来我也要训练我的狗，能嗅得出好人坏人。我看到大黄狗在一个箱子跟前不停地闻，警察将那个箱子从传送带上拎下来，黄狗就围着箱子转，转了几圈，卧在箱子跟前。我想，这个箱子准有夹带，得出事。仔细一看，了不得了，那箱子是我的！

奉命在海关人员面前打开箱子，任人家在里面翻检。箱子里的内容让日本人吃惊，也让我十分的不好意思：几十包方便羊肉泡馍，一大包辣椒面，一大包糖蒜，两斤腊牛肉，两瓶绍兴料酒，一瓶镇江香醋……日本人掏出一小包粉末，翻来覆去地看，放在鼻子下头闻，张了半天嘴终于忍住了一个倒海翻江的大喷嚏。

那是我来时自炒自碾的重庆花椒面。

大黄狗从落生以来哪闻过这个，它不围着转圈才怪。

日本海关人员对箱子里的东西挑不出什么，大概心里在想，这女人准是个吃货。吃货就吃货，哪个主妇不是为着吃呢，一日三餐，没作料能行？ 我很镇定很吃货地归置我的行李，海关人员帮忙捆扎，他比我麻利。

推着行李临出海关，回过头再看大黄狗，黄狗规规矩矩地坐着，还是那么亲切可爱。

我暗自庆幸，放在手提袋里的一捆香菜没给查出来，根据动植物检疫法规定，我得报关，愣是混过来了。

嘻嘻……大黄狗。

炸酱面

丈夫在机场外面接到我，头一句话就是：今天晚上我做饭，焖米饭，烹大虾。

对此我报以一笑，并没有多少激动。回回我到广岛第一天都是这个节目，十年如一日，没变更过。

丈夫的烹大虾做得很尽心，很有水平，吃得满嘴流油（是他不是我），看来不是不会做饭，大丈夫非不能也，乃不为也，晚饭后一大堆盘盏由我来刷洗，因在机场已经讲明，他只是“做饭”，做饭的内容当然不包括洗碗。我由洗碗池子为切入口，进入了主妇的轨道，自然而顺利，没有出关、入关那一套麻烦。

第二天早晨丈夫上班，我问他晚上回来想吃什么，他说，越简单越好。

我问他什么“简单”，他说，就炸酱面吧，炸酱面简单。

我说，那就炸酱面。

他说，要小碗干炸，豆芽菜、黄瓜丝作面码儿，煮点儿青豆，剥一头中国蒜，中国蒜味儿冲。

上班的晚上回来吃饭。我下午就开始准备“简单”的炸酱面。买菜买肉买酱，这都不难，难的是中国产的大蒜，中国蒜便宜却不常碰到，前一段日中贸易出现摩擦，日本限制进口中国的蒜、葱、香菇一类，中国就限制进口日本的车和电器，这么一来日本就占不了什么便宜了，后来不知怎的又好了。这贸易上的事我不懂，想的就跟小孩过家家似的，今儿好了，明儿臭了，来回来去总是在变。想不到的是电视报纸上的一则普通消息，竟然直接影响着家庭的饭桌，我跑了几个市场才买来中国蒜，头大饱满，白白净净，用小网子套着，在国内应该是上等好蒜，不知经过多少人仔细挑选，才出口到了日本，却还要“限制”！购置齐备便为炸酱面的主体——面而努力奋斗了。

日本没有切面，得自己擀，没有大擀面杖（主要是这儿也没卖的），只得用小擀杖擀大面，这个别扭！大汗淋漓时才思念起国内菜市场不起眼位置上卖切面的小摊，才想起它的方便和重要。我们常有这样的情况，什么东西丢了、坏了，才感觉到它的珍贵和存在，包括我们的亲人、朋友，也包括我们身体的某个部位。

上班的回来了，进门就说，他在班上就惦记着家里的炸酱面，肚里的馋虫都张着小嘴儿呢。丈夫不是个讲究的人，憨厚而随和，什么都可以将就，唯独吃饭不能将就，什么都能改变，唯独饮食不能改变，在日本教书前后十年了，在吃的问题上，他绝不入乡随俗。……见了炸酱面，他等不得换衣裳，西装革履地坐在桌前，一碗面还没拌利落就往嘴里划拉，又吸又吞，饿了多少天似的。吃相颇不雅。一碗不够，还得添半碗，含着一嘴面还要说话，说他什么都可以丢，唯有中国不能丢，因为中国有炸酱面，炸酱面是中国的国粹，伟大至极。

我坐在旁边看他吃面，因了我的劳作，升华了一个人爱家爱国的思想，值。

嫩香菜

香菜学名叫“芫荽”，在国内是极普通的提味蔬菜，一毛钱买一把。鸡汤里、大馅馄饨里撒一撮香菜，色香味一下提上去了，缺了这把香菜，这碗汤就没了魂，什么也不是了。

可是国外没有香菜，香菜的味道只属于中国。在国内，你跟任何人一说香菜，谁都知道；在国外，你要说香菜就谁也不知道了。国外也有香菜，叫 parsley，有股说不出来的味，现在国内饭馆里到处可见，是作为一种菜肴点缀在盘子边沿，假模假式地支棱着，模样有点像绿菜花，中国称之为“洋香菜”，又叫“荷兰芹”，没有谁真正吃它。

在没有香菜的日本，对于很讲究吃的中国人来说，香菜便显得十分重要了。

二十世纪九十年代初，我们家在筑波大学，为了吃香菜，驱车近百公里，到横滨中华街去采购。中华街的香菜是从国内运来的，一把三百日元，不能多买，买多了烂，最多只能买三把，加上消费税得一千日元，三把香菜花出六十五元人民币的价格，还没算上来回的汽油钱……奢侈极了。

来到广岛，就近没有中华街，断了香菜的来路，我只好每次从国内偷偷带，一块钱的香菜能吃一个月，最后成了干草，还舍不得扔，用温水泡了再吃。虽然不值钱，却是来之不易。有北京来的留学生刘荣，将她种的香菜送了我们一把，珍贵得什么似的。足见，喜爱香菜的不止我们一家。

去年，我到汉中采访，见到自由市场有卖香菜籽的，就买了半斤。这回到广岛没带鲜香菜，带的是菜籽。

我要在广岛种香菜。

我在广岛没有土地，就到商店去买花盆，买土壤，买肥料，我特别注意不买化学肥料，买有机肥，买油渣肥，买烂树叶子腐殖质肥。日本商店里，什么肥料都有。花半天工夫，种了四盆香菜，放在阳台上，天天浇水，天天观察，想的是一礼拜就能出苗。

半个多月过去了，那些香菜就是没动静，土壤生了许多嘤嘤飞舞的小虫。

丈夫对我的农事不再抱希望。拿了菜籽到学校去。他有个学生叫川本香织，明年毕业，现在正在撰写毕业论文。川本的母亲是广岛郊区种菜的农民，丈夫将菜籽交给川本，让她的妈给老师种点儿香菜。第二天，川本带来她母亲的问题：1. 香菜下种的时间；2. 土壤的酸碱度；3. 肥料的种类；4. 是否进大棚；5. 水分的需求量；6. 管理的要求……

丈夫稀里糊涂地说，告诉你妈，就那样种吧，就那样种……

于是广岛的菜农开始种汉中的香菜了，菜农没见过香菜，她不知这片地将长出些什么内容，对她来说，这是一片未知的莫名其妙。我对郊区那片香菜也寄予了无限希望。每天都问丈夫，出苗了没有。他就问学生，我们的菜出苗了没有。川本说她没到地里去看。问为什么，她说地太远，问有多远，说从家里出发得走十分钟。其实她是对种菜没一点儿兴趣。

同在办公室写论文的另一个学生松本诗歌不甘落后，在办公室的花盆里也种了些香菜，三处“菜园”，多少带了些比赛的性质。我天天关注我的香菜，不断地提供养料，恨不得往那些花盆里浇骨头汤。丈夫说办公室里松本的香菜拱出了芽，松本每天像遛狗一样地遛香菜，早晨将花盆搬到走廊顶端能晒到太阳的地方，晚上再搬回来，名曰“带着香菜去散步”，将个香菜当宠物养了。

川本却是不动声色。有一天，丈夫对川本说，哪天我到你们家去看看那块香菜地吧。

川本不吭声。旁边的松本说，我也要去你们家呢。川本立即说，行啊，欢迎。丈夫问川本，为什么我要去你就不说话？川本说，老师是教授，上我们家去得把我妈紧张死。

有一天，川本来上学，带来她妈妈的话，说老师的香菜已经出来了，香味很重，往菜跟前一走就闻到了，的确是日本没有的味道。川本母亲说菜长得有两厘米高了，问长多大便可以收割。丈夫高兴地说，让它再长长，两厘米太小，太小。

噫——我想象着一捆捆香菜运进我们家的情景，那真是“我们的菜”了！

再看阳台上我的四个花盆，两个月了，仍旧悄无声息。

丈夫下班回来说，松本操持的那盆香菜越长越怪，叶子尖尖的，没准是草。

洗温泉

信箱里收得比较多的广告有三类：1．借高利贷的；2．卖房的；3．旅游的。

对前两类广告我没有兴趣，我比较关注第三类广告，因为我喜欢到处去逛。日本的国内旅游有“一日游”“两日游”“数日游”等，我参加的多是一日游、两日游，可以利用周末，坐着大轿车转一两天，管吃管住，很舒服。参加的次数多了便摸到了规律，无论一日还是两日，内容无外是看一个美术馆，转一个窑作坊，看一处景点，泡一回温泉，买点儿土特产，到哪儿都是这一套。

日本的温泉多，各地都有自己的泉，几乎大点儿的旅馆里都有各种名目的泉，分室内的和露天的。露天的泉弄得很有情致，有石有树，能看到外面的风景。旅游大轿车来了，一车人在旅馆里吃饭洗澡，是活动的中心内容。

我对日本饭很认同，但对一群人共同泡在热水池子里，玩着各种花样很怵头，甭管那个池子装修得多么精美。我丈夫反感日本饭，却特别喜爱日本温泉，一周不泡两回，他浑身痒痒。所以出去旅游，我们俩既各得其所，又不是那么尽善尽美。想的顶好是买一张票，我吃饭，他洗澡，但是又不可能。

去得多了经济上开销太大，去一天最便宜也得两万日元，合人民币一千多元，我这个主妇不得不算计算计了，什么样的家当架得住这种洗法。

我觉得换种方式，即每月出去游一到两回，其余时间自己解决吃与泡的问题。

日本饭好办，每天到商店里买些生鱼片、纳豆、酸梅子尽可解决，大虾也可以自己炸，只是这温泉家中没有，就是下决心在地底下挖出热水来，那水也是一成不变的，不似洗一回换一个地方，总是在变化当中，给人一种新奇感。

前几天逛商店，无意中见到一盒泡澡用的“汤料”，里面分装着十几包各地温泉的成分粉末，登别汤：绿色，桧树香味；箱根汤：青绿色，森林香味；道后汤：橙色，橘子香味；山代汤：青色，茉莉花香味；草津汤：黄绿色，柚子香味……我每天在澡盆里“沏”一包汤，好让爱好温泉的人进去泡。想了半天，我觉得用这个“沏”字最合适，跟沏茶似的。日本的澡盆细而高，坐在里面全身都可以照顾到。于是我的丈夫今天上草津，明天上登别，今天身上是橘子味，明天是柚子味，轮换着来，一包汤料花不了一百日元。登别、草津去腻了，又换了保健的，今天是治关节痛的，明天是治肩周炎的，后天又是治手脚麻木的……

有一天沏了一包加强血液循环的。颜色暗红，丈夫进去不到三分钟就出来了，说那是一池子辣椒汤，他别处尚能忍受，就是肛门辣得撑不住了……

大请客

丈夫说他要在家里请客。请他们大学图书馆的几个老师，因为查资料什么的，人家给他帮了不少忙，他欠了人情。我说现在就是在国内请客也不在家里请了，太麻烦。他说，日本人爱中国水饺，饭馆里没卖的，只有家里能做。

他说的也是实情。日本到处有拉面、饺子店，但是那饺子实际是锅贴，用平锅煎出来的，六个一盘，一盘三百五十日元，馅是肉和洋葱，极难吃。有一回从商店买回一盒饺子，硬是把人吃得犯了恶心，差点没吐，这也是日本饺子的独到之处。

包饺子对北方人来说不算难事。

我问请几位。丈夫掰着手指头算，山田一个，福山一个，小岛、佐藤、柴田、大冢……七个，松本和中村就算了，下次再请。

我说再加上你我，一共九人。

他说，没错。

早晨他上班，说晚上客人来家吃饺子。我说，你不回来帮忙吗?

他说，我怎么能帮忙，我五点五十才下课，我还要领着他们来，要不他们找不到。

我知道，为了这顿饺子，我得折腾一整天了。

临出门，他又扔下一句话：你多准备点儿。

我明白“多准备点儿”的意思，日本人吃饺子，在饭馆里是当菜吃，一人最多吃六个。到了中国人家里，就放开量了，一人三十个打不住，招待过一个女学生，她在我们家一顿吃了三十八个大饺子，是我的一倍！据说这个小丫头平时吃饭只是半碗，却不知那胃怎的就跟松紧带似的。今天是九个人的饭，三九二十七，我至少得包三百个饺子才能兜住底，而且不能进门直奔主题。还得预备酒菜，九个人，至少得八个大盘子……酱猪肚、拌粉丝、木樨肉、炸小虾、拍黄瓜、糖西红柿……有繁有简，有荤有素，既要表现得很中国，又不能太寒碜了，挺费脑筋。

三百个饺子包得我昏天黑地，差点儿没把我给包进去。

六点半，一行人举着鲜花进了门，没多少寒暄，径直把那花塞到我怀里。

于是吃、喝、说、笑，八个人正好一桌，没我的位置，我的位置在厨房里。一壶一壶地热酒，一盘一盘地端饺子，两个锅同时煮，还有点儿跟不上趟……听着那边的笑语欢声，我想的是赶明儿我在日本开个饺子馆……

十点，客人们走了，桌上杯盘狼藉，所剩无几。丈夫喝得有点儿高，红头涨脸地对我说，甭收拾了，明天再说。我说，不是收拾的事，我还没吃呢。

他说，那你就吃，我睡觉去了。

不到一分钟，卧室里传来震天的鼾声。

桌子盘盏空空，饺子一个没剩。敢情这帮人连吃带拿！

都知道我们家的水饺好吃，大家转弯抹角地想着来吃，于是，图书馆的完了是国际文化学部的，接下来是教汉语的，接下来是学汉语的……丈夫的客是越请越顺当，越请越想当然，好像我真成了开饺子馆的。

饺子一轮轮过了，又发展到吃春饼。春饼比饺子还复杂……

我们家永远鲜花盛开，旧的没谢，新的又来了。

探照灯

每天晚上，广岛的夜空都有探照灯来回闪烁，这常常使我想起小时候。那时候抗美援朝，北京的夜晚，天上也有探照灯，七八根，十来根光柱，在天上“搭架子”，时而交叉在一起，时而分散开来，很有个看头。我问母亲，这些探照灯照什么哪？母亲说，照飞机。我问，谁的飞机？母亲说，美蒋特务的飞机。

我就知道，天上的探照灯是对付敌人的飞机的。

二十一世纪，广岛的天上也有探照灯。我透过窗户，看着夜空中的光柱想起了原子弹曾经在千万人头顶上炸裂，想的是战争的痕迹还在这个城市残留。不由得浑身发冷。

我走在僻静的小巷里，走在汽车轰鸣的马路旁，河边、树下、车站，到处可以看到“原爆死难者纪念碑”，也就是说当年在这里倒下过许多无辜。每每经过那些纪念物时，我都能想象到当年那些肢体残破的遇难者在火光与飓风中倒下的悲惨情景。我的女儿说我能“通灵”，我说不是通灵，是作家应该具备的感受。我的丈夫说我是吃饱撑的，每天野逛，白日见鬼。

我不知道我所住的地区当年是怎样一种情景，站在我的家门外面，可以清楚地看到广岛热闹的中心区，看到当年的爆炸地。早晨我推开窗户，曾无数次地想象，巨大的蘑菇云在不远的上空升起，飓风和热浪袭来，放射性元素污染，脚下的土地都曾经受过……如今，它们为浓郁的桂花、娇艳的八重樱、淡泊的杜鹃所替代。家的门口有国泰寺，有缅甸式的金属塔，在夕阳下闪着扑朔迷离的光，是十四万遇难者的慰灵塔。一个日本人说，日本那时候是“疯”了，全国都疯了。也有朋友说，没有广岛十四万人的牺牲，当时全世界不知还要牺牲多少个十四万人。这话广岛人不能接受，他们不能理解为什么偏偏就应该是他们!

从广岛我想到了南京大屠杀，想起抚顺的万人坑……他们更不能理解为什么偏偏就是他们。

站在普通人的角度上想是再别发生这样的事!

探照灯每天照旧在头顶上晃，最近我终于弄明白了，广岛的探照灯已经与飞机和战争没有了关系，那是赌场的招牌，也就是说，无论你在哪儿，只要循着探照灯走，走到光的源头，就有老虎机。

时代在变……

青春十八

我住在广岛市西边的小山上，小山有个美丽的名字，叫“铃之峰”。在这儿，没人认识我，也没有电话来找，丈夫一大早上班，整整一个白天我没有任何干扰，按说可以静下心很好地写作，可是我却一个字写不出来。开始埋怨日本的电脑用着不顺手，后来用顺了觉得比中国电脑方便，可以玩游戏，还是写不成小说。每天给自己找各种理由不往电脑跟前坐，甚至从窗外海面飞起一片云彩，变幻成什么形象也会成为重要理由。坐在电脑前，脑子是一片空白，国内那些构思，那些素材，那些自认为已经很成熟的题目，到了这儿全没了，无影无踪了。

写不出来就发脾气，莫名其妙地跟丈夫闹气，大把大把地花他的钱。反正不是我挣的。害得他说，你这个人怎么不讲理，你是更年期怎么的？ 为个“更年期”我又跟他闹。他说，给你买张车票你到外面转去吧，转也是一种写作。

于是，我就拿着一种叫作“青春十八”的票从家门口上了火车。

这种票是专门给假期中十八岁的青年男女准备的，买一张票可以坐一整天车，从早晨发出第一班车开始，一直到半夜十二点，你就使劲坐吧，而且可以随便上下，没人管你。说是“青春十八”，就是五十八、六十八、七十八的人坐也行，都和十八岁的一样有着青春的活力。

天不亮我就出门了，坐车沿着濑户内海海岸往西，没坐几站就是德山，抗日战争时候，不少中国劳工被运到德山，在工厂里干活，其中也有我很熟悉的邓友梅先生。邓先生后来写了小说《别了，濑户内海》，在国内很有些影响，说的就是这儿的事。老前辈当年待过的地方不能不去，于是就下车，站在火车站，看着车来车往的大街，想它在五十年前该是什么模样，想邓先生在这儿会有过什么样的遭遇，想五十年前我要在这儿遇到这个中国小劳工会不会救他于水火……想着想着就乱了，成了小说。不管怎么说，五十年前的邓先生和五十年后的我，由日本这个火车站给联系起来了，这不能不说是缘分。在车站买了个小纪念品，想的是有机会见邓先生送给他。

从德山接着往西，起得太早，在火车的摇摇晃晃中睡着了。一睁眼，火车停了，一车乘客纷纷往外走，看外面太阳，已经到了中午。问是哪儿，说是下关。

哦，是出河豚的地方。下车！

人说河豚的味道是鱼中的鲜美，河豚有剧毒，不是哪个饭馆都可以卖的，做河豚的大师傅必须持证才能上岗。日本人爱吃河豚，河豚在日本的名字叫“フグ”，与“福”同音，吃河豚就是吃“福”，我大老远地来了，没有理由不“福”一下子。

进了个卖河豚的馆子，要了两份，一份炸的，一份生的，要吃就吃个够，就是毒死也不遗憾。等菜的时候看里面做河豚的师傅，竟是个二十多岁染着黄头发的小青年，心里有点儿不得劲儿，怕的是他弄不好把我吃死。不大工夫，生的、熟的都端上来了，吃了几口，不过如此，肉有些发硬，没体会出有多么美好。就想，很多事都是传的，其实未必，跟看景不如听景一个道理。

吃了一肚子毒鱼以后漫无目的地在街上走，不知怎的转到了海边，转到了一条崎岖小路上，路边有住户，种着花，还有零星菜地，停下来正想着怎么走到正道上去，却见路边有个木头牌子，上面写着：李鸿章散步小路。大吃一惊，万没想到这条道是李鸿章李中堂走过的地方。在脑海中使劲搜索李中堂的形象，终于想出了一个留胡子的长圆脸儿，不是多么清晰。顺着小路往前，来到了一个叫“春帆楼”的日本式旅馆，大模大样地走进去，见里面有谈判的桌子和各样摆设。这里是当年中国的李鸿章和日本的伊藤博文签订《马关条约》的地方。对于条约的具体内容我已经记不清楚了，反正是赔钱割地，中国的近代史，几乎没有扬眉吐气的内容。只是想这个李鸿章，从中国漂洋过海地来了，在下关上岸，在日本人的威逼下签这么一个丧权辱国的条约，大概他心里也不是多么自在，就在这条小路上来来回回地走吧，反正也没人看见。

却不知，百余年后，日本人在这儿立了块牌子……

看了《马关条约》的诞生地跟吃了河豚一样，心里有点儿发堵，准备继续向西南行走，过海到九州去，下关车站的大钟提醒我已经到了下午五点，再往前走今天就回不了广岛，我的车票只是当天有效。一问，到广岛已经没有直达车了，得在沿途倒几回车才行。顾不得许多，见着往东的车就上，一路急往回赶，到了广岛已经是半夜了。丈夫在半山腰迎了，见了我劈头盖脸地就是一句：你还知道回来啊！

我说，我刚才在车站又买了五张“青春十八”。明天往东，后天往南，大后天往北……

性骚扰

不是别人骚扰我，也不是我骚扰别人，是我觉得日本人将这个问题搞得有些过火。以至于东京地铁某些专线，夜晚十一点以后开出了防性骚扰的女性专用车厢。

东京有位大学教授，和学生们坐在一起吃饭，有个穿短裙的女学生跷着二郎腿坐在他旁边，他用手打了那女学生的腿一下，让她把腿放下来，女学生不干了，说他是“性骚扰”，教授就为此受了处分。据统计，日本国立大学中，2000 年度因性骚扰而受处分的教职员是前一年的五倍。也有为性骚扰而被开除公职的，在日本，开除公职是很重的处分，意味着这辈子你再不能教书，再不能在国家部门工作了。能混到教授的份儿上不容易，因为这么件事丢了前程，总让人觉得窝囊，让人说不出口。

我的丈夫在女子大学教书，每天接触的都是女孩，学校对于男教师的规定很严格，也很具体，诸如，说话时不许盯着女学生，不许死乞白赖地请女学生喝酒吃饭，不许跟女生谈任何个人隐私，不许跟女生有任何体肤接触，在办公室里一个教师一个学生的时候应该开着门……

我问他，说话的时候不盯着对方，眼睛往哪儿看呢？

他说，四处乱转。

我说，这样更可怕。

各所学校里都有性骚扰调查委员会，专门处理调查有关“骚扰”一类事件，只要学生告了，委员会就得认真调查处理。往往这样的事又很难说得清楚，所以男教师们对这类事情都非常谨慎，生怕哪一点没注意，成了“骚扰”。其实那些女学生在他的眼里都是大孩子，年龄没有我们的女儿大，她们的表现也完全是孩子，有时让人哭笑不得。

丈夫每天带饭，带的都是头天晚上的剩饭剩菜，到办公室中午用电炉一热。这学期他指导七个学生写毕业论文，这七个人每天待在他的办公室里。在日本，学生没有固定的教室，教员的办公室很宽敞，除了冰箱、电炉、电脑、衣柜以外，还有大量图书，有大长桌子，有十几把椅子，供学生和先生共用。丈夫的午饭一热好，几个学生就凑过来了，山田敦子说，老师，您的饭真香，让我尝一口吧。于是，别的人你也来尝一口，她也来尝一口。学生们也带着饭，丈夫说，我就不敢从她们的碗里舀饭吃，怕成了“骚扰”。

中国有种叫作“梦娇丽”的减肥药，外盒上是个穿三点式的女郎，亮着一身瘦肉，展示着线条的美丽。是商家的广告，没什么特别意味。这种药我们到日本以后常常服用，不是作为减肥，是作为通畅大便的茶来饮用，效果奇佳。丈夫将“梦娇丽”带到了学校办公室，也没有想更多。有一天，一个叫吉本优香的学生看到了，半开玩笑地指着盒上的“三点式”说老师的办公室里放这个，这不是“性骚扰”吗？ 丈夫不知如何处理这盒很贵的“性骚扰”。另一个学生林久美立即要求将这盒药给她，她不怕“三点式”。

丈夫回来将这事告诉了我，我说，你真笨，把药倒出来，换个盒子不就行了嘛。

他说，连盒带药都已经给别人了。

美国变白薯

丈夫说我给他当主妇当得任劳任怨，表现不错，因此决定利用寒假带我到美国去旅游一趟，好好犒劳我一下。

跟当地旅行社联系，说因为我们是中国护照，需要自己到东京美国驻日本大使馆办理手续，其实无异于婉言拒绝。记得二十世纪九十年代初期，我们要到新加坡等国家去旅游，对方要我们交一大笔保证金才允许入境，条件很苛刻。当然现在不了，现在中国的游客全世界到处跑，在国内，国际旅行社也不止一两家，争着抢着把游客往国外拉。但是在日本，参加旅行社去美国却很困难，我们得先跑到东京去，两个人来回光车票就得十万……不去了！不去了！

但总是让人窝火。

丈夫说，寒假在日本旅游也挺好，到北海道去滑雪，吃大螃蟹，美国也未必能有那么大那么漂亮的大螃蟹。

我说，就是的，大螃蟹比美国实惠。

就找日本国内旅行社，去北海道。旅行社说，太晚了，寒假正赶上新正黄金周，全国放假十天，旅行社的安排一个月以前就满员了。

我说，不就是吃螃蟹吗，到广岛的饭馆去吃螃蟹放题，咱可着劲儿吃个够。

“放题”是日本话，就是交一定的钱，随便吃，能吃多少吃多少。国内也有这种吃法，饭量大的占便宜，饭量小的沾不了什么光，总之，饭馆不会吃亏。到了螃蟹放题店，橱窗的大红螃蟹果然很诱人，里面熙熙攘攘的人也很不少。丈夫推门要进，我说且慢——

店门口的招牌上写着：放题每人只限六十分钟。

我对丈夫说，你我都不是海边长大的，我们与螃蟹也没有亲戚关系，彼此并不很熟悉，这样吃起来熟练程度就是个问题，以我们的水平，一个钟头抠不完一个大螃蟹，跟那些从小就在螃蟹堆里长大的日本人相比，吃亏是大大的。

丈夫说，那你说怎么办？

我说，咱们只要拿出一个人的饭钱来，就能到商店买好多上等的螃蟹，拿回家蒸着吃，就着西凤酒，想吃几个钟头就吃几个钟头，比在这儿紧紧张张一个钟头滋润。

于是两人就去商店，路上丈夫使劲儿夸我“老是比他聪明”。我得意地说，这叫脑筋急转弯。

商店里有北海道运来的大螃蟹，在冷冻橱窗里放着，包装精美，价格不便宜。

我说，这是送年礼用的，看着好，不实在，咱们自己给自己买，用不着那么精致的包装，木头盒子和花缎带也不能吃，都算着钱呢。

丈夫说，螃蟹是去年冻的也未可知。

我说，那倒不至于。

总觉得给自己买近乎礼品式的北海道螃蟹不划算，来到一般水产柜，又觉得那些杂牌螃蟹假模假式，不正经。水产的旁边是蔬菜，鹿儿岛产的大白薯刚刚上市，红皮红瓤，又大又鲜，将对面的小蔫螃蟹一下比了下去。买了一兜带回去蒸。

晚上，吃着白薯，喝着稀饭，仔细一想，不对了，这犒劳怎么从美国变成大白薯啦。

金牛古道札记

我站在陕西户县钟楼下，凝望那座美丽壮观的楼，初升的太阳照耀着楼上的琉璃瓦，照耀着那些和玺彩绘，泛出耀眼的光。熏熏夏风，滚滚热浪，加上广场播放的秦腔“有为王打坐在长安地面”，粗犷豪放，荡气回肠，一切给人以火辣辣、热腾腾的感觉。

我和我的同伴们面对着辉煌的钟楼、背靠着沸腾的秦腔都有些感动，这里是我们此行的起点，象征性的起点，从这里，我们要沿着旧时陕帮西南行的路线行走，跟随他们的足迹，寻觅他们留在盐茶路上的丝丝缕缕。这应该是不难，毕竟他们还没有走远，他们的后人散落在沿途各处，散落在关中大地，那些高宅美院内，还回荡着他们郑重威严的咳嗽声……

之所以选户县为出发点，是有人告诉我，《康定情歌》，“跑马溜溜的山上”那个“张家溜溜的大哥”是陕西户县人。我知道，这是种永远无法调查清楚、无法了断的说辞，但作为陕西人我欣然认可，“天下溜溜的男子，任我溜溜地爱”，“溜溜的男子”，户县张家大哥首推第一！

张大哥是从哪儿走的，张大哥是从户县钟楼底下走的，背着包袱，带着干粮，那干粮无外是几块锅盔，用布包了，包的不是干粮，是娘一颗纠结的心。包袱里那几块大洋是家里的全部家当，是爹憧憬的梦，是兄弟姐妹的节衣缩食。钱粮之外，张大哥还背了一个沉重的粗布口袋，口袋上写着大大的“张”字，平时是装粮食用的，现在他装了此行最珍贵的东西，与他同行的关中后生们，几乎每个人都背了一个这样的口袋，就连已经在外头干成气候的赵钱孙李的商号掌柜们，也无不将各自鼓鼓囊囊的口袋装上骡车，那些口袋随着他们向西向南，走进汉中，走进阳平关，走上了金牛道，走进了执着，走进了无限商机。

摄影师余平让我先走，说他的车有点问题，需要修理一下，同时他还要买些东西带在路上，晚一会儿出发，傍晚时候我们在汉中宁强县集合。余平的一句“买些东西”触动了我，司空见惯的话语细琢磨内涵竟然丰富悠远，“东西”是物件，“物件”叫“东西”，不叫“南北”或其他……“买东西”话语的来源便是唐朝长安城内的东市和西市。东市在今日西安东部兴庆宫、交通大学附近，历史上的东市“东西南北各六百步，四面各开一门，街市内贸财二百二十行，四面立邸，四方珍奇，皆所积聚”，东市周边多达官贵人，所售商品精美细致，档次高贵。各六百步的正方形集市我细细地走过，大约是公共汽车一站的距离，这样一看，这个市场规模便已经相当不小了。据说诗人白居易曾经在东市居住过，至今在那个位置还有一座纪念他的亭子，叫“东亭”，在西安交通大学的校园里；西市位于城西部，因多居平民商户，所售商品是来自国外及西域等地的“舶来品”，所以更为活跃热闹，更为大众化、平民化。李白“天阶踏尽无觅处，笑入胡姬酒肆家”指的就是西市的繁华与热闹。今天，西安的回民坊及小吃街，即北院门、鼓楼大街等地，虽然已不属于西市范畴，但多少还自然地保留了唐代西市的部分风情。高鼻深眼的回民大叔，一脸的连鬓胡子，戴着小白帽，那帽并非是简单的白帽，仔细看白缎上还绣着暗花儿，十分的讲究。回民大叔戴白帽，回民大婶披着镂空的纱巾，闪亮着弯弯的眉，操持着西安坊里特有的语言，出售着黄桂稠酒、红番大石榴、热腾腾的馕、散溢着甜香的镜儿糕，牛骨熬的肉丸胡辣汤，这些大唐遗留的食品，让人想到他们的先祖来自波斯，来自西部，李白所入的“胡姬酒肆”应该是他们的经营。我的外地朋友来西安，回民街坊是必去之所，为着那里的独特，为着那里的灌汤包子、烤肉串、羊杂汤和柿子饼……当然更为着李白，为着那“斗酒诗百篇”的状态。有位爱好美食的朋友说，在回民街吃半个月，大概不会重样。超越岁月的热闹不唯是吃，还有看，入夜，灯火辉煌中，在鼓楼“8888”的罩护下，各类物品吃食，让千万人留恋于此，“夜市千灯照碧云，高楼红袖客纷纷”，分明是进入了大唐盛世，走不动了。

西安回民街市的热闹，在历史上似乎并未完全中断过，“困难时期”，人们凭借单位发的小票，可以轮流到这里来花几毛钱吃一碗纯正的羊肉泡馍。“文革”后期，我在鼓楼街上吃过一回“不要粮票”的牛肉油旋儿，现在想来十分不可思议。我还记得那是个寒风料峭的傍晚，我从乾县回城，又冷又饿，在鼓楼一个小巷子口，见到了那个卖炸油旋儿的摊子，身上没有粮票，在摊前踯躅许久，我那饥寒交迫的模样大概比较独特，摊主凭他敏锐的目光窥出我的难堪，于是八分钱一个的油旋儿，我没有粮票，摊主收我一毛钱。既恪守诚信，言不二价，又机动而灵活，充满人情，这就是陕西买卖人的传统了，即便在比较艰难的时刻，这些传承也如暗中的潜流，不绝如缕。珍惜每一个商机，秦人的商业头脑从商鞅“废井田，开阡陌，民得买卖”的时代就开始了。

我要说的是从清初到民国走出关中的一批人，我将焦点聚集在西南一地，因为这些人中不光是商人，还有普通百姓，还有征战的军人，用康定文化学者骞忠康的话说，应该叫“陕帮”，陕帮的含义似乎更加广泛，商业行为只是其中一部分。陕商也罢，陕帮也罢，总之在那个时代，他们走出去了，放射性地走到了中国的角角落落。他们在全国修了二百七十四座雕梁画栋的大会馆，有些是自己修的，叫“陕西会馆”，有些是跟山西人一块儿修的，叫“山陕会馆”，无论是哪种会馆，都如钉子一样，牢牢地插入了异域的土地，成了当地的经济、社会生活中重要的一部分。以致至今不少地方存留着的标志性的殿堂楼阁、高耸戏台，一查根源，大都是“陕西会馆”。

张家大哥们在数百年间，一次又一次，背包握伞，背钟楼而去，进入了秦巴大山，奔向了蜀地的富庶与商机，将他们的父母妻小留置在关中的黄土地上，固守着心中的殿堂——老家。他们自己则慷慨地将生命和精神，以及仅有的财富投向了那片充满希望的土地。抓住机遇，摆脱惯性，摆脱平庸，是秦地始皇帝及他的父辈们留给他的子民无可更改的基因，眼见着，张家大哥的身影进了秦岭，我们必须跟随上去了。

去四川必走蜀道，穿越秦岭的蜀道中，长安至汉中，大致是褒斜道、子午道、傥骆道、陈仓道，汉中到成都有两条，金牛道和米仓道。走甘肃还有一条道，叫阴平道，这个名字常常让我想起日本的古代道路，山阴道、山阳道……那些古道与中国的蜀道相比，缺少了坚韧与凄绝，日本山阳道上有那么多壮丽古松，那些古松的背后也常常幻化出舞着纸扇、抹着白粉、妙曼婀娜的舞伎，让旅者的身心有一个短暂的歇息。中国蜀道的山林中没有歌舞之伎，有的是剑影刀光，是绝壁悬崖，是虎豹豺狼，是暴雨狂风，当然少不了的还有土匪强梁。

秦蜀几条道路，各有各的形制，各有各的精彩，褒斜道的悠扬，傥骆道的便捷，陈仓道的隐秘，金牛道的亮丽，但是无论哪一条蜀道都充满了艰苦卓绝，充满了胆战心惊，“危乎高哉！蜀道之难难于上青天”。古人有许多关于蜀道难的描述，最有名的当数李白从长安返蜀写的《蜀道难》了：

西当太白有鸟道，可以横绝峨眉巅。

地崩山摧壮士死，然后天梯石栈相钩连。

上有六龙回日之高标，下有冲波逆折之回川。

黄鹤之飞尚不得过，猿猱欲度愁攀援。

……

蜀道，因为李白的这首诗，成了专用的道路名词。

和现今高速道路建设一样，驿道的修建也是封建社会一项重要的国家工程，道路的发展体现了这一时期国家经济发展的概貌，晋朝时期，有种叫作“千里牛”的快马传递，据说从山东兖州到河南洛阳，可以做到“日发暮还”，来回千里。元朝记载说，那些传递文件的人叫作“铺兵”，他们“腰革带，悬铃，持枪，挟雨衣，赉文书以行。夜则持炬火，道狭则车马者、负荷者，闻铃避诸旁，夜亦惊虎豹也”。今天，我们在宁强县境内仍旧可以见到一通道路《仪制令》石碑，那应该是最早的交通“警示牌”了，上面明确规定着：“贱避贵、少避老、去避来、轻避重。”专家说，南方、平原的驿道多享乐，北方的驿道多战乱，特别是像蜀道这样穿越崇山峻岭的险道，它存在的目的就是战争，是出击和逃避。以唐朝而论，唐玄宗避安史之乱，唐德宗被反叛大臣朱泚追赶，唐僖宗躲黄巢造反，皆靠蜀道亡命，唐德宗的大女儿唐安公主因饥寒交迫，病死在滴水成冰的蜀道上。走蜀道，夏日要和蛇蝎、蠓虫、野兽作战，冬天大雪封山，栈道为冰所覆盖，别说走，连站也站不稳了。无论哪条蜀道，从长安至汉中（梁州）都要翻越三座高峰，第一道坎就是秦岭大梁，子午、褒斜、傥骆，北边第一座高峰都叫作“秦岭”，这似乎成了约定俗成，然后才是酒奠梁、柴关岭、平河梁、月河梁、老爷岭、土地岭什么的，各路有各路的叫法。通常，步行穿越秦岭要半月左右，志书上记载，艰苦的山道上有“黄泉”之地，有毒虫，还有吃人的花。

值得一提的是，当年，张大哥们当精疲力竭、遍体鳞伤地走出那毒蛇猛兽盘踞的山谷到达汉中时，大半个月已经过去了。张大哥们用大半月时光穿行的秦岭蜀道，今天我们只用不到半天的工夫就将它走过了。108、210、117 三条国道贯穿秦岭，三百公里的路程在今天已经不再是艰难。西汉高速公路的建成，一百三十六个隧道、一百四十六座桥梁的衔接，在秦岭上装饰出一条玲珑剔透的路，只需三小时便可穿透秦岭，从西安到达汉中了。距离的缩短就是时间的节省，每每通过高速穿越秦岭，我都有感慨，筑路者们用他们的劳动将人们的生命延长，这是行路者要用心去感受的，是值得我们感激的。我站在高速公路秦岭的休息站，这里海拔一千五百米，左手是巨型的汉中历史石雕，右侧是现代化的堂馆式的休息场所，周围停满了来自全国的货车、客车，让人瞩目的是一辆京牌的大货车上，竟然装载了十九辆小汽车……从户县钟楼出发，走到秦岭顶端不到一小时，我把自己的角度置换为张家大哥，以他的速度，现在或许刚刚走近秦岭最北端的涝峪口，正沿着满是鹅卵石的河床缓慢向南，至秦岭大梁，估计还有三天路程……倘若历史的老人用他那超越时光的大手将张大哥轻轻提起，跨越时空，放在今天的高速休息站，迷蒙中的张家大哥面对着眼前的情景肯定是要站立不稳、昏倒在地了。

旅行中我喜欢和历史做这种颠来倒去的把戏。

我们在汉中下了高速，将百十年前的张大哥调上高速公路，张大哥也有权利将我拉上古道，我们置换于充满随意性的时空隧道。

去四川的第一站是汉中，不是目的地，是一个小小的歇息，汉中是关键的交通要道，是中国腹地通向四面八方的枢纽，是几条蜀道的集结地。它坐落于秦岭与巴山之间，是块平整的大盆地，东西二百里，南北五十里，古人称它，“北阚关中，南蔽巴蜀，东达襄邓，西控陇蜀”。就是说，从汉中，往北可达关中长安，往南有直达四川的金牛、米仓、平阴三条“国道”，往右策马到达陇西，往左沿汉江到达湖北，南宋丞相张浚也说汉中“前控六路之师，后据两川之粟，左通荆襄之财，右出秦陇之马。号令中原，实基于此”。汉中不光是军事要地，也是物华天宝的丰硕之地，是旱涝保收的粮仓，稻米、菜蔬、山货、药材，更主要的是美女。至今，汉中的女子独占着陕西美女榜首，地产的丰富，气候的滋润，使这里的女孩白皙匀称，没有川妹子的火辣，有的是汉江碧水般的润滑和嘉陵江可贵的清澈。殷纣王的爱姬，中国著名美女褒姒，就是产于汉中的褒河，至今这里地名犹存。汉中是西南行程路上的温柔之乡，是关中、陕南货物的集中地。

来到了褒河口，公路边沿河布满了大大小小的鱼庄，我们像《水浒传》里的武松一样，进得店来，将行李卸了，拣靠河的桌子坐了，只叫店家快上鱼来！店家不急，端来茶水、瓜子让你慢慢嗑着，请懂行的跟着他到厨下去挑鱼，有草鱼、鲇鱼、鲢鱼、黄辣丁、鲤鱼，说是从河水里捞上来的，其实都是附近池子里的货色，河里哪儿有那么多鱼为你准备着，就是张大哥那会儿现吃也未必能立刻捞得出。不一会儿，炖鱼用脸盆一样大的盆端上来，盆里有魔芋、粉条、豆芽、青菜、土豆、豆腐一类辅佐，红汤荡漾，香飘四溢，别说吃，只是一闻便已经让人迫不及待了。汉中与四川接壤，在吃食上就有了川味的特色，只是在麻劲上还没有达到四川那样的登峰造极，这更适合秦人的胃口。在夏日的高温下，人人吃得热汗淋漓，全身通泰，一边吸溜着，一边使劲喊叫：“怎的这样贵！又涨价了吗？”

午饭过后，不敢停留，因为要走旧时老路，要过五丁关，那鸡肠一样的盘山路是要耗费时间的。朝四川走，勉县是必经之路。勉县尚属汉中盆地之中，道路平缓，路边有武侯祠、定军山等名胜古迹，然而风光已与关中大异，地里长着碧绿的水稻，农户院里有了芭蕉、棕榈，黄牛变作了水牛，刚硬的关中口音变得细腻柔软，田里劳作的汉子变得清瘦紧称。这段的108国道，是一条千百年来位置不变的老路，这条路上，不但走过张家大哥，还走过诸葛亮的千军万马，走过万万千千的历史名人。进入宁强地界，驿站的布置更加明显，青羊驿、金堆铺、金牛驿、五丁关、滴水铺、百灵驿、黄坝驿、七盘关，自元代开始，三十里一驿，一百二十里一铺（馆舍），标出了古代国家道路的严格秩序。

我们到达大安镇的时候，是下午。镇街上比较冷清，除了过往车辆，几乎不见人影。几家有一搭没一搭的店铺，几处冷冷清清的旅社，几条懒懒散散的狗，一个安静普通的陕南小镇罢了。出乎意料，一群大安的贤人在路边等着，他们说知我从此处路过，有话要说。原本是匆匆而过，既然是“有话要说”，便进到一间会议室，开始座谈。我说大安冷清，贤人们说我小瞧了他们，他们告诉我，最早的大安是繁华的商贸之地，是通往四川水路、旱路的必经之地。陕西的布匹、日用、山货、香菇、木耳、杜仲、厚朴、天麻，在这里集中，四川来的雪花盐用荷叶包了在这里疏散，这里常年住着全国各处来的商贾。街面上，饭庄、烟馆、妓院、旅店、货栈、船帮会、骡马店一应俱全。从这里往下走三十二公里是面临嘉陵江的阳平关，那是个巨大的行船码头，载满货物的木船沿江而下，过大滩、朝天、广元、阆中、南充到达重庆，这是水路。另一路是从大安南折，沿着金牛古道走昭化、剑阁、七曲山、梓橦进入成都平原，直奔成都。入川的蜀道最艰难的地段莫过于秦岭，从汉中出发的入川蜀道虽仍险峻，毕竟是一条成熟的古道，没有了秦岭的莫测艰难。大安原本叫三泉，是陕南政治经济中心，三泉唐武德四年（621 年）设县，是中央直属县，所以有人说，中央直辖县全国只有一个大安，大安人牛得很。唐代著名诗人元稹路过三泉，留下诗篇：

三泉驿内逢上巳，新叶趋尘花落地。
劝君满盏君莫辞，别后无人共君醉。
洛阳城中无限人，贵人自贵贫自贫。

设为直辖县是因为商贸的重要，集于大安的货物或下四川，或转关中，或去湖北，或行甘肃，地理位置的优越，将大安推到了风口浪尖。大街、小街好几条，在这个不大的区域内留下了一个个拿得出手的商业世家，有名的店铺是“中和店”，对面是“庆德昌”、“大生店”，大安的繁荣一直持续到改革开放，在人们希冀着成为“万元户”的时候，大安的街上已经有了几十个“万元户”了。商人的头脑是敏锐的，如今的大安人走出了大安，专门经营药材生意，在中国的安国、亳州、禹州、无极等著名药材市场上，都有大安人的影子，在山东滕州等山货集散地，也有大安人跻身其中。水波不兴的大安镇，在外面活跃着一群商业精英，这是历史使然。

大安往下不远是嘉陵江码头阳平关，阳平关存在着一个历史之谜，修建宝成铁路的时候人们在镇的古砖下头发现了一枚金印，上头刻着“朔宁王太后玺”。朔宁是东汉公孙述隗嚣的封号，隗嚣根本没来过阳平关，王太后的金印何以流落至此？一般来说，印与人是不会离分的，就是死了，印也要随葬而去，除非是遇到了特殊的紧急情况。阳平关发现金印，对考古学者来说的确是个不好解释的谜。有人分析，王太后的金印可能是因为隗嚣兵败，太后令王元入蜀求救的信物，结果这个王元把印丢失在阳平关……

1956 年，宝成铁路修通，铁路穿阳平关擦着嘉陵江而过，阳平关的航运交通优势立刻消失，相对冷落寂寞下来，全无了号召商人驻足的魅力。“文革”期间，陕西动员了大量青年学生来陕南修建铁路，名之曰“学兵连”，主要是修襄渝线，其中也包括了从阳平关至汉中、安康的线路。那些个半大孩子，怀着建设祖国的满腔热情，在陕南蔽湿之地，着实吃尽了苦头。现已年近六旬的他们，至今回忆起当年的岁月依旧是热泪盈眶。我有一个当年参与修铁路、叫王代渭的朋友，跟我说起了他们一群修路的战友回到昔日旧地祭奠牺牲在工程中的同学的情景，好不容易找到了地方，他们在坟前摆开祭品，天突然下起大雨，他们纷纷跑到岩下避雨，远远地看着“战友”，那是一座小小的土堆，在雨点的击打下，腾起阵阵烟尘，孤单无助，凄凉荒败，王代渭说，他们都哭了……

二十世纪七十年代初，我到过阳平关，车站还没有完全建好，简陋偏僻，那时候到汉中必须在阳平关换车，上下火车没有站台，需直接从车门跳到地上，地上是斜坡的碎石，着实需要一点功夫的。阳平关街上没有人，破烂得难以提及，我找了个小旅社，倒是便宜，一块五一晚。拉开被卧，一股臭味，只好忍着腻歪钻了进去。第二天早晨一叠被，发现被里竟然有一泡屎，就是说我和屎共同睡了一个晚上。

我想，当年张家大哥走到这里，停留的时间不会短，秦岭的药材、关中的土布、陕北的杂粮、陇南的山货，都是他的目标。大安的温柔富贵于他不过是过眼烟云，执着的关中汉子有着家族遗传的肃整与内敛，临行前爹娘的教诲已如刻尺一样刻在心里了。在这里他的休憩不是简单的休憩，他要在这里收集货物，养足精神，打点行装，以便继续前行，背上背的已经不是简单的爹娘给的小包袱了，那有限的银圆，成了他的“货”，成了他的希冀。通过街上的邮政点给关中的父母邮去一封报告平安的家书是必须的，全部的思乡之情都凝聚在两页薄薄的信纸之中，说是思念却绝没有回去的意思，他得努力朝前走。

他走上了金牛道，向着西南，义无反顾。

随着张大哥的脚步我们来到了金牛道口，这里是个三岔口，往右可以到阳平关，至青木川，往左进山过五丁关到宁强。如今的路口有金牛装饰，金牛仰首面向金牛道，腚下有金。据说秦蜀相会，石牛屙金的地点就在此地，设置雕塑，目的是使当年的情景生动再现。战国时代，秦王欲灭蜀，苦于无路，遂设计，“刻石牛五头，置金于后，伪言此牛能屙金，以遗蜀。蜀侯贪，信之。令五丁来引牛，堑山堙谷，至之成都”。蜀侯作茧自缚，自己为自己修建了一条灭亡之路，我总在怀疑这件事情的真实程度，尽管《括地志》、《华阳国志》等史书上多有记载，我还是不能相信，我不信一代王侯能傻到信石牛拉金子这个份儿上，这就是谁掌握了政权谁就掌握了话语权的典型例子。如果是蜀占领了秦地，那就将是另一个版本了。其实据专家考证，早在三千年前，秦蜀之间就已经有了通行的小道了，后来随着战争和交流的需要，小路得到不断的扩展开拓，临崖处又修建了栈道。

以前我认为“五丁”是五个青壮男子，是修路的代表，后来有人纠正我说“五丁”是一个人，他的名字叫“五丁”，是蜀时玉妃溪边的一个弃婴，这些在《成都耆老传》里都有记载。古代传说和现实常常混淆，无论怎样，我还是坚信那是一个坚不可摧的筑路团体，绝不会是单独的个体行为。一条河水将山脉冲开，沿河是一条蜿蜒山道，两边是陡峭石壁，形成一段幽深通路，这是张大哥和他雇来的骡马走的道路，狭窄的道路，路面坑洼不平，直立的山壁，颤颤巍巍的栈道，头顶不时有碎石滚下，人和马都走得小心而艰难。

崖口高处，刻着几个鲜红大字“西秦第一关”。越往里走山越高，道路盘旋向上，路边有“五丁村”的标识，有“金牛古道”的石刻。在村碑前停下来，走出车门更感到山路倾斜，坚硬的山风扑面而来，清澈的河水翻滚着向下而去。道路是古道原本的走向，已经叫作 108 国道，在张大哥身后变作了平整光滑的柏油路，古代被现代重复。我看到，在这条道路上，走着一帮乡党，有去蜀赴任的官员，有做买卖的商贾，还有被调去征战的兵士，更有奔波在日子上的芸芸众生。在张大哥的前面，还有很多，萧何、王莽、诸葛亮、张飞、唐玄宗、刘禹锡……

傍晚我们来到宁强，住在宾馆里。宁强是通往广元的必经之地，也是金牛道上无论过去还是现在都绕不过去的县级城市。在明朝以前它叫羊鹿坪，是集镇也是驻军之所，洪武二十九年（1396 年）羌人起义，占领陕南、川西大片地区。朝廷派兵镇压，在明成化二十一年（1485 年）设宁羌州。1935 年红军到此，一度把宁羌县改作申熙县，是为了纪念红军领导蔡申熙的牺牲，申熙苏维埃政府叫的时间不长，红军走了，没叫起来。1941 年国民党元老于右任到宁羌，住在县上的中央银行，晚上，官僚们都拥到他的住处去求字，于右任给其中一位写了“安宁强国”的大字，于是，宁羌便改叫了宁强。

我对宁强的记忆有两样：火柴与核桃馍。

这两样东西可称宁强的名片，让这个偏僻的小城名声传得很远很远。二十世纪九十年代以前西北使用的火柴基本都标明了“宁强火柴”几个字，这个火柴厂建于光绪三十四年（1908 年），当时管火柴叫洋火，尽管中国发明了火药，但是由此衍生的火柴却不是我们的专利。火柴厂在当时采取的是股份制，发行股票，经营理念十分先进。有个叫谢泗泉的商人，也有人说是谢廷麟，入股不分红，带有赞助家乡的性质，赢了利的火柴公司感谢他，为他修了一座公馆，即今天县政府、检察院的所在地。宁强火柴厂惠及了一大批人，且不说佣工，就是小孩子们平日靠糊火柴盒，也能赚出日常的零花甚至学费。无论社会怎么改，怎么变，宁强的火柴一盒两分钱，一直不变，谁能不用火柴呢，真正的薄利多销呀！八十年代作为报社记者，我采访过宁强火柴厂，那时候的火柴厂还是很有规模的，一根根木头，变成了一根根火柴，那神奇的过程让人着迷，让人流连忘返。

有人问，现在还有火柴厂吗？ 甭管是宁强的还是北京、上海的，都关门了吧！在打火机风行的时代，火柴退出历史舞台是必然的，首先它们对木头的需求就不符合生态环保的要求。我不知道曾经让我喜爱的宁强火柴厂现在是否存在，我几乎没有勇气向当地人询问，如同怀念留恋张家大哥，我同样怀念留恋那个充满木头香味的工厂……追随张家大哥的行走，是充满怀旧、充满伤感的行走，往事如烟，无论是大哥还是工厂。

宁强另一个纪念物是核桃馍，这是只有宁强才有的绝活。

八十年代我在城门里的石板街上转悠，看到了制核桃馍的王老太太，慈祥微胖，一间门脸的馍铺，香味溢满半条街道。当时，老太太的老伴在旁边帮忙，那是个退了休的大学教师，两位老人是绝好的搭档，使得香酥的核桃馍充满了文化气息。以后我每次到宁强，都要恬不知耻地提前给当地部门打招呼，“给我准备点儿核桃馍啊”！不是有意叨扰地方，是核桃馍必须提前预订，王家制馍的数量有限，现吃现买绝无可能。核桃馍的做法很麻烦，得先将核桃仁去皮后与椒盐、芝麻等一起制成馅泥，再将油面经过三次发酵后，抹上核桃泥，放入烤炉里烘烤。王家核桃馍历史悠久，最早是个天津厨子做的，是他们家的上门女婿。清光绪二十六年（1900 年）慈禧到西安避难，地方官将核桃馍进贡，深得老佛爷喜爱。

民国间，陕南的北洋军阀第七师师长吴新田盘踞汉中，酷嗜此馍。有次派一名心腹护兵到宁羌来购买。这个护兵怕登山涉水，走到半路便在沔县一家馍铺依样画葫芦地定做了若干带回汉中交差。哪知吴咬了一口，便勃然大怒，掷馍于地，说他撒谎，那个护兵嘴硬，直到吴吩咐人从厨房里拿出剩下的一块王家真品命他尝，才明白味道的确不同。

民国三十年（1941 年），陕西省主席蒋鼎文路过宁羌，县府以核桃馍做招待糕点。蒋一经品尝，大加赞许！返回西安以后，特地给王家馍铺颁发了一张“生产奖状”，以资鼓励！

中央政府监察院长于右任入蜀途中，品尝了此馍，也连声称好。离开时让随行人员买了好几封带往重庆，凡尝到者无不大加赞赏。王家核桃馍小如瓷盏，色橙黄，可以看见附着的核桃泥，味浓郁，未入口其香味已沁入肺腑。尤为可贵的是，这种馍即使在炎炎盛夏，“放置数日乃至逾旬，其色、香、味依然如初，没有丝毫改变”。

这话不假，为了追寻张大哥，我临行将宁强朋友送的核桃馍带在车上，满车馍香，勾得人时不时要伸手摸一块吃。时值阳历 8 月，骄阳似火，湿热难耐，那些馍竟然随了我们一路，半个多月，成了我们救急的干粮。

从宁强再往前走不远就出陕西，进入四川地界了，第一站就是朝天。在这里，金牛道和嘉陵水路有了一次短暂的碰面。朝天是金牛道上的一个驿站，位于嘉陵江南岸，最早叫飞霞驿，756 年 6 月，唐玄宗为避安史之乱亡命西蜀，途经此地，百姓们提浆捧食迎于道旁，朝见天子，于是，以后飞霞驿改名朝天驿。朝天驿前面有个乡叫转斗乡，意为从宁强走到此地已是晚上，必在此过夜，故名“转斗”。“山月临窗近，天河入户低”，转斗乡周围都是陕西地界，唯独此地属四川，是蜀的一块飞地，因为当年往来商旅甚多，地域偏狭，四川人索性将此地买下，专作拴马之用，此举倒是很有川人性格，至今是件非常有意思的事情。

我们从宁强一出来便舍弃了108国道，在七盘关南边朝右拐上了老川陕公路，严格说更早的古路是七盘山上的古驿道，眼前这条道路是1936年民国政府为抗战修建的川陕公路，很多地段与金牛古道并肩而行。七盘山本是秦岭余脉，山到这里已经趋于平缓，不知怎的却突然性情大反，在宁强西部奇峰突起，要进四川，先翻这座大山吧。于是就有人写诗形容这座七盘山了：

南栈七盘促，北栈七盘长。
凭山高地低，曲折同羊肠。

山上有关，名曰“七盘关”，是金牛道的正路。我们在川陕路向南望，望不见古道，却远远地看见连接宁强与广元的高速公路，横跨两山，气势恢宏，车来车往，川流不息。相比较，川陕老路清冷平静，半天不见一辆汽车。川陕路边，黄花寂寞开放，几只农家的鸡在公路上晃荡，一只慵懒的猫，太爷般地横穿过马路，全不把我们的人和车放在眼里。空寂的路面反射着白花花的太阳，这里没有张大哥，也不见行走中的众多乡党，他们已经沿着驿道翻山而过，早早地到达了朝天驿。

“烟外船樯通广汉，云中宫阙望长安”，朝天是金牛道上一个险峻繁华的古镇。

我们到朝天是在下午，街上很乱，到处是建筑垃圾，小小的城镇几乎让我们无法行走。记得镇上有条古色古香的老街，一回两回地路过，一次两次地去过，这次来了再去，张家大哥、热闹陕帮、皇帝銮驾、勇猛陕军都不见了踪影，连气息也难寻觅了，整条老街已经坍塌得只剩了有数几间，原来 2008 年汶川地震，波及得老街只剩了断壁残垣。汶川地震，当时远在北京的我都有感觉，更何况近在咫尺的朝天，同青川、广元、都江堰一样，这里也属于重灾区。朝天人正抓住机遇，改造旧城，小城正经历着翻天覆地的变化。

在朝天的明月峡临江下望，岸边落石无数，最大的一块有楼房大小，上面刻着字“地震石 2008 年 5 月 12 日汶川地震遗址”。就是说那场地震将临江的川陕公路震塌，后来的许多都是重建的。

明月峡是金牛道上最壮美、最丰富的一段，沿着直立山壁凿出的道路，老虎嘴一样地凹陷着，每每走到这里我都要下车步行走过，细细体会它的工程，体味它的艰苦卓绝。如今道路被截断，入口修建了售票处，老虎嘴那坑洼的路面也铺上了石板，装上了雕栏，昔日的雄浑粗犷被风花雪月的情致替代，再不能前行至广元，而得原路返回到朝天，将一场对先祖功绩的体验和敬畏变作了茶余饭后的闲情逸致，把惊心动魄变作了轻松观光，变作了闲庭信步。明月峡是个难得的立体交通博物馆，是我每到此地都要如数家珍般细细给同伴们说道的。那是祖先留给我们，我们留给后代的心劲儿。一代一代地变换，一代一代地增添……

两山夹峙的嘉陵江来自秦岭，穿越于秦巴山地中，流至重庆，汇入长江，成为交通运输的一条重要水路。其最险恶之处，莫过于明月峡一段，狭窄、湍急，逆流而上者，非纤夫拉纤而不能上行。这就有了江边的纤道，至今，纤夫们的一个个脚印，一处处使力之处，一条条纤绳的勒痕，在纤道上一一可以找寻。

> 嘉陵江上滩连滩，滩滩都是鬼门关，
> 年年来回转，十船九打烂。

悲凉无奈的歌声随着航运的停歇而停歇了，那由歌声磨出的断续痕迹却是永远地给后人留存下来。

栈道是明月峡的一大特色，始于先秦，名“嘉陵云栈”。“途程险峻，道多栈阁，计数 9318 间”，“其险峻，为中国南北谷栈之首也”（《北栈图志》刘福通）。我没有见过真实的栈道，只见过悬崖上空洞的洞眼。我考察过秦岭的连云栈道，看起来不大的洞眼，当你临近观看，才知它是无比的巨大，方形，内里很深。三国时期曾有过火烧连云的事件，我记得两千年后，我将手探进那深洞，竟然还摸出了一手黑灰。明月峡的栈道在近年得到恢复，是个不小的工程。当地人说，他们 2010 年 5 到 12 月，干了大半年，投资 1.7 亿元，才整出了部分栈道。现在我们行走其上，脚下江水翻滚，鸥鸟飞翔，心里多少有点紧张，不知脚下的木板能够支撑多大重量、多少时候。

明月峡山巅的金牛道是与江水、与栈道相平行的。秦汉时是一条羊肠小道，在唐代被拓宽为六尺驿道，铺上了石板，在历史长河中，这是一条用途最广、使用率最高的道路，商旅们平时走驿道，不涨水时走栈道。它通过昭化、剑阁、成都、邛州直达打箭炉（康定）奔赴巴塘，到达藏区，这是我们这次要考察的道路，也是唐玄宗奔走成都的道路，还是张大哥以及年羹尧带领陕军们行走的道路。至今青石板的路面上还能看见隐约的马蹄印，沿路的古树还在忠诚守护。随着二十世纪三十年代川陕公路的建成，山顶的古驿道便告废弃，据去过那里的文友粟舜成介绍，“关岭上人鸟散尽，关楼塌毁，营盘、街市皆成废墟。如今再登关岭，不过有数段约莫六尺宽的青石驿道、残破古寺、营盘旧址以及星散的残碑断壁，聊供凭吊，如此而已”。

川陕公路是1935年开始修建的，各地个人都有应征筑路义务，自带干粮，自带工具，政府没有补贴。当年正值饥荒，工地上累死、饿死的“倒卧”随处可见。明月峡栈道上方的石壁是道绕不过去的绝地，于是用炸药，用开山机，硬是开出一条长八百六十四米、宽四点五米的“老虎嘴”。这条道路，一直到前年，还在使用，不少人是慕名而来，要观览明月峡风光，必须走川陕公路。川陕公路翻越秦岭，从宝鸡过了秦岭大梁的第二座高峰，在陕西凤县境内，此岭被叫作“酒奠梁”，梁上筑亭立石，为的是祭奠修建川陕公路而牺牲的工人们。

嘉陵江对岸是宝成铁路，从宝鸡到成都，六百六十九公里，一出宝鸡，火车基本在秦岭内行驶，一条隧道紧连着一条隧道，让人很难完整地看到窗外的山景，隧道都是开凿在石壁上，车厢内就在明暗的闪忽之间，变换迅速。攀上秦岭那一段，火车要由前后两个车头共同完成，后推前拽，十分艰难。从宝鸡到广元，距离不远，铁路竟然要跨江十六次，钻洞三百零四个，过桥一千零一座。宝成铁路的建成，解决了川陕之间大部物资的交流，它永远是一条繁忙的交通线。

近两年，在明月峡的山背后，108国道与高速公路连接，它的方便快捷让行人和当地人直接受益，用不了半根烟的工夫，明月峡便过去了。那些惊涛拍岸，那些羊肠小道，无感觉间已被抛到身后，时代变了，人们的感觉也变了，随着科技的发展，变得简单而粗糙。

水道、纤道、驿道、栈道、公路、铁路、高速，时空在这狭窄的空间重叠，演绎，这里是我们必须要来的地方，在这里，我们会和祖宗相遇，听他们粗重的喘息，闻他们身上的浓重汗味。

留收巴蜀兮，廪盈丰年。
汉王北伐兮，势若拔山。
月峡巍峨兮，壁高入天。
栈阁连云兮，马哮车喧。
舟筏北上兮，粟谷万石。
汉军精锐兮，取我中原。

这是留在明月峡最早的诗篇，作者系汉代著名丞相萧何，也是他唯一一首描写明月峡的诗篇，被后人镌刻在石壁上，“5·12”地震该石落入江中。

沿着老川陕路我们来到了广元。广元原叫利州，是水陆码头，川陕公路的修建使它迅速繁华发展，自民国以后成了西南经济重地。在早先，它西南几十公里外的昭化要比它繁华热闹，那是金牛古道从朝天延伸下来的一个重要大邑。我们没在广元停留，驱车直接到了昭化，在那里等待风尘仆仆从陕西过来的张大哥们。

昭化城从上往下看呈葫芦形，人们说这是聚财之城，白龙江和嘉陵江在昭化城下相汇，水意朦胧，青山如黛，面对着夕阳下古老的城门，面对着幽幽的古老街道，我生出一种似曾相识的熟稔，好像是来过这里，好像是刚刚走过街巷不久。是的，陕西祖先留给了我们这份记忆，这座城对我们并不陌生。城门外的大路边立着“葭萌古国”的大石碑，这让我惶惑，不明所以。后来请教当地文化人陈羊先生，他告诉我，昭化古称葭萌，葭萌是芦苇的意思，也是茶叶的最早称谓，古蜀王封其弟葭萌在此建国，葭萌将茶带进昭化，每年以葭萌名义向周进贡，以得到中原王朝的认可。昭化作为“全蜀咽喉”、“川北锁钥”，是兵家必争之地，更是三国时期著名古战场。城西天雄关至今有遗迹尚存，古柏、古道，下马碑石，在山巅静静矗立；昭化城西还存留三国蜀汉名臣费祎墓，费祎深受诸葛亮器重，诸葛亮死后他为尚书令、大将军，后来被魏的降将郭循刺死。昭化不远的曲回坝，一丛翠柏环绕着鲍三娘墓，鲍三娘是关羽之子关索的夫人，文武双全，荆州失守后，鲍三娘随夫投奔蜀汉，战死疆场……

昭化上接朝天，下望剑阁，是一个大转运站。城内保留了县衙、文庙、书院、贞节牌坊、孝子牌坊、古井、古石板路……明清年间，大批陕人通过昭化进入四川，不光有张大哥这样的生意人，还有受朝廷之命，“秦民填蜀”，入川垦殖的普通百姓，负甲执戈的军人，以及官员和文化人，小小的城市承载了太多的含量，稠密的驿馆店铺，让这里的商品集川陕之丰富，让这里的女子集南北之曼妙。民间有话说，到了昭化，不想爹妈，刚性的秦人到了这烟花气颇重的温柔之乡，似乎个个要经受一番从心理到生理的考验。老街有“陕西会馆”，陕西人建的，现在叫“怡心园”，保留了关中天井四合院风格。因为陕西人来得太多，街上住宿大部为秦人，有家门上的对联甚有意思：

日过多少老陕
夜宿不少秦人

当然有戏谑成分在其中，也足见陕西人无论何时，在这里都是行走中的主流。

昭化在民国以后变得凋落，主要还是因为道路。1936 年修川陕公路，最初设计是从广元到昭化再到剑门，昭化人从本位考虑，修路要占农田，要出劳役，修成后还要不断支应过境夫差，于是筹措了银币两千块，贿赂修路工程指挥部，让他们绕过昭化。这样一来，公路便改道，撇过昭化经过广元直达剑阁，将金牛道上的昭化孤零零地丢弃在东边了。昭化人没想到，一时的偏安，使他们丢失了发展机遇，远离了经济动脉，在金牛道上踯躅停滞，那些张家大哥往返川陕，再也没踏进昭化古城，怡心园的秦人也早早改了路线，风流的姐儿们也将温柔搬到了利州广元。

当晚，我和同行的伙伴们坐在深暗的城墙下，喝着店主特意熬的稀饭，吹拂着夏日熏热的晚风，看着新恢复起来的一间间明晃晃的店铺，看着灯影中的石牌坊，心里感慨，或许因了当日的偏离，才有了今日的留存，是坏事，也是好事。

在此期间，张大哥们携带的货物并无甚改变，他的资本充其量翻不过从家带出的几块大洋，他谨慎地把握着自己，把握着商机，他知道，他的机会在更远的西南。

从朝天过曾家山，有马帮道可直达广元。广元是紧邻陕西的城市，是武则天的家乡，至今在江边的皇泽寺还有唐代依照她本人相貌而塑的石像。我看过那座与真人等身大小的像，没有佛的痕迹，完全是个威严肃整的老妪，我相信这就是真正的武则天，没有美化、没有神化的武曌。广元人还记得从这里走出的女孩武媚娘，还记得她的生日十一月二十三，广元人将这一天定为“女儿节”，“十一月二十三，懒婆娘游大湾”，这天是广元女人的节日，江边女人们的热闹欢乐当是盛况空前。恕我孤陋寡闻，中国有“女儿节”的地方大概不是很多。妇女在这里有了一天的舒展和解放，从繁杂的家务中解脱出来，不必再低眉敛目，不必再叹老嗟卑，可以大声地笑，可以尽情地逛，给自己一整天女人的回归。

广元与陕西密不可分，不少陕西人走到这里就留了下来，至今广元城内陕西人成了一道风景。搞地方志的伊国华对我说，陕西人一批批从陕西那边过来，最早是秦朝李冰修水利，带的全是陕西人，后来是年羹尧，带着川陕的兵去西藏镇压叛乱，民国时麻柳乡来过许多逃避战乱的陕西生意人，老广元上下河街地区陕西人特别多，1985 年建市，仍有不少秦人后裔在经商。解放战争期间，解放军在广元俘虏了陕西国民党一个团，他们全留在了广元，前几年还有“陕西老兵会”。二十世纪五十年代修宝成铁路，一批陕西人也没走，至今上西坝铁路小区的居民还是以陕西话为准……

今天的广元人在打造西北最大的水陆港——广元港。

倘若张家大哥再来，从西安不过半天便可到达广元，汽车物流，火车货运，大哥轻轻松松在办公室打电话就是了。

中午我们从广元出发，走高速，不到一小时就到了剑阁，剑门关的雄峙与巍峨是我所见的最壮美的一座关隘，剑门山数百里峭壁，如一座万仞石墙，与天衔接，不见飞鸟。大剑溪穿山而过，将山冲出一条缝隙，关隘就建筑在东侧，据说秦汉时凿山为门，三国时“倚崖砌石为门”，从秦代到红军时候，这里发生过大小战争一百多次。由于公路的修通，涧西边的山崖被凿出了一条宽展公路，从关楼下路过，剑门的险要只能作为遥遥的凭吊。前几年我路过剑门，尚爬上楼，临风而立，体会李白“剑阁峥嵘而崔巍，一夫当关，万夫莫开”的奇绝。2008年“5·12”地震，关楼震塌，听说是又恢复重建了，可惜如同川陕路的“老虎嘴”一样，原先的道路早早被拦截，要看剑阁，需提前买票，不买票您就钻山洞，老老实实走新修的国道吧。钻山洞什么也看不见。

剑门关的豆腐很有名，唐宋传奇《李娃传》，那个被刺史公子卖掉的仆人，就是在剑阁峰下以卖豆腐维持生计。可见，剑阁的豆腐自唐代已是名满天下了。相传，中国最好的豆腐出自安徽八公村，三国初期，诸葛亮从襄阳领军入蜀，其中有安徽人，这些人跟着诸葛亮北伐曹魏，驻守剑门一带，便将做豆腐的手艺流传开来。剑门的豆腐依着传统工艺制作，与我们平日在菜市买的豆腐在制作上绝不相同。路过美食不可错过，正好也到了吃饭时间，我们进入路边小店，店家拿出菜谱，一看却不知所云：三分天下、赤壁之战、水淹曹军、孔明书箱、孔明布阵、张飞卖肉……都不知是什么内容，也没想着吃出怎样的精彩来，孰料，那些豆腐做的菜肴端上来，一入口，着实让我们折服了，最妙不可言的是麻婆豆腐，大凡最普通的菜也是最能检验厨师水准的菜，这盘豆腐做得鲜麻醇厚，滑润筋道，让人不能搁箸。自此以后，我们在四川境内，每到饭馆都要点“麻婆豆腐”，各家的麻婆豆腐有各家的特色，包括名店“陈麻婆”的麻婆豆腐在内，都没有超过剑阁路边小店的，可惜净顾了吃，没有记住那店的名字。

金牛道上的行者中，还有一个不可不说的名人李隆基，李隆基在马嵬坡缢死杨贵妃，沿褒斜道西南行，过汉中，走上金牛道，慢悠悠的皇家车队在崎岖山路上迤逦而行，蜀地多雨，历史记载说他“初入斜谷，霖雨弥旬，栈道中闻铃，帝方悼念贵妃，采其声为曲，以寄恨，命名《雨霖铃》，令跟随而来的梨园弟子张野狐吹奏，而传于后世”。

“行宫见月伤心色，夜雨闻铃断肠声”，今日在剑阁西南的上当驿，路边还立有清代石碑，“唐明皇幸蜀雨夜闻铃处”。唐玄宗的《雨霖铃》是曲牌，只有曲调，没有词，填上词是可以唱的。最有名的词是后来柳永的《雨霖铃》：

……今宵酒醒何处？杨柳岸、晓风残月。

此去经年，应是良辰好景虚设。

便纵有千种风情，更与何人说？

当代，我喜欢骆玉笙唱的京韵大鼓《雨霖铃》，从词到曲，堪称绝唱。

……窗外铃声儿断续雨声儿紧，房内残灯儿半灭御榻如冰。

这君王一夜无眠悲哀到晓，猛听得内侍唤，启奏请驾登程。

可能大家更熟悉的是老太太唱的《四世同堂》，“千里刀光影，仇恨燃九城”……

如今的上当驿空剩了一片平地，路边有几户农家，祥和而清净。我站在石碑前，周围是花朵，是嗡嗡的蜜蜂，向北遥望剑门山阙，峰峰相连，悠远壮观。俯视坡下，江水曲折，良田万顷。千多年前的凄凉，千多年前的思念，都幻化在今天夏日的晴空下。

金牛道上的文化沉积得太厚，随手拾捡，都是历史的凝结。

路边出现了一排排大柏树，它们紧靠 108 国道，与公路并行。柏树们相对而立，树中间夹着石板路，这是金牛古道的精华路段，那些柏树自秦代便开始种植了，三国时张飞任巴蜀太守，命军民在道旁种树，故有“张飞柏”之说。东晋、北宋、明、清，一直种树不断，直到 1984 年，剑阁县政府还动员群众沿金牛道栽树十九万株，这条绿色的长廊被人们称为“翠云廊”，这是中华民族心劲的连接，没有间断过，没有空缺过……杜甫赞它们“霜皮溜雨四十围，黛色参天二千尺”；李白说它们“但见悲鸟号古木，雄飞雌从绕林间”。大树们有的五六人合抱不能合围，有的将山石包长在树内，有的双双挺立根部相连，一条石板路，斑驳延伸，岁月在这里依然郁郁葱葱。

我喜欢和大树拥抱，拥抱着大树就如同拥抱着历史老人，拥抱着我们的祖宗，它会传递给我们无数的信息，让我们的认知变得厚重，让我们的生命变得有质量。坐在浓郁的树荫下，我仿佛看到眼前走过的一队队人马，有去有来，无冬无夏，他们在行走中，执着坚韧，勇往直前。张大哥也在其中，跟我一样，他也正坐在路边歇息，那个从家乡背出的大口袋，被他紧紧抱在怀里。在那张被太阳晒黑的年轻面孔上，我看到了熟悉的关中线条。

过七曲山大庙，大庙是文昌帝君的家乡，与旁边的关帝庙相邻，文武相连，互相匹配，形成了一大片考究庄严的建筑群。大庙内文昌帝君的造像很有艺术品位，亲切而平和，跟观者有种亲和力，我在帝座下虔诚跪拜，这是我们文化人的神，是我们心中那一片高尚的纯净，也是夜深人静时，我们孤独寂寞地在书桌前单调敲字时的默默陪伴者，如今相见，彼此心照不宣。殿内右侧大柱上有个圆洞，刚好能伸进一只手去，能摸索到洞内一个光滑物件，有人说是佛，有人说是小动物，多少人想看看它，却怎的也掏不出。当初是怎么放进去的呢？想不清楚。大庙内的锦旗无以计数，多是求学的学子敬送的，细看其中，考上北大、清华的不在少数。庙祠在古蜀国便有记载了，在宋代又按帝宫规格加以修建，金牛古道、川陕公路、108 国道在此合一，成为紧贴庙门的一条道路。不唯我这文化人，当年的张大哥们也肯定要驻足拜谒的。商人们对旁边的关羽祠更情有独钟，那是保佑他们一路顺畅、买卖发达的武财神。

要细细观赏这一大群建筑不是一时半晌的事情，当晚我们住在大庙对面一片浓密的树林里，这儿过去是疗养院，普通的平房，简单的设施，价格便宜，有大食堂供应三餐，水平无异于豆腐白菜萝卜，大锅炒烩，典型大锅饭水平，让人有种久违了的亲切。

早晨看罢大庙出发，山道一路向下，迂回走出秦巴山地，道中有唐代的“送险亭”，意为艰苦的山道至此告一段落，“及兹险阻尽，始喜原野阔”，一条大道直奔绵阳，平展宽敞，行人的心境也变得平缓舒朗，眼见着，张大哥和他的同伴们走上了红尘滚滚的大道，进入了成都平原，向着西南的大都会去了。

我以为秦蜀的商品贸易在成都市，其实不然。在距离成都几公里的天回镇，在今 108 国道南侧，有川陕公路商品集散地，大车小车不断，各类货物集结，没有一刻停歇。2008 年，这里建成了四川最大的物流中心，场内可以停放货车六千辆，经营户有两千户，司机的住宿床位有六千五百个，开发的零担货运线路一百八十条……

不光是张大哥们惊叹，连今天的我们也要感叹时代的发展了。看着这热闹场景，我想象当年，天回镇是金牛道的终点，也是金牛道的始发，货场内那些车马人流，那些脸上不苟言笑的关中人和操着热辣川音的土著，做着一丝不苟的交涉。关中集市上在袖筒里的拿捏讲价形式在这里大概是行不通的，四川人要的是直接干脆，性格言语更像他们麻辣的火锅。秦人展示着自己的耐性和不动声色，以不变应万变，关中人端的就是一个字“稳”。

在夏日的热浪中，我特地在天回镇转了大半天，我要在这个小镇上寻找历史的蛛丝马迹。在西安，有几家川菜馆子叫“天回镇”，问名字的由来，说是唐玄宗逃难逃到这里，正式得到了安史之乱被平息的捷报，“天旋地转回龙驭”，他再未向成都行进，而改道青城山了，所以小镇被叫为天回镇。我在镇上企图寻找唐玄宗们的遗迹，没有，到派出所打听，倒是警察们热情地说，东边山上有个天回镇的碑，不过也是新立的，因为公园是才开辟的。在镇口与川陕公路交叉的地方，有个交通指示牌，蓝底白字，上头写着“天回镇”三个字，寻找当年老街，一无所得，几乎全被改造过了。其实最想让我寻找的是一种感觉，《死水微澜》的感觉。有人告诉我，现代作家李劼人的长篇小说《死水微澜》背景就是四川天回镇，明明知道是小说，我还是以一个粉丝的心态去印证作品里的一二三。当然全是白搭，但此时此刻我更希望能在眼前热闹的天回镇上，与灵动美丽的蔡大嫂，与钩心斗角的袍哥罗歪嘴和土财主顾天成相遇……这些当然不便向派出所的警察打听。

回头再寻找张大哥，他办完货物已经背着他的大口袋进城了。

热闹繁华的成都，永远保持着它的优雅闲适，永远那样清丽动人。

据说当年刘备要在成都建皇宫，一锹下去挖出个金龟来，就照着这个金龟建城盖房，所以成都老城的形制是个龟形，主干道是从龟头到龟尾一条笔直大街，其余盘盘绕绕四通八达，该是脏腑了。芙蓉街在整个城市来说不算中心，偏僻低洼，有个稀烂的泥塘，周围住户零落，属于穷杂之地。当时成都聚集了一大批陕西人，有经商的铺号，有避战乱的手艺人，也有陕籍军人、做官的官员，还有张大哥一样的淘金者，这些人渐渐在成都形成了一股势力，与闲适轻松的成都当地人相比，多了一股狠劲和韧劲，他们能吃苦，不声张，日出而作，日落不息，用后人总结的话说是“坚忍不拔，恪守诚信，开放包容，敢作敢为”。入川的秦商开盐井、办烧坊、贩棉布、贩茶叶、贩药材、贩山货，成为明清以来中国商帮第一。

这是康熙二年（1663 年），张大哥背着沉重的口袋来到芙蓉街，来到了那个稀烂的泥塘，隆冬天气，阴寒刺骨，张大哥将背上的口袋卸下，翻转过来，把背了一路的东西——黄土，很郑重地倒在泥塘中。张大哥看到，倒土的不止他一个，所有从陕西来的人都在做着这件积沙成塔的工作，塘里离他最近的土来自他的家乡户县，来自他家屋旁的地里，跟着他走了一路，带着他身上的体温，泛着那个地域的黄色，如同他的父母。是的，即便走千里万里他一眼也能认出自家的土来。他久久地站在塘边，眼瞅着黄土慢慢变潮，变黑，渐渐地融入西南稀烂的黑泥中，初始还能辨出，慢慢地模糊了……不断地有人把土攘进去，那些土来自泾阳、三原、渭南、户县、周至、蓝田，都是他熟悉的地方，都是他熟悉的黄土，身前身后是他熟悉的乡音……

“天涯不改游子心，海角无泯故乡情”，在川的秦地商帮，准备在成都修建一座陕西会馆，以便在这里祭祀祖先，议事会商，宴请亲友，借宿停留，听戏娱乐。陕西人翻越秦岭，奔走金牛，一路吃尽苦头，下一步还要南下渝州，西去康定，为“货畅其流”而竭力尽智。他们远离故土，久羁异地，客地淹留，寄人篱下，其辛酸都深埋在各自的心里，想家啊！“外来的燕子独脚伙，本地麻雀帮手多”，他们也必须集结起来，有自己的地盘，述乡情、听乡音、吃乡食、见乡人，自己给自己营造一个“陕西”，自己给自己开辟一个心灵舒展之所。

修建陕西会馆的动议提出，立即得到陕西商人的赞同，大家立刻集资在成都买地皮建会馆。但是当地成都人有些欺生排外，不想卖地给老陕，做了许多工作，成都人才把这个满是垃圾污水的烂泥塘高价卖给秦商，并言明不许动当地的一锹土。隐忍是关中人的本色，陕西人明白，他们没有挑拣的权利，他们只有接受的份儿。为了填平这个稀烂的坑，老陕们拿出了最简单最执着的笨办法，从各自的老家往成都背土，这成了一条必守的规矩，一个不可改变的约定俗成。在当地人惊奇不解的目光中，两年时间，芙蓉街烂糟糟的洼地硬是被陕西来的黄土填平，这是怎样的一种心劲儿，怎样的一种毅力啊，今天站在恢宏的陕西会馆前，我由衷地腾起一种冲动，一种拥抱祖先的冲动。敬佩、敬重之外是难以言说的感动。

这片高屋脊的挑檐建筑，嘉庆二年（1797 年）又进行了一次修缮和扩充，变得更为恢宏壮丽。陕西会馆自建成以来，经过了历史的战乱、浩劫，也经历了数次修葺改变，当我们今天走进这座堂馆，仍旧为它的恢宏典雅而震惊。高大的厅堂，粗壮的石柱，朴实庄重的气势，歇山顶、宽廊厦，屋脊上有二龙戏珠的雕塑，值得一提的是两侧的飞檐，一边是武松打虎，一边是悟空战妖魔，那武松高举起半截哨棒，使尽力气朝老虎击去，老虎更非一般老虎，青灰的皮毛，张着大口，耳背尾翘，蓄势待发，一高一低，工匠巧妙地运用了飞檐的效果，将一组故事布置得栩栩如生。

现在陕西会馆的前部分是宾馆，依旧叫“陕西会馆”，灰瓦的屋檐，红漆的柱子，两只长满青苔斑驳的石狮蹲坐在大门两侧。“陕西会馆”的匾额是于右任所书，于右任是国民党元老，陕西三原人，为家乡的会馆题字责无旁贷，理所当然。

穿过宾馆，是一个树木蓊翳的院落，石桥、亭榭、幽竹、芳草，立时将街上的喧嚣隔离开来，庭院中一左一右，两棵巨大的银杏爷爷般地站立着，至少在数百年以上了。楠木雕刻的花窗，高大厚重的门楣，严谨中显得活泼。廊柱上有副对联：

玉宇无尘，挂出峨眉半月

皇穹有象，飞来太华三峰

对联是光绪年间题写的，将四川峨眉和陕西太华二山巧妙地结合在一起。蜀地的秦韵。

进入院中，我们立刻被绿色罩护，一身暑热顷刻退去，有清凉的风吹拂过来，带来一股栀子花的清香。宽大廊厦的阴凉下有茶桌有清茶，啊，今天到了这里依旧有回家的感觉。在这里，我们已经无法见到背土的张大哥，无法见到首创建馆的陕籍的老掌柜们，那些人走得远了。

图书在版编目（CIP）数据

贵妃东渡 / 叶广芩著．— 北京：作家出版社，2015.7
（名家美文集）
ISBN 978-7-5063-8147-5

Ⅰ．①贵… Ⅱ．①叶… Ⅲ．①散文集—中国—当代 Ⅳ．①I267

中国版本图书馆 CIP 数据核字（2015）第 161294 号

贵妃东渡

作　　者：叶广芩
策 划 人：杨晓升　罗　英
责任编辑：张　平
装帧设计：视觉共振设计工作室
出版发行：作家出版社
社　　址：北京农展馆南里 10 号　　邮　　编：100125
电话传真：86-10-65930756（出版发行部）
86-10-65004079（总编室）
86-10-65015116（邮购部）
E-mail：zuojia@zuojia.net.cn
http：//www.haozuojia.com（作家在线）
印　　刷：北京市玖仁伟业印刷有限公司
成品尺寸：130×185
字　　数：168 千
印　　张：10.5
版　　次：2016 年 1 月第 1 版
印　　次：2016 年 1 月第 1 次印刷
ISBN 978-7-5063-8147-5
定　　价：48.00 元